新潮文庫

ブラック オア ホワイト

浅田次郎著

新潮社版

10803

ブラック　オア　ホワイト

「レマン湖畔のジュネーヴかモントルーか、いや、もしかしたらチューリヒだったかもしれない。ともかく湖のほとりの、美しい町だったことはたしかだ」

都築《つづき》君は古いワインの栓をていねいに開けながら言った。

「三十年近くも前の、浮かれ上がった時代の話さ。高級品なら何だって売れた。勤務地はロンドンだったんだが、オフィスにいたためしはなかったな。ヨーロッパ中を飛び回って、贅沢《ぜいたく》なもの、高級なものを片ッ端から買い漁《あさ》っていた。そんな日々だったから、ジュネーヴかモントルーか、チューリヒだかもよくわからない」

私はてっきり、ワインの来歴を語るのだろうと思ったのだが、都築君は蘊蓄《うんちく》を傾けようとはしなかった。下戸の私に無理強いはせず、とっておきの逸品にちがいない古いワインをひとりで味わいながら、話の行方は知れなくなった。

「万年雪を頂いた山なみと青い湖。森に囲まれた中世そのままの町。だが、風光明媚《めいび》というのも考えもので、いったん記憶の蔵に収めてしまえば、どこがどこだかわからなくなる。不幸には興味深い諸相があるけれど、幸福のかたちは画一的で面白くもおかしくもない。僕の心の中のスイスは、そういう国なんだ。たぶん君も同じ印象を持っているだろうから、ジュネーヴでもモントルーでもチューリヒでも、かまわないよな」

私は生返事をした。話の先はまるで見えない。

都築君の背うしろには、遥《はる》かなベイエリアまで光の粒が敷きつめられている。最上階のワンフロアを専有しているので、東京タワーもスカイツリーも見えるのだそうだ。

もともと都築君の生家は、この高台にあった。私も学生時代に何度か訪ねたことのある、貴顕《きけん》の邸宅だった。父親はやはり商社マンだったが、祖父だか曾祖父《そうそふ》だかがかつて南満洲《まんしゅう》鉄道の理事を務めた傑物だったと、聞いたことがあった。

そのお屋敷と引き換えに高層マンションのワンフロアを受け取ったのだろうが、むろん金額は釣り合わない。つまり、都築君は大金持ちになり、定年までの年月を相当に残して会社を辞めた。本人の口から聞いたわけではないが、友人たちの噂《うわさ》を綜合《そうごう》するとそうなる。

「近ごろ、よく眠れるかい」

話がジュネーヴだかチューリヒだかに飛ぶ前に、都築君はグラスを傾けながら訊《たず》ねた。

「――そりゃあよくないね。齢《とし》をとれば誰だって眠りは浅くなるし、睡眠時間も少なくてすむのはたしかだが、かかりつけの医者に言わせれば、そこが落とし穴らしい。疲労回復もストレス解消も、実は睡眠以外に効果のある方法はないらしいんだ。だから、若いころと同じ質の睡眠を確保しなければならない。摂生だの運動だのは、二の次でいい。十分に眠ってさえいれば、細胞は老化しにくいし、免疫《めんえき》力も低下しないんだ」

そう言いながら都築君は、テーブルの上に置かれたクリスタルのシガーケースを開けた。そこには煙草《たばこ》のかわりに、何種類もの薬のシートが入っていた。

私たちの世代は、眠り薬というものに本能的な忌避感を持っている。強い睡眠薬を医師の処方なしで買い求めることができた時代には、最も始末がよくて安楽な自殺の方法だと考えられていた。また、真昼間からその薬効によって酩酊《めいてい》する「睡眠薬遊び」が流行したのも、私たちの世代だった。

都築君は蠟《ろう》細工を思わせる白く細い指先で、眠り薬を弄《もてあそ》んだ。

「それぞれがとても個性的なんだ。ストン、と落ちるタイプ。ごく自然に朝まで持続するタイプ。これなんかは、冬眠してたんじゃないかと思うくらい、ぐっすりと眠れる。その日の体調や翌日の予定を考えて、使い分けるんだ」

ふと、都築君にのっぴきならぬあやうさを感じた。

室内には家族の気配が感じられない。私が訪れてから二十分や三十分は経《た》つだろうに、誰が出てくるでもなかった。リビングルームは空虚なくらい広く、清潔すぎた。

ひとりなのか、と私は訊ねた。

「気楽なものさ」

質問はあまりに漠然としており、都築君の返事も答えになってはいなかった。それ以上の質問をすれば、言わでものことを言わせてしまうような気がして、私は口を噤《つぐ》んだ。

豊かな髪はさすがに白くなったが、身にまとった超然たる空気は変わっていない。痩《や》せて背の高い体型も、昔のままである。洒脱《しゃだつ》に着こなした麻のシャツとジーンズは、とうていやもめ暮らしには見えなかった。

「あのころは、毎晩ぐっすりと眠れた」

眠り薬を弄びながら、都築君はいくらか悔悟するような口ぶりで言った。

話の舳先《へさき》は唐突に回頭した。三十年近くも前の、好景気に浮かれ上がっていた時代の出来事である。

まったく、学生時代とどこも変わっていない。いつも超然としていて、相手の立場や気持ちをこれっぽっちも忖度《そんたく》しないのだが、そうした彼のふるまいには邪気や功利がかけらも窺《うかが》えなかったから、疎《うと》んじられることもなかった。「都築君」という呼び方は、彼に対する敬意などではなく、それ自体が渾名《あだな》だった。

いや、もしかしたら、階級社会を脱しきれぬ曖昧《あいまい》な民主主義の中で育った私たちは、知らず知らず彼を貴族として礼遇していたのかもしれない。

ソファに沈みこみ、広い壁に不釣合なくらい小さいマティスに目を向けて、都築君は勝手に語り始めた。

「そう。あのころは、どこでもいつでも、ぐっすりと眠れた」

それから、長い脚を組みかえ、「むろん、誰とでも」と言って、優雅な笑い方をした。

第一夜　スイスの湖畔で見た白い夢

そのホテルは、いわゆるベル・エポックの典型だった。

ヨーロッパでは珍しくもないが、何から何まで百年前のまま、という頑固さが気に入った。

廊下もゲストルームもむやみに広くて、近代的な改良は何ひとつ施されていなかった。だからかえって、三十代なかばの生意気ざかりの僕でも、不満の抱きようがなかったんだ。

バルコニーには真赤なゼラニウムが咲き誇っていて、レマン湖だかチューリヒ湖だかが手に取るように望まれた。湖岸は秋の色に染まっていたと思う。

十九世紀の末か二十世紀初めの一瞬の平和な時代に、贅《ぜい》の限りを尽くして造られた代物《しろもの》だったのだろう。機能的にも美術的にも完成しているから改良の必要はないと、信じられているふうがあった。

たとえば、ゲストルームに金庫が見当たらない。そんなものを設置するほどいいかげんなホテルではない、というわけだ。真鍮《しんちゅう》をぴかぴかに磨き上げた電話機はあるが、外線を使おうとすると交換手が出た。むろん英語も通じた。

冷蔵庫もない。飲み物が欲しいときは、ルーム・サービスなどではなく、いちいちボタンを押して執事《バトラー》を呼ぶんだ。早朝だろうが夜中だろうが、一分と待たずにドアがノックされた。

それがまた、テール・コートにボウ・タイを締め、白い口髭《くちひげ》を立てた、まったく十九世紀にしかいるはずのないバトラーだった。何を注文しようと、彼は「かしこまりました」の一言で去り、僕の思い通りのものが、必ず彼自身の手で届けられた。

ホテルに到着した晩のことだ。

ゲストルームの広さと、やたら曲線を多用したデザインになじめず、なかなか寝付けなかった。輾転《てんてん》とするうちに、どうにも羽根枕《はねまくら》の柔らかさが気になってきた。

そこで、バトラーを呼んだ。硬い枕がほしい、と僕は注文した。

「かしこまりました」

テール・コートの裾《すそ》をさっと翻《ひるがえ》して彼は出て行った。そして僕が煙草《たばこ》を喫《す》いおえぬうちに、たちまち戻ってきた。

ライオンの装飾が施された大理石のワゴンの上に、枕が二つ載っている。どうしたわけか、それぞれに黒と白のカバーがかかっていた。

バトラーは魔術師のように両手を拡《ひろ》げて、ひどいドイツなまりの、それでいて厳かな英語で言った。

「ブラック・オア・ホワイト？」

どうしてそんなことを訊《き》くのだろうと思った。たかが枕なのだから、両方とも置いて行けばよさそうなものだ。だがバトラーは、まるでメイン・ディッシュでも選ばせるようにそう言った。

触れてみると、やはり柔らかな羽根枕だった。もっと硬い枕はないのか、と僕は訊《たず》ねた。

格式あるホテルでは「ノー」が禁句だ。バトラーは微笑《ほほえ》みながら答えた。

「どうぞお試し下さいませ。ブラック・オア・ホワイト？」

意味がわからなかった。何かしら僕の知らない慣習のようなものがあるのか、それとも東洋人のわがままを肚《はら》に据えかねて、いやがらせでもしているのか、と思った。あれこれ考えても始まらないので、「ホワイト」と答えた。古今東西、枕カバーは白が当たり前だろう。

バトラーは満足げに、しかし謙虚さは失わずに肯《うなず》き、白い枕をベッドに据えると、黒い枕を載せたままのワゴンを押して部屋から出て行った。ドアのところで右手を胸に当て、「グッド・ナイト・サー」とドイツなまりの英語で言った。

その「グッド・ナイト」が、単なる夜の挨拶《あいさつ》ではないと、僕はたちまち知ることになった。灯りを消してベッドに横たわったとたん、それこそ薬でも呷《あお》ったと思えるくらい急激に睡気《ねむけ》がやってきたんだ。

白い枕は、飛行場の空を覆《おお》った厚い雲みたいだった。僕の乗った飛行機が、すっぽりとその中に吸いこまれてしばらく揺れ、やがてひといろの白から抜け出すと、思いがけない地平が目の前に展《ひら》けた。

そう。実に「グッド・ナイト」さ。

もしや君は、ここまでの僕の話がすべて夢物語だと思っているんじゃないかね。三十年近くも昔の出来事だから、記憶はいささか曖昧《あいまい》だけれど、まさか夢と現《うつつ》を取りちがえたりはしないよ。ここから先が夢の話になる。

他人の夢など面白くもおかしくもなかろうが、まあ聞いてくれ。白い枕の底に展けた、別世界の話さ。

見知らぬ街の、霧に被《おお》われた橋の上に僕は佇《たたず》んでいた。川はとても広くて、どちらの岸も見えなかった。河口近くであるらしく、霧の彼方《かなた》に貨物船の舷灯《げんとう》が浮かんでいた。ときどき霧笛が聞こえた。

僕のかたわらには恋人がいた。誰というわけではないが、僕の恋人だった。僕らは狂おしいくらいに愛し合っていた。

逃避行の末に、二人はその街を訪れた。当時の僕はまだ独身だったから、不倫の果てというわけではない。もっと古典的な理由——たとえば、ロメオとジュリエットのような禁断の愛の結果、僕らはその霧の港町まで逃げてきたのだった。

「死のうか」と僕は言った。恋人はマフラーで被った口から白い溜息《ためいき》を吐きながら、力なく肯いた。橋の下には海と川の水が、くろぐろと渦巻いていた。

その女は、かつて僕が愛した誰かしらではなかった。好きな女優でもなし、ほかの誰に似ているわけでもない。では、茫洋《ぼうよう》としたイメージなのかというと、それがまたきっぱりとした像を結んでいるんだ。

色白の小作りな顔で、髪は耳を隠すくらいの長さで、唇がルージュをさしたばかりのように赤かった。もし僕に絵心があるのなら、今でもそっくりに描き出せるだろう。

僕らは固く抱き合い、死の接吻《せっぷん》をかわした。そしてそのまま、欄干《らんかん》から身を投げようとした。これは夢だ、などとは思っていなかった。二人の愛を阻《はば》もうとする悪意から逃れる唯一《ゆいいつ》の手だては、心中しかないんだ。天国で結ばれるかどうかは知らないが、少くとも客観的には愛の成就《じょうじゅ》にちがいないと、僕は考えた。

そのとき、たちこめる霧の先に光が見えたかと思うと、橋を揺るがして路面電車が走ってきた。

「早まるな、逃げろ、逃げろ！」

乗降口の手すりにぶら下がった男が、片手をぐるぐると振り回してそう叫んだ。電車は霧を巻いて走り去った。

勇気づけられた僕は、恋人を抱えるようにして駆け出した。橋は果てもなく長く、足元は水びたしだった。

「無理だわ。あなたひとりで逃げて。私は連れ戻されるだけだけれど、あなたは殺されてしまう」

息を切らしながら恋人は言った。僕はにべもなく叱《しか》りつけた。

「今さら何を言うんだ。君と別れて生きるくらいなら、殺されたほうがましさ」

追手は迫っていた。霧の向こうで足音が乱れ、「いたぞ」「逃がすな」などという声も聞こえた。僕らは懸命に逃げた。

するとふいに、何発もの銃声が轟《とどろ》いた。僕は立ち止まって屈《かが》みこみ、恋人を胸にくるみこんだ。

路面電車が戻ってきた。

「乗れ！」

男が叫んだ。その手には拳銃《けんじゅう》が握られていた。彼は僕らを励ましたばかりか、追手を片付けて戻ってきてくれたのだった。そこで僕らは、サンフランシスコのケーブルカーさながらに、走っている電車に飛び乗った。

「腰掛けていなさい。人ごみの中は安全だ」

車内には僕らとよく似た風体の恋人たちが何組も乗っていた。男性は重そうな黒いコートにソフト帽を冠《かぶ》り、女性はギャバジンのコートの襟を立ててマフラーを口元まで巻いていた。まるで大勢の影武者みたいに、僕らと同じ格好をしていた。みな何事もなかったかのように、愛を語り合ったり肩を寄せて眠っていたり、新聞を拡げて覗《のぞ》きこんだりしていた。

男は僕らを人目からかばうように、両手で吊革《つりかわ》を摑《つか》んで立っていた。

「あなたは誰ですか」

と僕は訊ねた。

「忘れてしまったかね」

男は少し悲しげな顔をした。そこで僕は、写真でしか知らぬ祖父だと気付いた。

南満洲鉄道の理事を務めたあと、戦後は商社員に転身して、僕がまだ物心つかぬうちにニューヨークで客死した祖父だ。遺《のこ》された何枚かの写真は、家族と共に写っているときでさえ、栄光の時代を背負った傑物の威厳を失ってはいなかった。

ただし、僕は祖父の人生や人となりをほとんど知らない。苦学して帝国大学を出たというからには、わが家の財産は祖父が一代で築き上げたにちがいないのだが、その遺業を語らうことは禁忌とされていた。

満鉄理事という一時代の権威そのものが、他聞をはばかるのだろうか。あるいは何かしら不正な蓄財でもしたのだろうか。いや、もしかしたら、ニューヨークでの突然の死には、孫に伝えることのできぬ怖《おそ》ろしい謀略か、屈辱的な事情があったのかもしれない。調べればわかるのだろうが、幼いころから禁忌とされていたことだから、とうていそんな気にはなれなかった。

祖父はぼんやりとともる車内灯を光背に負って、僕を見おろしていた。

「私の力ではここまでだよ。あとは君たちでどうにかなさい」

祖父は僕の手に拳銃を握らせた。それから寒そうにコートの襟を立て、ソフト帽の庇《ひさし》を垢抜《あかぬ》けたしぐさでつまんで、電車から降りてしまった。

入れ替わりに、追手の一味らしい黒ずくめの男たちが飛び乗ってきた。僕はコートの内懐《うちぶところ》に拳銃を握ったまま、帽子で顔を隠して恋人に口づけをした。もし面が割れたなら撃つつもりだった。

「日本人はいねえか」と、どすの利《き》いた声がした。乗客たちは一斉に「ノー」と答えた。僕らも唇を重ねたまま、「ノー」と言った。

ふと、祖父はこんなふうに、ニューヨークの地下鉄の中でギャングに撃ち殺されたのではなかろうかと思った。色恋沙汰《ざた》のあげくに。

享年《きょうねん》は五十いくつかの若さだったし、写真で見る限り、背が高くて日本人ばなれのしたなかなかのハンサムだ。マンハッタンで浮名を流してもふしぎはあるまい。

「いねえようだな」

追手の男は伝法な英語で言い、電車から降りた。男たちに続いて、お揃《そろ》いの身なりをした乗客もみな降りてしまった。

どうやらそこは終点らしかった。人々のあとからおそるおそる、煉瓦《れんが》の壁に囲まれた袋小路《ふくろこうじ》に降り立った。小さな夜空には雲が低く流れており、足元からはスチーム暖房の蒸気が吹き出していた。

僕と恋人は路地から路地へと伝い歩いた。あちこちの壁に、僕と恋人の写真が貼《は》ってあった。懸賞金は十万ドルだ。

そうと知れば、街なかをうろうろ逃げ回るわけにもいかない。それに、僕らはくたびれ果て、腹をすかしていた。

人がようやくすれちがえるくらい細い路地の奥に、陽気なディキシーランド・ジャズの溢《あふ》れ出る酒場があった。赤いネオン管で書かれた店の名は「幸運な夜《ラッキー・ナイツ》」だった。人ごみの中は安全だ、と祖父が言っていたことを思い出した。僕らの咽《のど》は干からびており、腹の虫は鳴いており、ましてや「ラッキー・ナイツ」ならば、その店に入らぬ手はなかろう。

僕らはコートの襟で顔を隠し、酔っ払いでごった返した酒場に入ると、カウンターの端の止まり木に腰を据えた。

「おいおい、マジかよ。十万ドルの札束が天から降ってきやがったぜ。まったくラッキー・ナイツだ」

カウンターに腰をもたせかけて、二百ポンドの上はありそうな大男がげらげらと笑った。ウェスタン・ハットを冠り、タトゥーを入れた素肌に革のベストを着た、伝統的なろくでなしだった。

黒人のバーテンダーが、バドワイザーを瓶ごと僕らの前に置いて言った。

「ひとり十万ドルか。それとも、二人で十万ドルか」

大男がバーボンをラッパ飲みして答えた。

「そりゃおめえ、駆け落ちしたうえに心中までしようってやつらなんだから、別勘定じゃあるめえ。だが、そんなことはどうだっていいだろう。金持ちになって退屈な人生を送るくらいなら、毎晩この店で飲んだくれていたほうがましってもんだ。なあ、みんな」

酔客たちは「イエー」と声を揃え、僕らに祝杯を向けた。

「おめえらのラッキー・ナイツに乾杯！」

あちこちから荒くれた声が乱れ飛んだ。

「親不孝の尻軽《しりがる》女に乾杯！」

「女たらしの糞《くそ》ッたれ野郎に乾杯！」

僕と恋人がビールを飲み、泡まみれの口づけをかわすと、ディキシーランドも遊園地の楽隊みたいに華やいで、酒場は大騒ぎになった。

祖父の言っていた「安全な人ごみ」とは、きっとここにちがいないと思った。すっかり安息を得た僕らは、カウンターに並べられた色とりどりの酒を片っ端から飲み干し、山盛りのミート・パイやドーナツをむさぼり食った。

もう大丈夫だ。僕らは退屈な金持ちになどなりたくない人々に護《まも》られていた。

「そうは言ったって、ここはおめえらがいる場所じゃないぜ。夜が明けりゃ看板だしな」

大男はナマズ髭を弄《もてあそ》びながら言った。

「金ならある。しばらく匿《かくま》ってくれ」

僕はコートのポケットから紙幣を鷲摑《わしづか》みに取り出して、大男の毛むくじゃらの胸に押しつけた。ドルやらポンドやらフランやら、さまざまの紙幣が床に散らばった。

大男は日本の一万円札を一枚だけ手に取ると、光に透かして珍しそうに眺めてから、「うまそうだな」と言って食べてしまった。

「だが、酒のつまみにはならねえ。トミーのこしらえたミート・パイのほうが、ずっとうめえ」

カウンターの中では、黒人のバーテンダーが俎板《まないた》を枕にして眠っていた。振り返ると、酔客たちはみな壁にもたれたりテーブルに俯《うつぶ》したりして、ぐっすりと眠りこけていた。バンドマンたちも、バンジョーやチューバを抱いたまま大鼾《おおいびき》の合奏をしていた。

「じきに夜が明ける。出て行け。ここはおめえらのいる場所じゃねえ」

僕は懇願した。この店から出たら、ひとたまりもないのだ、と。

「心配ねえさ。おめえとうりふたつの爺様《じいさま》が、身替りになってくれた。まったく、何てラッキーな野郎だ」

僕は路地に飛び出した。濡《ぬ》れた石畳の上に、祖父が穴だらけのぼろ布になって死んでいた。

「勘定は？」と僕は訊ねた。百ドル札を食いながら大男は言った。

「これで十分だ。どいつもこいつも、当分の間は女房子供の顔を見なくてすむ」

恋人の肩を抱いて僕は歩き出した。恐怖が去って、胸は安息に満ちていた。歩きながら、番《つがい》の小鳥のように口づけをかわし合った。やがて胸の安息は、明け初《そ》める空のようにたしかな、疑いようもない幸福に変わっていった。

石畳の路地を抜けると、ふいに南国の浜辺が展けた。僕は帽子を空に投げ上げ、コートを脱ぎ、衣服を一枚ずつ脱ぎ捨てながら砂浜を歩いた。

「誰もいないよ」

恋人は初めて笑った。顔立ちのよしあしよりも、笑顔のいい女が好きなんだ。そのうえ無口ならなおけっこうだった。つまり、人間よりも花に近い女。夢の中の恋人を花に譬《たと》えるなら、黄色い薔薇《ばら》だ。

「誰もいないわ」

恋人はそう言って陽光を胸いっぱいに吸いこみ、マフラーを放り投げ、ギャバジンのコートを脱ぎ、ブラウスも下着も歩きながら脱ぎ捨てて素裸になった。

風は乾いており、海はさざ波が寄せるほどに凪《な》いでいた。汀《みぎわ》に佇む恋人の体は、獣のようにしなやかで、太陽に晒《さら》されてもわずかな翳《かげ》りすら見当たらぬほど白かった。どうやら幸運な夜が明けて、幸福な朝が訪れたらしい。僕は薄っぺらな僕自身の体を恥じた。この完全な幸福の中で、醜いものといえばそれしかないような気がした。

恋人は湾《いりうみ》の彼方を指さした。

「私たちのおうち。あそこであなたの子供を産みたいの」

幸福に怖気《おじけ》づく僕の手を握って、恋人は歩き出した。渚《なぎさ》続きの森の中に佇む、小さな椰子《やし》小屋をめざして。

「他人の夢の話なんて、面白くもおかしくもないだろうね」

都築君は私の顔色を窺《うかが》いながら言った。

「おまけに、君は素面《しらふ》だ」

かまわないよ、と私は答えた。たしかに話は唐突すぎるが、定年を過ぎて遁世《とんせい》するか不遇をかこっている友人たちの噂話《うわさばなし》をするよりは、まだしもましだった。

久しぶりの邂逅《かいこう》は級友の通夜《つや》である。つい今しがたの出来事なのに、なぜか遠い昔のように感じられた。

焼香をおえた帰りがけに、思いがけなく呼び止められた。近所だから寄っていかないか、と都築君は私を誘った。

有名企業の役員のまま急死した友人の弔いは華やかだった。参列者が多すぎて、知った顔も見つからなかった。長い焼香の列を振り返りながら、幸福だか不幸だかわからないね、と都築君は言った。

どうせ帰りは友人たちとお浄《きよ》めの宴会になるだろうと思っていたから、断る理由は何もなかった。私たちは湿った霧の湧《わ》く青山墓地の並木道を、故人の思い出話などしながらぶらぶらと歩いた。

学生時代にいくどか遊びに行った憶《おぼ》えのある彼の家は、高層マンションに建て替わっていた。かつての風景はすっかり喪《うしな》われており、高台の上のさらなる高楼には雲がかかっていた。

「気が利かなかったけど、着替えるか」

都築君はワイングラスを傾けながら言った。私は喪服の上衣《うわぎ》を脱いだ。そうまでして腰を落ちつけるつもりはない。

いや、それよりも浄めの塩を振るのを忘れたね、と私は笑った。

「うちはかまわないさ。今さら死人に取り憑《つ》かれて困るわけでもなし」

都築君の私生活は知らなかった。いったいに私たちの世代は、高度経済成長の時代にのんびりと育ったせいか、離婚をしたまま再婚しないやもめ暮らしが多いし、いまだに独身も珍しくはない。だから六十の齢《よわい》を算《かぞ》えれば、つとめて私生活の話題を避けることが礼儀だった。

「話の続きを聞いてくれよ」

勝手に宣言をすると、都築君はキッチンに立って、愛想のないミネラル・ウォーターのボトルを持ってきた。

第二夜　スイスの湖畔で見た黒い夢

朝の光に瞼《まぶた》を射られて僕は目覚めた。

高い天井から吊《つ》られたビロードのカーテンの、合わせ目がほんの少し開いていたのは痛恨事だった。

だが、見果てぬ夢というのはだいたいそんなものさ。まるで企《たくら》まれたように、いいところで目が覚めてしまう。

あらゆる困苦から解き放たれ、人知れぬ楽園の椰子《やし》小屋で、愛する人との暮らしが始まる。まさにそのとき、曙《あけぼの》の光に揺り起こされてしまった。

一日の予定は満杯だった。朝一番で現地のエージェントと打ち合わせをし、ワインとチーズのメーカーをいくつも回らなければならなかった。

いくら好景気だからといって、油断は禁物だった。日本の商社は言い値で買うという風評も立っていたし、ただでさえスイス人は商売に長《た》けている。そのうえ現地在住の日本人エージェントを介しての商談だから、少しも気が抜けなかった。英語しかしゃべれない駐在員が、ひとりで新規の買い付けをするなんて、後にも先にも考えられん乱暴な話さ。だが、手が足りないのだから仕方がない。どだい三十代の若僧に、ワインやチーズの味なんてわかるものか。もっとも、あのころは日本の消費者にしたところで、わかってはいなかったんだけれどね。

ともかく忙しい一日だった。しかし、前夜の夢の余韻が、その忙しいさなかにもずっと続いていた。行く先々で試飲した、とびきりのワインのせいもあったのだろうけれど。

何とかスケジュールをこなしてホテルに戻ったのは、だいぶ夜の更《ふ》けたころだったと思う。

翌日はいくつかのメーカーと契約書をかわしてから、夕方の便でロンドンのオフィスに戻らねばならなかった。

書類の点検をしていると、窓の外から赤ん坊の泣くような声が聞こえた。不穏な気分になって、おそるおそるベランダの窓を開けたら、すぐ目の前の樅《もみ》の木のてっぺんに梟《ふくろう》が留まっていた。

ちょうど満月の晩で、湖の面《おもて》には光の道が延びていた。

初めは猿だろうと思ったんだ。こう、頭が大きくてずんぐりしていたから。都会育ちの僕に、獣の正体なんてわかるものかよ。

しばらく息を殺して見ていると、首がからくりのように捻《ね》じ曲がってこっちに向いた。それで、梟だとわかった。

チーズのサンプルをひとかけ、ベランダの手すりの上に置いて、「さあ、お食べ」と声をかけた。すると、さして考えるふうもなく、梟は大げさな羽音をバサバサとたてて飛んできた。そしてチーズをくわえると、闇《やみ》の向こうに消えてしまった。

たぶん、同じことをするゲストに餌付《えづ》けされていたんだろうな。だが、僕はびっくりして部屋の中に転げこんだ。

夢の続きみたいな出来事さ。それでふと考えたんだ。もしかしたら、きのうの夢の続きを見ることができるんじゃないか、って。

ベッドの上には、きのう注文した白い枕《まくら》がなかった。どうして片付けられてしまったのだろうと思った。すると、あの幸運で幸福な一夜の夢が、いよいよ白い枕のもたらした格別の福音のような気がしてきた。

僕はベッドサイドのボタンを押した。じきにドアがノックされて、テール・コートにボウ・タイを締めたバトラーが現れた。

「何なりとご用命下さいませ」

ドイツ訛《なま》りの硬い英語で彼は言った。

「きのうと同じ枕を」

「かしこまりました。少々お待ち下さい」

バトラーはテール・コートの裾《すそ》を翻《ひるがえ》して退室した。そして、何も考えるすきまがないほどすぐに、ライオンの飾りのついた大理石のワゴンを押して戻ってきた。

きのうと同様に、白い枕と黒い枕が載っていた。

「ブラック・オア・ホワイト？」

バトラーは改めて訊《たず》ねた。

「白いほう」

それほどまじめに考えていたわけじゃないさ。だいぶ酔っていたし、面白半分で白い枕を指名したんだ。ところが、バトラーは妙なことを言った。

「旦那《だんな》様。明日お発《た》ちになられるのでしたら、きのうと同じ夜を過ごされるよりも、またちがった一夜を楽しまれるほうがよろしゅうございましょう」

一流のホテルに「ノー」はないはずだ。だがバトラーは、ゲストの要望を否定して黒い枕を勧めた。

考えてもみてくれ。たとえば料理を選ぶときに、ゲストの意向に反して「舌平目よりもサーモンのほうがおいしい」などというボーイはいるわけがないだろう。だから僕は、俄然《がぜん》興味を持った。ホテルの常識を覆《くつがえ》してまで、バトラーが勧める黒い枕に。

「じゃあ、黒いほうを」

バトラーはきのうにもまして、にっこりと笑った。そして黒い枕を、何だか厳かな手つきでベッドに置き、「グッド・ナイト・サー」と言って部屋から出て行った。

白い枕はコットンのサテンだったが、黒い枕はシルクのビロード地だった。大きさと硬さは同じだ。

僕はまたいいところで目が覚めぬよう、カーテンをきちんと閉めた。

部屋の灯りを消すと、湖の上にかかった満月がぼんやりと闇を染めた。梟は樅の木に戻ってきたらしく、ときおり赤ん坊のような鳴き声を上げたが、求めに応ずる気にはとてもなれなかった。

黒い枕に頭を預けたとたん、身じろぎもできぬほどの睡気《ねむけ》がやってきたのだった。

見知らぬ街の、広い河口に架かる橋の上に僕は佇《たたず》んでいた。

そう、きのうの夢の続きじゃない。南国の楽園を期待していた僕は落胆した。何だ、同じ夢をもういっぺんくり返すだけかよ、と。

僕のかたわらには、きのうと同じ恋人がいた。誰というわけではないが、心から愛する女だった。

僕らは固く抱き合って、たがいを貪《むさぼ》るような接吻《せっぷん》をかわした。恋人は僕の耳元に囁《ささや》いた。

「死んでよ」

おや、と思った。きのうの夢では、たしか僕がそのような台詞《せりふ》を口にし、恋人が肯《うなず》いてくれたはずだ。

「ねえ、お願い。私と死んでよ」

眼下は黒くて深い川で、どちらの岸も見えなかった。恋人の力は抗《あらが》えぬほど強く、このまま抱き合って飛びこんだらひとたまりもあるまいと思った。

勝手な話さ。前夜の僕は自分から言い出したのに、恋人から命を求められると怖くてたまらなくなった。

橋の上を振り返った。じきに路面電車がくるはずだ。そこには祖父が乗っていて、

「早まるな、逃げろ!」と僕を励ましてくれるのだろう。

霧の彼方《かなた》に灯りがともったと見る間に、重い地響きをたてて電車がやってきた。ところが、乗降口の手すりにぶら下がっているのは祖父ではなく、黒い外套《がいとう》の襟を立ててソフト帽を目深《まぶか》に冠《かぶ》った追手だった。

「いたぞ、逃がすな!」

急停止した電車から、同じ風体の男たちがばらばらと駆け下りた。

どうしたんだ。まるで筋書がちがうじゃないか。

「もうだめよ。死ぬしかないわ」

恋人はいっそう強い力で僕にすがりついた。

夢というのはふしぎなものだね。これは夢だとわかっているのに、怖くてならない。たとえ現実に同じことが起きたとしても、そこまで怯《おび》えるまい、と思えるほど怖《おそ》ろしい。

男たちは手に手に拳銃《けんじゅう》を握って、僕と恋人を遠巻きにした。兄貴分らしいひとりが言った。

「男は殺せ。女は生捕りにするんだ」

そのブロークンな英語に聞き覚えがあった。丸一日、商談の仲介とドイツ語の通訳をしてくれた、小峰《こみね》という現地在住の日本人エージェントだった。

そうした手合が、たとえ日本人であっても僕らの味方ではないことぐらい知っている。その土地で生き続ける意志があるからには、スイス人の仲間なのだ。だから僕は、けっして彼に心を許してはいなかった。

「やっぱりそういうことだったんだな」

僕は小峰の、齧歯類《げっしるい》を思わせる狡猾《こうかつ》そうな顔を睨《にら》みつけた。

「悪く思うなよ、都築さん。見知らぬ土地で生きて行くってのは、あんたらが考えるほど甘くはねえんだ」

銃口を向ける悪党どもの輪が縮んだ。街灯に照らし出された彼らの顔は、その日に会ったチーズ・メーカーの社長や、ワイン工場の親爺《おやじ》だった。

恋人が叫んだ。

「私、この人を殺させはしない。一緒に死ぬわ」

抱きすくめられて体が宙に飛んだ瞬間、夢ならここで醒《さ》めてくれと願ったよ。だが、そうはならなかった。

川の水は生ぬるかった。僕らはたがいの体を確かめ合いながら懸命に泳いだ。川面《かわも》を被《おお》う霧のせいで、追手は僕らの姿を見失ったらしい。怒鳴り声は遠ざかり、見当ちがいの的に向いた銃声が聞こえた。とりあえず危機は脱した。僕らは泳ぐのをやめて、水に浮かびながら流れに身を任せた。

「死ねなかったわ」

「よかったじゃないか」

「よくないわよ。私はあなたと死にたかったのに」

「わがままを言うもんじゃない」

中東情勢がいくらか安定していたころ、死海で泳いだことがある。塩分が二十五パーセントを占める塩の湖だ。浮力が大きくて、大の字に仰向《あおむ》いても体が沈まない。そのときの奇妙な快感が、夢の中で甦《よみがえ》ったのだろう。

「二人で生きてゆこう。この街の向こうには南国の楽園があるんだ。浜辺の椰子小屋で、僕の子供を産んでほしい」

僕は昨夜の夢の続きを希《のぞ》んでいた。楽園にたどり着いて幸福な生活を体験するまでは、この夢から醒めたくない。

「いやよ。あなたと死にたい。私の願いはそれだけなの」

僕らは流れながら、不毛な言い争いをした。その口論には、かつてごたごたと揉《も》めた女たちとかわした言いわけやら、罵《のの》り合いやらが、何の脈絡もなく列《つら》なっていた。

愛の言葉はひとつ残らず忘れてしまっても、憎悪《ぞうお》の声は心に刻まれているものさ。その女が誰というわけではなかった。僕の不実を呪《のろ》いながら去っていった女たちの生霊《いきりょう》が結託して、誰よりも美しく誰よりも愛《いと》しい女の姿になっているとでもいえば中《あた》っている。つまり、愛憎の具体だ。

生ぬるい流れはやがて僕らを、港に近い運河へと導いていった。

両岸にはたくさんの漁船や曳舟《ひきふね》が舫《もや》われていた。僕らはそれらの舷側《げんそく》をたどって、コンクリートの岸壁に穿《うが》たれた鉄梯子《てつばしご》を登った。

舟べりを搏《う》つさざ波の音と、間を置いて沖合から届く霧笛のほかには何も聞こえなかった。

体中を耳にしながら、石畳の道を歩いた。すると人がようやくすれちがえるくらい細い路地の奥に、見覚えのある店があった。

赤いネオン管で書かれたその店の名は、「不運な夜《アンラッキー・ナイツ》」。ちょっと気がかりなネーミングだが、この店で一夜を明かさなければ楽園へはたどり着けないと思った。

陽気なディキシーランド・ジャズと酔っ払いの群れ。店内の様子はきのうとまったく同じだった。僕らはカウンターの端に腰を据えた。

「おい、おい。性懲《しょうこ》りもなくまた来やがったか、この糞《くそ》ッたれ野郎」

ウェスタン・ハットを冠ったろくでなしの大男が、バーボンをラッパ飲みしながら言った。強面《こわもて》だが悪人ではないことは承知している。

「きのうは匿《かくま》ってくれてありがとう。お礼を言いそびれたのが気になってね」

僕がお愛想を言うと、大男は酒を噴いて笑った。

「おい、聞いたかみんな。こいつは俺にお礼を言いにきたんだとよ。何て不運な野郎だ」

酔っ払いどもは声を揃《そろ》えて大笑いし、口々に「アンラッキー・ガイ」と囃《はや》し立てた。

きのうとはちょっと空気がちがう。恋人は怯えて、僕の腕にしがみついた。

「こいつらにお似合いの曲をプレゼントしてやれよ」

聞いたこともない、ひどく暗鬱《あんうつ》な曲が流れ始めた。チューバが象の歩みのように重い主旋律を奏《かな》で、トロンボーンのスライディングがまとわりつき、ときおりクラリネットが金切声を上げた。

「葬式の曲はやめてくれないか」

僕は震える恋人をかばいながら言った。

「あいにくだが、ディキシーの葬送行進曲《フューネラル・マーチ》は陽気な曲と決まっている。あの世はこっちよりずっとマシだろうから、くたばるのはめでてえことなのさ」

「だったら、この陰気な曲は何だい」

大男はカウンターに肘《ひじ》を置き、頭を抱えて思い悩むしぐさをし、低い悪魔の声を絞った。

「アンラッキー・マーチ。くたばることもできずに、この世の地獄をさすらう曲さ」

酔っ払いたちは「アンラッキー・マーチ」と唱和してグラスをあけた。

僕らの前には、いつの間にかワインのボトルが置かれていた。黒人のバーテンダーが白い掌《てのひら》を返して、「あんたらにはお似合いだ」と言った。

一口飲んで顔をしかめた。こんなまずいワインは初めてだ。やたらに重くて黴臭《かびくさ》く、口の中に絡《から》みついた。

「トミー。何か食い物を出してやれよ。こいつらは腹っぺらしだ」

大男に促されて、バーテンダーはカウンターの下から大きな皿を取り出した。何種類ものカット・チーズが盛られていた。そこで僕は、まずいワインもこのチーズも、昼間に試食した品物だと気付いた。

よもやと思ってチーズを口に入れた。とたんに吐き出した。まるで蠟燭《ろうそく》でもかじったようだった。

「ミート・パイを」

バーテンダーに注文した。

「あいにくだが、ミート・パイは犬に食わしちまった」

「嘘《うそ》つけ」と、大男が横槍《よこやり》を入れた。

「犬に食わすほどのお人好《ひとよ》しかよ。俺は見てたぜ。おめえ、裏で豚に食わしてたろう。まったく、どうしようもねえ悪趣味だな。ミート・パイは豚に食わせ、フライド・チキンは鶏に食わせ、猫に餌《えさ》をくれてやるときは、わざわざ猫を潰《つぶ》すんだぜ」

僕は気分が悪くなって口を押さえた。

「酔っ払いの言うことは信じなさんなよ」

そう言ってバーテンダーは、鉄のプレートの上で音を立てるステーキを、僕の目の前に置いた。血が滲《にじ》み出るほどのレアに焼かれた、一ポンドはありそうな肉の塊だった。

「だめよ」

恋人が僕の腕を摑《つか》んだ。ステーキの正体などどうでもいいくらい、腹の虫が鳴いた。

「どうした、熱いうちに食えよ」

ナマズ髭《ひげ》から血と脂《あぶら》を滴《したた》らせて、大男がフォークを向けた。酔っ払いたちもそれぞれに、肉を貪り食っていた。

「だめだってば」

恋人がもういちど僕を叱《しか》った。

「トミー、やっぱり日本人はうめえな」

僕はぎょっとして大男を見つめた。

「日本人、って？」

「おめえらを探し回っていた日本人だよ。面倒くせえから潰しちまった。うめえことはうめえが、チビだから食いでがねえ」

僕は目の前のステーキを見た。チビの日本人といえば小峰だろうと思ったのだ。

「何もおめえらに加勢したわけじゃねえさ。たまには肉でも食わなきゃ、アルコール漬けの体が持たねえからな」

酔っ払いのひとりが皿を手にして立ち上がり、「おかわり！」と叫んだ。するとみんながナイフやフォークで皿を叩《たた》き始めた。「アナザー」「ワンモア」と唱和しながら。

「しょうのねえやつらだな」

大男はマッシュポテトまで残らず平らげると、フォークを握ったまま僕らを睨みつけた。

「アナザーだとよ。こんなときにのこのこお礼になんざ来やがって、まったく何て不運な野郎だ」

僕は恋人の手を握り、大男に体当たりをくらわして店から駆け出した。

誰も追ってくる気配はなかったが、恐怖は去らなかった。石畳の路地は悪臭に満ちていて、豚の群が豚を食い、鶏が鶏をついばみ、猫は猫に群らがっていた。いちいち悲鳴を上げて立ちすくむ恋人を僕は叱りつけ、しまいにはアクション映画のヒーローのように、彼女を肩に担《かつ》いで走った。

「もうじきだ。天国の島はすぐそこなんだ」

行く手の空が明るんでいた。それは曙の光ではなく、青く澄み渡った楽園の空の色だった。だが、陰湿な裏町は、きのうのようにすんなりと僕らを解放してはくれなかった。

人は僕を、苦労知らずの御曹司《おんぞうし》だと思っているだろう。誰もが持っているわかりやすい物差しを当てれば、たしかにそういうことになるさ。資産はあるし、見た目もそう悪くはなかろうし、背も高くて、おまけにダイエットの心配がない体質だ。

そんな僕にも人並の苦労はあるといえば、人は笑うだろう。だから口に出したためしはない。わがままなやつだと思われたら、友達を失うからね。僕の苦悩を測る物差しを、世間の人は持っていないのだから仕方がない。

僕は知っている。幸福はいつも虹《にじ》のように遠ざかってゆくもので、不幸は膨らみ続けるものだと。どんな人生でも、それは同じなんだ。幸福には「希望」という不確かな要素が含まれているが、不幸は揺るがぬ現実に支配されている。

楽園の光は走れど近付かず、夜の街は歩みより速く膨張していた。僕の足は空転し、恋人の重みは肩にこたえた。

苦闘しながら僕は、きのうの白い枕の夢を懐《なつか》しんだ。「こんなはずじゃなかった」と。それはたぶん、生きとし生けるすべての人々が、長い人生の中でいくども呟《つぶや》く台詞だ。

そうしてようやく、不幸な街を抜けた。

白い渚《なぎさ》と青い空。波は穏やかで、風は乾いていた。きのうとどこも変わらぬ楽園の風景は、僕を泣かせるに十分だった。

振り返れば、あのいまわしい街はどこにもなかった。熱帯の陽光を受けてのどかに鎮《しず》まる密林のあるばかりだった。

恋人を肩から下ろすと、僕は砂浜にへたりこんだ。たしかきのうは、帽子を空に投げ上げ、コートや衣服を一枚ずつ脱ぎ捨てて歩き出したはずだ。だが、そんな元気はどこにも残っていなかった。

太陽に灼《や》かれながら、膝《ひざ》を抱えて僕は祈った。恋人と二人きりの椰子小屋の暮らしなど、もうどうでもいい。早く目覚めさせてくれ、と。

恋人の影が、蹲《うずくま》る僕の上に倒れかかった。

「約束よ。私を抱いて」

僕は眉庇《まびさし》をかざして湾《いりうみ》の彼方に目を向けた。渚続きの森の中に、きのうと同じ小さな椰子小屋が佇んでいた。だがくたびれ果てた僕には、そこが幸福のありかだとは思えなかった。

「そんな約束はした憶《おぼ》えがない」

僕はかぶりを振って言った。

「勝手なことを言わないで。僕の子供を産んでほしいって、あなた、言ったじゃない」

「でも、君は拒んだ。願いは一緒に死ぬことだと言った」

「男がいったん口に出したからには、約束でしょうに」

無口で淑《しと》やかな女だったはずだ。僕は恋人の豹変《ひょうへん》ぶりに驚いた。心を宰領していた慕情が、まるで憑物《つきもの》が落ちるように消えていった。

女は髪をかきむしり、砂を蹴《け》り上げて口汚なく僕を罵った。

「嘘つき！　嘘つき！　あんただけは、そんじょそこいらの男とはちがうと思ってた。ああ、おんなじだ。やっぱりどいつもこいつも、男はみんなおんなじだ！」

もう言い返す気力もない。潮が満ちて尻《しり》を濡《ぬ》らしても、僕は立ち上がることもできなかった。

太陽を背負って日裏になった女の顔が、悪辣《あくらつ》に笑った。

「おなかがすいたわ」

女の手にはナイフが握られていた。逃げようにも僕の体は腰まで砂に埋まっていた。言葉にならぬ恐怖を声にして悲鳴を上げた。僕の体に残っている力は、それだけだった。

叫び声を上げて目覚めた。

毛布を蹴飛ばしてはね起きてからも、しばらくは胸の動悸《どうき》がおさまらなかった。悪夢から覚めたときは誰でもホッとするだろうが、そのときはむやみに腹が立った。黒い枕のせいだと思ったからね。

白い枕なら楽しく美しい夢を見て、黒い枕では悪夢を見るのか？　まさかね。たかが枕に、そんな仕掛けがあるはずはない。

それでも、ちょっと混乱していた僕は、バトラーを呼んで怒鳴りつけてやろうかと思った。だが、夢は僕の個人的な体験で、彼に強要されたわけではない、と思い直した。

あのころの僕は、調子に乗りすぎていた。僕ばかりではなく、あのころの日本人の多くが。向かうところ敵なしで、その気になればやってできぬことなど何もないと信じていた。だから、自分にとって不都合なことが起こると、何でも他人のせいにした。僕はそうした日本人の不遜《ふそん》は自覚していたつもりだ。夢見が悪かったからといって、ホテルにクレームをつけるほど不遜ではなかった。

ベッドサイドのボタンを押してバトラーを呼び、朝食を注文した。

「ゆっくりお休みになれましたか」

と、バトラーは硬いドイツ訛りの英語で訊ねた。すべてを承知したうえで、嫌味を言っているような気がしたから、晴れがましい顔を繕《つくろ》って答えてやった。

「おかげさまで、すてきな夢を見たよ」

「さようでございますか。それはけっこうでした」

僕の答えを怪しむふうはなかった。だが、おかしなことには、カーテンを開けて光と風を入れたあと、彼は黒い枕を何か大切なものでも扱うように胸前《むなさき》に掲げて、部屋を出て行ったんだ。

一連の動作は流れるように優雅だったから、さほど不自然には感じなかったのだが、考えてみればそんなふうに枕を引き取るなんて、おかしいじゃないか。

もしや白い枕と黒い枕には、脳を刺激するスイス製の医療機械か何かが仕込まれていて、僕はひそかな人体実験にでも使われたんじゃないか、などと考えた。あるいは、その機械でさまざまの夢を提供し、話題になることを目論《もくろ》んでいるんじゃないか。

ばかばかしい、と君は思っているだろう。たかが夢見のよしあしに、何をそこまで考える必要があるんだ、と。

しかし、そんなふうにあれこれ勘繰ってしまうくらい、二夜の夢ははっきりとしていて、しかも仕組まれたように対照的だった。僕の頭が偶然作り出したとは、とうてい思えなかったんだ。

朝食はパンとチーズに、少しの生ハムとサーモン・フュメ。近ごろではあまりお目にかかれなくなった、伝統のヨーロピアン・スタイルだった。ベランダにテーブルを据え、湖畔の秋景色を見ながらゆっくりと食事を摂《と》った。

アメリカに赴任したことのなかった僕は、慌《あわただ》しいビュッフェ・スタイルの食事や、いわゆるパワー・ブレックファーストにはなじめなかった。朝からがつがつと食べるのは、やはり品がない。一日を台なしにしてしまうような気になる。

忙しいときほど朝食は時間をかけて、慎しみ深く食べなければいけないと、父母に訓《おし》えられていた。

そう。その日は予定が詰まっていたんだ。きのう商談をしたワインとチーズのメーカーのうちの、何軒かを回って買い付けの契約をし、夕方の便でロンドンのオフィスに戻る。

もっとも、あのころの忙しさは昨今とはだいぶ質がちがった。なにしろ携帯電話はないし、パソコンだって持ち歩いているわけじゃない。緊急の連絡は固定式の電話を使うが、いちいちお伺いを立てていたら、仕事のできないやつと思われたものさ。

つまり、現場の担当者に相当の決定権が与えられていたから、責任は重大だったが、そのぶん仕事は単純だった。

君にも経験があるだろう。もう忘れかけているけれども、三十年前のあのころは、時計の文字盤だけが忙しさの目安だった。

今の若い連中は大変だね。勘と度胸で勝負をするなんてもってのほか、通信手段も情報も持ち歩いているから、いつだって迷いに迷って、最善の結論を探り当てなければならない。そのくせ責任感は稀薄《きはく》だ。お手柄もミステイクも、必ずしも個人の責任に帰結しなくなったからね。

前日に回ったメーカーの取捨はすでに決まっていた。だが、結論は後日、というポーズを取った。商社員の常套手段さ。そして翌《あく》る日に、自分の裁量で何とかしたいと言いながら買い叩き、一気に契約まで持っていく。

食事をおえてシャワーを浴びると、ちょうど現地エージェントが迎えにくる時刻だった。

悪夢は忘れていた。ビジネスマンなら誰だって、ネクタイを締めスーツに袖《そで》を通せば、お仕事モードに入るだろう。

ところが、チェックアウトをして振り返ったとたん、悪夢がぶり返したんだ。

ロビーの柱巻きの椅子《いす》から、小峰が立ち上がって手を上げた。その朝の彼は、厚ぼったいウールのコートを着て、ハンチングを冠っていた。黒ずくめの格好は、まったく夢の中の追手そのものだった。

とっさに考えた。

(何だよ。食われたんじゃなかったのか)

そして、橋の上に僕と恋人を追いつめたときの、悪辣な台詞も甦った。

(悪く思うなよ、都築さん。見知らぬ土地で生きて行くってのは、あんたらが考えるほど甘くはねえんだ)

小峰は齧歯類を思わせる狡猾そうな顔を綻《ほころ》ばせて近寄ってきた。あれは夢だ、と僕は自分に言い聞かせて無理に笑い返した。

あのころうちの会社は、小峰のようなエージェントをヨーロッパの各地に配置していた。利ざやを抜かれる代理店ではなくて、僕らにかわってある程度の実務をこなしてくれる、個人の代理人さ。

むろん難しいことはさせられない。通訳と車の運転と、事前の情報収集と簡単な事務処理ぐらいのものだ。日本が金に飽かせて世界中の市場を席捲《せっけん》していたあの当時、それくらいの仕事ができる小器用なやつらは、どこにでもいたんだ。

どんな連中かって？

事情はそれぞれちがうからひとくくりにはできないね。たとえば、ほかの会社の現地駐在員なのだが、暇を持て余している、とか。稼ぎのある外国人の女房がいて、本人は定職を持たずにぶらぶらしている、とか。公認ガイドの資格が取れなくて、個人旅行者のナビゲーターをしている、とか。

能力さえあれば、素性などどうでもよかった。現金を扱わせることはないし、あくまで雇用関係のないエージェントだ。

小峰とはそれまでにも何度か仕事をした。たしかジュネーヴかチューリヒに住んでいて、スイスとオーストリアは彼のテリトリーだった。多少の素性は聞いていたと思うが、記憶にはない。齢《とし》は僕よりだいぶ上で、四十のなかばだったと思う。

戦力にはちがいないが、彼らを信用してはいなかった。スイス傭兵《ようへい》でもあるまいに、僕らに忠誠を誓っているわけじゃないんだ。たとえ日本人でも、現地で生きているからには僕らの味方ではない。

「打ち合わせをしよう」

と、僕は小峰をラウンジに誘った。夢の印象はあまりにも強烈で、現実を確認する時間が必要だと思った。

ガラス天井から暖かな光の射《さ》しこむ、ベル・エポックそのままのラウンジでコーヒーを飲んだ。

どうでもいい世間話をして気分も落ちついたころ、僕は訊ねた。

「小峰さんのお勧めは、どのメーカーですか」

彼はちょっと面食らった顔をした。現地エージェントのジャッジメントは商売の禁忌だ。なぜなら、彼らはこっちの味方ではない。自分の利益になる回答をするかもしれないから、けっして意見を求めてはならない。

「いや、それは私がどうこう言う問題ではないですよ」

小峰からすれば、うちの会社は大切な飯の種だ。良識ある答えさ。

「ワインやチーズの味は、僕なんかより小峰さんのほうがずっとわかるでしょう。参考までにお聞きするだけです」

小峰はきのう、訪問先のメーカーで僕と一緒に試食と試飲をしている。

「そうですか。じゃあ、参考までに――」

と、小峰は私見を述べた。僕の意中のメーカーとまったく同じだった。人の好みなんていうのは、そうそう分かれるものじゃないさ。うまいものは誰が飲み食いしたってうまいに決まっている。

さて、僕はあのとき、いったい何を考えていたんだろう。悪夢に呪縛《じゅばく》されていたことはたしかだ。

「なるほど、そうでしょうねえ。でも、小峰さん。日本人の味覚は、まだまだ本場の味を理解できないんですよ」

小峰は不愉快そうな顔をした。生意気な若僧に弄《もてあそ》ばれたような気がしたんだろう。

こいつは敵だ、と僕は思った。僕を陥《おとし》れようとしている。僕に災厄をもたらすにちがいない、と。

それから僕は、小峰の運転する車に乗ると、彼が勧めなかったメーカーを回るよう指示した。つごう三軒。僕は自分の判定を覆したんだ。

小峰はよっぽど文句をつけたかったろうな。だが、何も言うはずはない。月に一度か二度、ほんの何日間かうちの会社の仕事を請負えば食っていけるんだから。ことに現場担当者の不興を買ったら、それでおしまいさ。

空港で別れるとき、小峰は妙に改まった口調で言ったっけ。

「都築さん。メーカーのリストアップをしたのは私ですけれど、それは推薦したという意味ではありません」

悪い結果を危惧《きぐ》したんだろう。そうなっても自分には責任がないと、僕に釘《くぎ》を刺したんだ。

はたして、悪い結果が出た。ロンドンのオフィスに意気揚々と帰ったはいいが、サンプルを試飲したセールス・マネージャーは首をかしげた。

「おまえ、酔っ払ってなかったか」

一口飲んで、悪夢が甦ったよ。あの「不運な夜《アンラッキー・ナイツ》」で出された、やたら重くて黴臭いワインの味じゃないか。

チーズを食べた現地採用のスタッフは、歯に衣《きぬ》着せぬ言い方をした。

「蠟燭《ライク・ア・キャンドル》だ！」

セールス・マネージャーは好人物だった。もう定年も近いというのに、十年もロンドンのオフィスに流されたまま、不平のひとつも言わなかった。そのときも少し説教はしたが、すぐにスイスに飛んで跡始末をつけてくれた。

ペナルティーを支払って契約を解除。僕にとっては最悪の結末だった。

かくかくしかじかなんて、説明できるものかよ。メーカーをいくつも回ったのでだいぶ酔っていただの、もともと舌には自信がないだの、苦しい言いわけをしなければならなかった。

小峰がどうなったかは知らない。もしその一件のせいで干されたとしたら、気の毒だったがね。


「他人の夢の話なんて、面白くもおかしくもないだろうな」

都築君は恥じ入るように笑った。どうやら話は一段落したらしい。

そんなことはないよ、と私は答えた。あながちお追従《ついしょう》ではなかった。六十を過ぎると、旧友たちの語る話はたいてい聞き憶えがあり、それはおそらく私自身も同様なのだろうが、要するに老いの繰り言なのである。

そもそも平和で豊かな時代に生まれ育った私たちの世代には、破天荒な人生を送ってきた者などなく、他人が聞いて面白そうな話は個人の秘密だった。だから話題はいっそう繰り言に終始してしまう。

そうした会話にあきあきしている私の耳に、都築君の夢の話はむしろ新鮮だった。また、寡黙《かもく》な男だとばかり思っていた彼の饒舌《じょうぜつ》は、まったく思いがけなかった。

「無理強いはしないけど、もうしばらくいいかな」

都築君は申しわけなさそうに言った。万事に高踏的で、他人の心など斟酌《しんしゃく》しないはずの彼には、似つかわしくない表情だった。

「トイレなら廊下を左――」

都築君が指さしたドアから出ると、蘭《らん》の図柄の絨毯《じゅうたん》が敷かれた長い廊下だった。曇りガラスのグローブが列なっているさまは、とうてい個人の住宅とは思えず、ホテルの廊下を歩くような錯覚に捉《とら》われた。

学生時代に何度か訪ねたことのある、彼の屋敷を思い出した。

鋼鉄の門の先に砂利を敷いた道が続き、空襲を免れた古い洋館が建っていた。どうしたわけか家族と会った記憶がない。私たちを接待するのは、黒衣《くろご》のような使用人だった。たぶん家族の留守中に限って、都築君は友人を招いたのだろう。

芝生の庭の中央には円形の噴水があったが、水はいつも涸《か》れていた。外縁は桜と、常緑の楠《くすのき》の森だった。

戦後に没落してしまった旧華族の邸宅を、祖父か父が買い取ったというところだろうか。そこに高層マンションを建てるとなれば、その対価としてこんなにも広大なペントハウスが提供されるのだろう。

どこにも人の気配はなかった。彼の私生活はほとんど知らないのだが、たしかかつて、娘の話を聞いたような気がする。ひとり娘が嫁に出て、女房は稽古事《けいこごと》でたまたま不在、ということならふしぎは何もなかった。

齢をとるとマンション暮らしのほうが楽だと聞くが、これくらい途方もない広さとなると、便利さよりも不安感がまさるのではなかろうか。

リビングルームに戻ると、都築君は夜景のただなかに佇んで電話をかけていた。

「適当にケータリングを頼んだよ。ゆっくりしていってくれ」

長身をソファに沈め、ワインを手酌で味わいながら、都築君はふたたび饒舌に語り始めた。

第三夜　パラオで見た白い夢

それからほどなくして、僕は日本に戻った。

時期はずれの異動だったから寝耳に水だったたな。例のスイスでの一件が関係していたのかもしれない。

内示が出たときは浮かれ上がって、異動の理由など考えもしなかった。だがやはり、あのミステイクは僕にとって、相当のダメージだったと思う。

セールス・マネージャーは好人物だったが、肚《はら》の底が読めなかった。口先では、「いいよ、いいよ、気にするな」と言いながら、あんがい根に持っていたか、あるいは事が重大であればあるほどそんな顔をするのか、ともかく彼には日本人らしからぬ陰湿さがあった。

欧米人にはよくいるタイプさ。長いこと海外勤務をしているうちに、肝胆相照《かんたんあいて》らすという日本人の美徳を忘れてしまったのだろう。

理由なんかどうだっていい。僕はロンドン勤務も三年目で、まさかこのまま彼の後《あと》釜《がま》に据えられるんじゃなかろうなと、心配し始めていたんだ。

ところが本社に戻ってみると、どうも様子がおかしい。急な異動だったから、きっと僕を必要としている新規のプロジェクトでもあるのだろうと期待していたのに、仕事らしい仕事がないんだ。

上司からは、英文の契約書の内容を精査しろと命じられたのだが、そんなものには書式があって、数字をチェックすればいいだけさ。それ以上の精査は法務部の領分だろう。つまり、仕事はなかった。

スイスの一件のペナルティーだなんて、思いたくはなかった。好景気のおかげで中途退社する者はなし、女性社員も終身雇用をめざすのが当然という空気になって、いわゆるピラミッド型の組織が維持できなくなっていた。すると、僕のようにひょっこり海外勤務から戻ってきたりすると、しばらくは遊兵化するしかない。

問題はその「しばらく」がいつまで続くかだ。同期入社組はぼちぼち管理職に上がり始めていた。この状態に甘んじていたら、水をあけられるばかりだ。

そこで上司に直訴したら、あっけらかんと「溜《た》まっている休暇を取れ」と言われた。

答えにはなっていないから腹は立ったが、考えてみれば妙案かもしれない。ロンドンでの業務は、日本よりもずっとルーズだった。クライアントも現地スタッフもがつがつ仕事をしないから、僕らまで同じペースになる。だから帰国して本社のオフィスに入ったとたん僕はとまどい、いわば小さなリップ・ヴァン・ウィンクルになっているのかもしれなかった。

上司がそう勧めるのだから、誰に気がねすることもないさ。目一杯の休暇を取ってどこか南国のリゾートでぼんやりと過ごせば、むしろ頭の中がリセットされて、本来のペースを取り戻せるのではないかと思ったんだ。

パラオに行ったことはあるか。

僕らが子供のころにイメージしていた「南洋の楽園」というのは、まさにパラオのことじゃないかな。

なぜなら、戦前は日本の委任統治領だった南洋諸島では、パラオに南洋庁が設置されていたんだ。第一次世界大戦の結果、かつてドイツ領だったミクロネシアの全域が、事実上の日本領となった。つまり、広大な南洋諸島の中心が、パラオのコロール島だった。

何もそこまで予習して目的地を決めたわけじゃないがね。十日間の休暇をダイビング三昧《ざんまい》で過ごそうと思ったら、まずパラオが頭に浮かんだんだ。

学生時代はよく沖縄で潜ったものだが、就職してからはとんとごぶさただった。だったら当時からの夢だったパラオでのダイビングを、実現させようと思った。

グアムで乗り継いで二時間、トランジットの時間を加えてつごう八時間というのはけっして便利ではないが、ゆっくりと休暇を過ごす場所としてはころあいの距離だろう。

空港に降り立ったとき、ふしぎな既視感を覚えた。あれ、前に来たことがあったかな、と。

そんなはずはない。では、その既視感の正体は何かというと、日本が統治していた時代の空気だった。そう、僕らが子供のころに抱いていた、「南洋の楽園」のイメージそのものだ。

コロール島の目抜き通りには、日本統治時代の建物が並んでいた。タクシー・ドライバーは上手な日本語で、あの建物は映画館だったとか、あそこにあった銭湯に入ったことがある、などと言った。

島の歴史を知らなかった僕は、彼が何を言っているのか意味がわからなかったのだが、そのうち少しずつ理解したんだ。かつての日本人が夢見た「南洋の楽園」とは、ここなのだと。

戦前には二万人以上の日本人が住んでいたという。そのタクシー・ドライバーも日本人の子供らと一緒に教育を受けた。名前だって「ハルオ」なのだと、彼はいくらか自慢げに言った。

そのころはまだアメリカの統治下にあったが、すでに自治政府が発足して、独立は目前だった。

たそがれの風景の中に、過ぎにし時代を夢想した。日本の覇権が外地に及んだころといえば、僕らはあまりいい印象を抱かないね。旧満洲だの、朝鮮半島だの、中国の大都市だの、それらはどうしても「侵略」という言葉とワンセットになっているんだ。だが、コロール島の目抜き通りを眺めていると、なぜかどこにもそうした負の歴史が思いうかばなかった。

国際連盟から委任されて、日本が統治した島々。広大なミクロネシアの中心。現地の住民たちに信託された楽園。

タクシー・ドライバーの言葉は、流暢《りゅうちょう》どころか僕らの日ごろ使う日本語よりも端正だった。すでに英語が公用語となっているにもかかわらず、古きよき日本語が保存されていたのだろう。

何年か前に自治政府の大統領選挙があったのだが、初代大統領に選ばれたのは、自分と同じ「ハルオ」だとドライバーは笑った。

驚いたことに、日本語は人の名前ばかりじゃない。「大統領」も「選挙」も現地語になっていて、つまり「プレジデンシャル・エレクション」とは言わずに、「ダイトウリョウ・センキョ」なのだそうだ。

ほかにもたくさんありますよ、とドライバーは言った。「ベントー」「センプーキ」「オキャクサン」「ダイジョーブ」。懐《なつか》しい日本語としては、パンツが「サルマタ」で、ガソリンは「アブラ」だ。ビールを飲むことを「ツカレナオス」というのは笑える。

ふしぎな既視感の謎《なぞ》は解けた。僕らは子供のころ、かつてパラオからもたらされた「南洋」のイメージをそのまま抱いており、そしてパラオには、日本人の置き去った文化が今も生きていた。その双方が呼応して、とてもノスタルジックな既視感になったというわけさ。

ホテルに着いて多めのチップを渡すと、タクシー・ドライバーはおし戴《いただ》くようにして頭を下げた。姿形は純血のパラオ人だが、その挙措はまったく日本人だった。それも、何十年か昔の。「ありがとうございます」は、とても難しい日本語だと思うが、彼の発音はナチュラルだった。

観光立国をめざすパラオと、好景気に沸く日本のコンセンサスの結果だろうか、日本資本のホテルはとても豪華で快適だった。そして何よりも僕が気に入ったのは、ハワイやグアムのような繁雑さがないことだった。

ホテルの中の客の密度、むろん自然に対する人間の密度もすこぶる低い。リゾートはこうでなくちゃ、としみじみ思った。

ゲストルームは珊瑚礁《さんごしょう》の入江に面していた。夕陽に照らされた海面は鏡のように静かで、向こう岸の山は心なしか日本の海辺の風景に似ていた。僕は荷を解くのも忘れてベランダに佇《たたず》み、少しずつ夜の落ちてくる景色を眺めた。

いや、ここまでは夢じゃないよ。何だか夢のような話だが、ありのままの体験だ。

そして僕はその晩、忘れがたい夢を見たんだ。それまで見続けてきた幾千幾万の夢の中でも、とりわけすばらしい夢をね。

プールサイドのレストランで夕食を摂《と》った。

将来を見越して開業したホテルは、乾期のハイ・シーズンだというのに客がまばらだった。

中国人も韓国人も、まだ海外旅行には出てきていない時代で、レストランには白人の老夫婦と、新婚旅行らしい日本人のカップルがいるきりだった。

女？——おいおい、つまらぬ詮索《せんさく》はやめてくれよ。僕は気ままな独り旅さ。いつだって恋人がいなかったわけじゃないが、連れ立って旅に出たためしはない。大切な非日常の時間を、どうして他人に煩《わずら》わされなければならないんだ。

食事はおせじにもうまいとは言えなかったが、赤道に近いんだから仕方ない。それに、ホテルの従業員の多くはフィリピン人だった。たぶんコックもそうだったろうと思う。

パラオの人口は二万人ほどだから、観光立国をめざすといっても、雇用という考えはあまりなかったんじゃないかな。そのかわり、フィリピン人が出稼ぎにきていたのだろう。彼らは英語が話せるし、それにおしなべて働き者だ。

食事の後は部屋に戻って、ルーム・サービスのワインとチーズを注文した。あの絶景を眺めながら独り酒を酌《く》みたいと思ったんだ。

ところが、ベランダに出てみると墨を塗りたくったような暗闇《くらやみ》じゃないか。ジャングルと海の境すらわからない。おまけに庇《ひさし》が張り出しているので、星空も見えなかった。

酒が運ばれてきた。真っ暗だから室内にセットしてくれと言うと、少女のように小柄で愛らしいフィリピン人のメイドは、「外のほうがいいですよ」と微笑《ほほえ》んだ。

その答えの意味はすぐにわかった。目がいくらか闇に慣れてくると、珊瑚礁の汀《みぎわ》が青白く隈取《くまど》られたのだ。桟橋にも舫《もや》われた舟にも灯りはないのだから、けっして人工的な光ではない。夜光虫か夜光貝か、ともかくひそやかに輝く何ものかの群が、リーフの縁を彼方《かなた》まで彩《いろど》った。

それはまるで、僕ひとりのために用意されたイルミネーションのようだった。青白い光の群は少しずつ形を変え、岸辺から離れて沖に流されたり、丸い輪を作ったりかと思うと一斉に沈んで、またちがう場所に浮かび上がった。

部屋の灯りをすべて消すと、青白い闇の舞踏はいよいよ輝きを増した。ボトルが空になるまで、僕は何も考えずにひたすらその光景に見入った。

チャイムが鳴って我に返った。ドアのレンズから覗《のぞ》くと、フィリピン人のメイドが微笑んでいた。

「ごらんになれましたか」

「すばらしいよ。教えてくれてありがとう」

「ほかに何かご注文は？」

「いや、酒はもういい」

五ドルのチップが効きすぎたか、と思った。これだけ客が少ないと、彼女たちにとっては死活問題なのだろう。

「そろそろお休みになりますか」

「そうだね。酒も回ったことだし」

いや、まさかセクシャルな誘いではないよ。少女のようなあどけなさは、いかがわしい想像などさせなかった。

すばらしいものを見せてもらったのだから、何かを頼んでチップを渡したいと思った。だが、ホテルは至れり尽くせりのジャパニーズ・スタイルで、これといって不足しているものはない。

「硬い枕《まくら》はあるかな」

どうしても、というわけではない。ほかに考えつかなかっただけさ。

「かしこまりました。すぐお持ちします。ワン・ミニット」

メイドは本当に一分足らずで戻ってきた。いかにも日本式の、ソバ殻の硬い枕を二つ抱えて。

彼女は妖精《ようせい》めいた笑顔で訊《たず》ねた。

「ブラック・オア・ホワイト？」

僕はぎょっとした。スイスで見た夢のことなど、まるで忘れていたんだ。だがメイドはたしかにそう言った。二つの枕を笑顔の左右に並べて、黒か、白か、と。

「もちろん、白だね」

迷わずに答えたよ。ちょっと面食らったけれど、心が浮き立った。いったいこの白い枕は、どんな夢を見させてくれるのだろう、と。

「サンキュー・ソウ・マッチ！」

十ドルを奮発すると、小さなメイドは体中で歓喜をあらわにした。いくら何でも十ドルは多すぎる。しかし、チップをはずんだつもりはなかった。十ドルで夢を買ったのさ。

冷房はつけたまま、窓を開け放してベッドに入った。潮風がここちよく、音といえばリーフを打つ波のささやきが聴こえるだけだった。

僕はたちまち、白い枕の中の夢の世界に滑りこんだ。

ここはどこだろう――。

山の端《は》に沈みかける太陽に手庇《てびさし》をかざして、オレンジ色に染まった街路を見渡した。

八百屋や魚屋から威勢のいい掛け声がかかる。買物籠《かご》を提げた奥様たちが行き交う。商店街は夕方の書き入れどきだった。

道幅は広く、茜色《あかねいろ》の空は大きかった。道路の真ん中が円く盛り上がっているのはどうしたわけだろう。そのせいで両側に列《つら》なる平屋の商店が、いくらか沈みこんで見えた。

奥様たちは夏の着物や浴衣《ゆかた》をぞろりと着ているか、白木綿の半袖《はんそで》ブラウスに丈の長いスカートをはいていた。僕が子供の時分には、祖母や母の普段着もだいたいそんなふうだった。色らしい色は身に着けず、しどけない感じはするが、ひとりひとりの佇いには節操があった。

そう。女が女らしくあった時代だ。

「都築君、お疲れさん」

僕の肩をポンと叩《たた》いて、勤め帰りらしい男が行き過ぎた。

「お疲れ様でした」と、僕は答えた。男の麻背広の肩には汗がしみていた。

「都築さん、ご苦労様でした」

今度は自転車を漕《こ》いだ男が追い抜いていった。

「やあ、ご苦労さん」

ベルを鳴らして野良犬《のらいぬ》を追い払いながら、自転車は夕陽に向かって走り去った。

僕は自分の身なりを確かめた。声をかけていった男たちと同様に、開襟《かいきん》シャツと麻の背広で、パナマ帽を冠《かぶ》っていた。飴色《あめいろ》の手提げ鞄《かばん》には、家に持ち帰る書類でも詰っているのだろうか。

それで僕は、自分も勤め帰りなのだと知った。振り返ると、コロニアル風の瀟洒《しょうしゃ》な建物が見えた。たくさんの麻背広とパナマ帽が玄関前の階段を下っていた。どうやら僕は南洋庁の役人らしい。

「さあ、奥さん。モンゴウどうだ、モンゴウ。今さっき港に揚がったばかり、まずは刺身、ダイコと煮付けて酒の肴《さかな》。余りは塩辛にすりゃあうまいよ」

破《わ》れかすれてはいるが、男らしいいい声で魚屋のおやじは客を呼んだ。

「いくら何でも、亭主と子供二人じゃ食べきれないわ」

日傘をあみだにさした奥様が言った。

「だったらそっちの奥さんと半分こでどうだい。のう、奥さん、そうしない」

隣の年配の婦人は見知らぬ人なのだろうか、軽く会釈《えしゃく》を返すと、「じゃあ、分けていただきましょうか」と応《こた》えた。

店先の笊《ざる》の上で、まだ往生しきれずに色素を点滅させている巨大な獲物が、本当に紋甲イカなのかどうかはわからない。名前などはどうでもいいが、きっとびっくりするくらいうまいだろうな、と僕は思った。

「あいよ、がってん承知の助だ。ペリリューの沖まで舟を漕いで仕止めてきた、一貫目の上はあろうてえモンゴウが、たったの五十銭。半身に割って二十と五銭じゃあ切りが悪いから、エイッ、二十銭でいいやい」

奥様たちは声を上げて喜んだ。僕も嬉《うれ》しくなった。やはり物の売り買いは、こうしたやりとりがなければいけないと、しみじみ思ったんだ。

どこの家にも冷蔵庫などなかった時代には、食べ物をそのつど買いに出た。東京のまんまん中だって、僕が子供のころにはこんな光景が見られたものさ。冷蔵庫とスーパーマーケットと自動販売機のおかげで、僕らはどれくらい貧しくなったことだろう。

魚屋のおやじが手際《てぎわ》よく紋甲イカを捌《さば》き、新聞紙にくるんで客に渡すまで、僕は一部始終を見届けた。

なまものを古新聞に包むなんて、今は保健所が許すまい。だが、ビニールもプラスチックもなかった昔には、古新聞か経木《きょうぎ》か竹の皮だった。

「旦那《だんな》さん、合宿かね」

おやじに声をかけられて、僕はうろたえた。合宿って何だ。

「お見かけしねえ顔だから、このごろの船で内地からお越しになったか。どうです、図星でしょう。で、合宿の賄《まかな》い飯にうんざりして、気の利《き》いたおかずを探してらっしゃる、と」

それでだいたいわかった。合宿とはたぶん、役所の独身寮のことだ。

「いや、見かけぬ魚が面白くてね」

僕は店先を離れた。きっと商売の邪魔なのだろう。嫌味には聞こえずにそうと悟らせる、うまい客あしらいだった。

夕陽が沈み切ると、たちまち風景が灰色に褪《あ》せた。凪《な》いでいた風が甦《よみがえ》った。

これは夢なのだろうか、と思った。むろんそうにちがいないのだが、どうにも夢らしい頓狂《とんきょう》さを欠いている。あまりにもリアルすぎやしないか。

歩きながらパナマ帽を脱いで汗を拭《ぬぐ》った。目をしばたたいても、景色は変わらなかった。家路につく役人たちと、買物に出た奥様たち。たまたま家族と出会って、子供を空高く抱き上げる男もいた。

現地人の姿はあんがい少ない。生活圏が異なるのか、それとも日本人の数が圧倒しているのか。商店に雇われているらしいリヤカーを曳《ひ》く男や、頭の上に果物を山盛りに載せて運ぶ女の姿が、ちらほらと見えるくらいだった。

ときおり自動車やトラックも通り過ぎた。巻き上がる土埃《つちぼこり》に噎《む》せながら、まさかタイム・スリップしたわけじゃあるまいなと思った。

もし万が一、そんな大変なことになっているのだとしたら、今がいったいいつの時代なのかを確かめる必要があった。戦時中ならば空襲があるかもしれないからだ。

そうこう考えながら、写真館のショウ・ウィンドウを覗きこんだ。軍人とその家族の肖像写真が飾ってあった。

爆音が聞こえた。思わずショウ・ウィンドウの下に屈《かが》みこんで空を見上げた。昏《く》れかかる頭上を、三機の戦闘機が思いがけぬほど低くゆっくりと飛んで行った。

プラモデルでしか知らぬゼロ戦の編隊だった。子供らがバンザイを連呼しながら走ってゆく。

目の前にトラックが止まった。運転席から顔を出したのは、タクシー・ドライバーのハルオだった。ホッと胸を撫《な》で下ろした。タイム・スリップではなく、とてもリアルな夢だとわかったからだった。

「都築さん。まだ戦争は始まっていませんよ。それに、アメリカ軍が上陸したのは、ずっと沖合のペリリューとアンガウルで、このコロール島にはこなかったから、大丈夫です」

ハルオは端正な日本語で言い、ゼロ戦の後を追う子供らを指さして、「あれ、私ですよ」と笑った。

たそがれの商店街をふたたび歩き出した。

日本が太平洋の何分の一かを支配していた、栄光の時代だ。ここはパラオ諸島のコロール。僕は南洋庁の役人として赴任している。

しかも都合のいいことに、僕はタイム・スリップしたわけではなく、とてもリアルな夢を見ているだけだ。

歩きながら僕は、こんなすばらしい夢を見せてくれたフィリピン人のメイドと白い枕に感謝をしたよ。十ドルどころか、百ドルのチップをはずんでも安いものさ。

心が浮き立って、スキップでもしたい気分だった。だが、慎まなければいけない。僕は南洋庁の役人なのだから、威厳をもってそれらしくふるまわなければ、きっと夢が覚めるか、あらぬストーリーに脱線してしまうだろう。

この平和な南洋の町に、少しでも長くとどまっていたいと希《ねが》った。そのためには昔の役人らしくふるまうことだ。幸い僕には、写真と伝説でしか知らないけれど、祖父という手本がある。姿かたちもよく似ているらしい。

そういえば麻の背広にパナマ帽というこの出《い》で立《た》ちは、祖父の夏のよそいきとそっくりだ。さすがに口髭《くちひげ》はなく、ステッキも持ってはいないが。

僕は祖父の姿を思い出して、胸をそり返らせ、できるだけ偉そうに歩いた。商店は次第に密になり、行き交う人も多くなった。

南洋の島のことだから、それでも東京の商店街とはわけがちがう。昏れなずむ空は限りなく広くて、人々はゆったりと歩いていた。

魚屋。肉屋。洋菓子屋。岡持《おかもち》にコッペパンを山盛りにしたパン屋。テーラー・メードの仕立屋。ご当地ならではの鼈甲《べっこう》細工や珊瑚細工の店。懐しい鬢《びん》付け油の匂《にお》いが漂い出る髪結。その隣には「パーマネント」の看板。

たぶん、戦争にはほど遠い、平和な時代なのだろう。ジャズのメロディーに振り返れば、ステンド・グラスを嵌《は》めたカフェーの扉が開いて、エプロン掛けの愛らしい女給が手招きをしていた。

「旦那さん、一服なすってらして」

笑い返してはならない。祖父なら何と答えるだろう。権威的ではあったが、無粋な人ではなかったと聞いている。

「あいにく人を待たせているんだ。また今度」

足は止めず、パナマの庇をちょいと指でつまむことも忘れなかった。上出来だ。

「今度、きっとよ」

「ああ、きっと」

たぶん昔の人は、身分や立場にかかわらず、こうした礼儀を欠かさなかったと思う。交わす言葉の虚実はともかく、声には声を、笑顔には笑顔を返した。

カフェーをやり過ごしてからふと考えた。何だか本当に、「人を待たせている」ような気がしたのだった。

誰かがどこかで、役所から帰ってくる僕を待っている。だが、約束は思い出せなかった。

僕の住いは、「合宿」と呼び習わされている独身用の官舎らしい。人を待たせているなら、たぶんそこなのだろうけれど、いったいその合宿がどこにあるのかもわからなかった。

十字路の角に交番があった。まるで探険家みたいなフェルトの防暑帽を冠り、白い制服の腰にサーベルを吊《つ》った警察官が、後ろ手を組んで往来を見つめている。

言い方は難しいが、合宿のありかを訊《き》いてみよう。

「ちょっとお伺いします」

口髭を立てたいかめしい顔の巡査は、僕が役人であると気付いたらしく、姿勢を正して敬礼をした。

「ご苦労様です」と、僕はパナマ帽をつまんだ。

「つかぬことをお訊ねしますが」

「はっ、何なりと」

巡査は直立不動だった。昔の役人というのは、ずいぶん偉かったらしい。

「内地から着任したばかりなのですが、宿舎に帰る道がわからなくなってしまいましてね。お恥かしい限りです」

「官舎はあちこちにありますが、お役所はどちらでしょうか」

広大な統治領の行政の中心なのだから、南洋庁のほかにもさまざまな役所があるのだろう。僕は少し言葉に詰まった。

「申しわけない。迷子になっているうちに、ちょっと暑気に当たってしまって、ぼうっとしています」

「ああ、それは大変だ」

と、巡査は交番の中から湯呑《ゆのみ》を持ってきてくれた。

「パラオではけっして生水を飲んじゃなりませんよ。これは湯ざましですからご安心」

冷たくておいしい水だった。

「で、お勤め先は南洋庁ですかね。それとも、パラオ支庁か高等法院。郵便局、電信所、もしくは海軍の軍属でらっしゃいましょうか」

たぶん、という言葉を水と一緒に飲み下して、「南洋庁です」と僕は答えた。

とたんに巡査の表情がいっそう改まった。南洋庁の役人はとりわけ偉いらしい。

「ただちに調べますので、もし差し支えなければご尊名を賜りましょう」

どのくらい偉いかというと、「名前を言え」ではなくて、「ご尊名を賜りましょう」なのだ。胸が高鳴ったよ。誇らしさが半分。申しわけなさが半分。

僕は公務員試験を落ちて民間の商社に入ったんだ。だから役人や外交官には、いつもコンプレックスを抱いていた。その僕が、夢の中ではバリバリの高等文官になっていた。

「都築栄一郎《えいいちろう》です。ミヤコに建築のチクで、ツヅキ」

「承りました、少々お待ち下さい」

巡査は壁掛け式の電話の受話器を取って、ハンドルをぐるぐると回した。どうやら警察署との直通回線であるらしい。

「――はい、ご本人様はこちらにいらっしゃいます。お名前は、ツルカメのツ、ツルカメのツに濁点、切手のキ。ツ、ヅ、キ。英語のエ、イロハのイ、同じくイロハのイ、千鳥のチ、ローマのロ、上野のウ。エ、イ、イ、チ、ロ、ウ。ツヅキエイイチロウ様です」

それはたしか、僕がボーイスカウトの活動で覚えた通信の符牒《ふちょう》だった。なるほど、昔もこんなふうに使われていたのだ。

「エッ、そうですか。はい、了解しました」

いったい何を伝えられたのだろうか。巡査はメモを取りながら、ひどく驚いた様子を見せた。

ひやりとしたよ。夢がこんなふうに、安穏と続くわけがない。もしかしたら、僕は指名手配中の犯人で、パラオまで逃げてきたんじゃないか、などと思った。

しかし、それは僕の取り越し苦労だった。巡査はおどおどしながら交番から出てきた。

「やあ、満鉄理事のお孫さんでしたか。そのようなたいそうなお方だとは知らず、失敬いたしました。で、南洋庁の拓殖課に着任なされた、都築栄一郎様でよろしゅうございますね」

「はい、さようです」と、僕は答えた。昔の階級社会では、そうした個人情報が必ず肩書きに付いて回ったのだろうか。

祖父は戦犯こそ免れたが、戦後は公職追放の憂《う》き目を見て権威を失墜させた。しかしかつての満鉄理事といえば、それくらいの傑物だったのだろう。

「お調べしましたところ、官舎は南洋庁の斜向《はすか》いにある、第一合宿と判明いたしました。大通りをずうっとお戻りになりまして、左手に楠公《なんこう》の銅像がありますから、その向かいです。庁舎からはあんまり近いんで、かえってわかりづらかったのでしょう」

間抜けな話だ。たぶん僕はそのあたりから歩き出した。

「お手数をおかけしました」

「滅相もございません。それより、お体にはくれぐれもお気をつけ下さい。内地からお越しになった方は、まず暑気に当たって、それから生水をがぶがぶ飲んでたちまち腹をこわします。水を飲むぐらいなら、冷えたビールですな」

ハハッ、と巡査は笑った。

なるほど、冷えたビールか。合宿に待人がいるならば、待たせついでに一杯ひっかけてゆこう、と僕は思った。

「それはいい。もう迷子にはなりませんから、暑気ざましのビールを飲んで帰ります」

「羨《うらや》ましいですなあ。本官はここで一晩、寝ずの番です。酒場でしたら、この十文字を向こうッ河岸《かし》に渡ればいくらでもあります。ビールは沖縄やヒリッピンから入ってくるものもありますが、やはり内地物のヱビスに限ります。置いてある店は、きっと『ヱビスあります』なんぞと偉そうに書いてありますから、目印になさいまし」

閑《のど》かな警察官だ。きっとこの町には泥棒もいなくて、喧嘩《けんか》も揉《も》めごともないのだろう。

お礼を言って十字路を渡りかけると、子供を叱《しか》る巡査の声がした。

「こらこら、暗くなるまで遊んでいたら、おかあさんが心配するよ。早くお帰んなさい」

顔なじみなのだろうか、子供らはお道化《どけ》た敬礼をした。日本人の子供も現地人の子供も一緒くただった。

幼いハルオがその中にいるのかもしれない。タクシー・ドライバーのハルオも、初代大統領になるハルオも。

通りの先には、薄ぼんやりとした提灯《ちょうちん》が並んでいた。

いつの間にか日は昏れた。酒場から洩《も》れ出る光が、路上に縞《しま》紋様を延べていた。何軒かの暖簾《のれん》を分けてみたが、僕のような単身赴任者が多いのだろうか、どこの止まり木も客で一杯だった。

ビールなど飲まなくていいから、いつまでもこの町をさまよっていたかった。提灯と白熱電球だけの夜は暗いけれど、とても清らかだった。人と闇が親和していた。この静謐《せいひつ》な夜に較《くら》べたら、僕らの住まう輝かしい夜の、何と薄汚ないことだろうと思った。

繁栄というものは、あるいは文明というものは、これくらいを限度とするべきではないだろうか。いくら世の中が明るく豊かになっても、ほとんどは人間の幸福に寄与しない余分で、それどころか僕たちはそうした余分な明るさ豊かさを、麻薬のもたらす幻覚みたいに幸福のかたちだと信じているだけなのではあるまいか。

人間なんて、ちっぽけな生きものさ。僕らが享受《きょうじゅ》できる幸せなんて、金と暇のあるなしにかかわらず、たかが知れているんだ。だから味わいつくせる限度を超えた幸せを望めば、体も心も、世の中そのものも、薄汚れてしまう。

大通りから裏路地へと折れた。

酒場は次第に少なくなったが、そのかわり電信柱に取り付けられた街灯が、ぼんやりとした丸い光の輪を路上に並べていた。

歩くほどに闇はいっそう濃くなって、街灯が明るさを増した。破風《はふ》屋根の銭湯。縁台で涼む老人たち。線香花火を囲む子供ら。ちりちりと精妙な音を立てる蜜柑色《みかんいろ》の球。

小さな映画館の前に、白勝ちの着物を着た女が佇んでいる。洩れ出てくるトーキーの音を聴いているようにも見え、かと思うと横顔を海風にはためく幟《のぼり》に向けて、溜息《ためいき》をついた。

女が僕に気付いた。花の綻《ほころ》びるように笑い、それから拗《す》ねるふうに、紅をさした唇を引き結んだ。

あの女だ。かつての恋人たちの印象がひとつに化身した、あの夢の女。

「遅かったじゃないの」

彼女はこんな夜の片隅で、僕を待っていた。

待ち合わせをした憶《おぼ》えはないが、彼女が不満げに言うからには、そういうストーリーになっているのだろう。

「すまない。どうしてもきょうのうちに片付けなければならない仕事があって」

この美しい再会の場面を大切にしたい一心で、出まかせの嘘《うそ》をついた。

「もう始まっちゃっているわ」

「まだニュースか予告篇だろう」

「三十分も遅刻したのよ」

木造の建物をコンクリートに見せかけた化粧壁を見上げた。円い大きな掛時計が、六時三十分を差していた。

「ちょうどいいじゃないか。腹もへっているし」

「勝手な男ね。人を待たせておいて、ちょうどいいなんて」

「餡《あん》パンをかじりながら見るよりましだろう。一本終わる間に飯でも食おう」

「もう、何から何まで自分勝手なんだから。も少し女の立場を斟酌《しんしゃく》して下さいな。映画館の前に三十分も立っているなんて、男に待ち呆《ぼう》けを食わされてるとしか見えないし、さっきなんて、商売女とまちがえられて声をかけられたのよ」

女は文句をつけるというより拗ねていた。映画館の開け放たれた扉から洩れ出てくるトーキーの台詞《せりふ》と同じくらい、控えめな声だった。拗ねながら僕の背広の袖をつんつんと引くしぐさが愛らしかった。

「ちゃんとあやまってよ」

「やあ、すまん、すまん。とんだ恥をかかせてしまったね」

胸に抱き寄せた。下駄《げた》の歯に砂利を嚙《か》ませて、恋人は僕にしなだれかかった。今どきの女にはありえない、まるで鳥のように軽やかで芯《しん》のない体がここちよかった。だいたいからして、そのときかわした二人の会話が、今日ではありえないだろう。男女の主と従が明らかだった時代の会話だ。よしあしはともかく、男が男らしくて、女が女らしかった、つまりたがいに異種としての神秘を尊重していた。

夢の中の僕の言葉には、しかしそれほどの無理はなかった。僕らの父母はまさにそうした世代だったし、その会話を聞きながら育った僕らも、言葉遣いこそずいぶん変容していたけれど、道義的にも精神的にも、さほど男女の関係を変えていなかったはずだから。

携帯電話のなかった時代には、デートの時間に三十分も遅れて、似たようなやりとりをした経験が誰にもあったのではないだろうか。きっとあの夢のシーンも、胸の奥底に眠っていた記憶が引き出され、うまい具合に嵌めこまれたのだろう。

僕は恋人を抱きしめ、白勝ちの着物の背をあやすように叩いた。彼女は眠るように僕の肩に頰を寄せていた。

いくら平和な時代だって、男と女が往来でそんな格好をするなど許されまい。きっとこれも南洋の楽園だからなのだろうと、夢の中で僕は考えた。

タイルを貼《は》った切符売場からは、肥えた現地人の捥《も》ぎりの女が、ネオンサインを映すガラス越しに僕らを見つめていた。役者の名前を書いた幟の下には、大人とも子供ともつかぬ齢《とし》ごろの男が二人、膝《ひざ》を抱えて煙草《たばこ》を喫《す》いながら、何やらうっとりとした目付きでやはり僕らを見ていた。

映画館から洩れ出てくる音楽や台詞が、たまさか僕らの抱擁と重なっていた。腕を組んで歩き出した。路地の先からは、絶え間なく海風が吹き寄せてきた。バンコクほどの湿り気はなく、かといってハワイほど乾いてもいない楽園の夜風だった。

恋人は紛れもなく、かつてスイスの湖畔で見た夢の女なのだが、都合のよいことには、黒い枕の中の怖《おそ》ろしい女ではなく、白い枕が見せてくれた、愛《いと》しくてたまらない恋人だった。

何も夢に限ったことではないさ。どんなに煮え湯を飲まされた女でも、ひどい別れ方をした女でも、あんがい憎しみは残らないものだ。そして、愛し合った日々の美しい記憶だけは、年を経るほどにいっそう輝きを増して、心の棚に並べられるんだ。

アルミニウムの笠《かさ》を着た街灯の光はほのかで、南洋の満天の星空を少しも侵さなかった。歩きながら僕は、この光と闇の潔癖さはどうしたことだろうと思った。

僕らの住まう現実の世界は、光が闇を圧倒してしまっている。都会からよほど離れても、何らかの形で光と闇は交雑し、たがいが潔癖であることはない。人間が夜ごと闇の世界に帰ろうとする寝室ですら、豆電球や夜光時計や電気製品のわずかな光が、実に猥褻《わいせつ》に夜の権威を侵害している。

僕らはたぶん、光が謙虚であった時代の最後の体験者だろう。つまり電灯というものが、大いなる夜のほんの一隅に間借りしていた時代だ。

八時になれば子供は眠り、大人たちも九時か十時には床に就き、世界は闇に返った。光と闇をきっぱり分けていたのは、何よりもそうした生活習慣だったと思う。

物質的にいうのなら、蛍光灯の普及だろう。小学生のころ、家の白熱電球がそれに付け替えられたときの驚きといったら、家族がこぞって拍手をし、歓声を上げるほどだった。夜がなくなった、と思った。

電信柱に取り付けられた小さな電球は、恋人の横顔をほんのりと彩った。闇から光へと近付くほどに、秀《ひい》でた額やまっすぐな鼻梁《びりょう》や、やや受け口の唇を瞭《あきら》かにする陰翳《いんえい》が刻々と変化し、いよいよ街灯の輪の中に歩みこめば、まるで月見草の花が月に向かってはじけ咲くように、すべてが輝く。そしてまた、歩みとともに翳《かげ》ってゆく。

コロールの裏町には、恋人たちが食事をするような気の利いた店が見当たらなかった。歩めば歩むほど、街並はうらさびれていった。

ふと、恋人が切なげに呟《つぶや》いた。

「あなたが、こないんじゃないかと思って。もうこれきりになってしまうんじゃないかって」

眶《まぶち》には涙がうかんでいた。文明はこんなにも美しい不安さえ、恋人たちから取り上げてしまった。

それほど昔ではなく、僕らが恋をした若い時分には、愛し合えば愛し合うほど、そうした不安に苛《さいな》まれたものだった。明日の約束をかわして別れても、今生の別れのような気がしてならなかったし、三十分も待ち呆けを食わされれば、不安を通り越して絶望さえした。

そうした不安を抱えていてこそ恋愛は真摯《しんし》で健全であったし、悲劇の予感があってこそ、やはり人生も真摯で健全だったのだと思う。

街灯が尽き、椰子《やし》の木が星あかりの影を落とす路上で、僕らはくちづけをかわした。

長いくちづけのあとで、僕は我に返った。

恋人はギリシア神話の女神のような、白い裳裾《もすそ》を曳いた衣を着ていた。僕の格好は少しちがった。アラビアの種族の衣裳《いしょう》のように、たっぷりとして肌の見えない服に頭巾《ずきん》まで冠っていた。

僕の胸を離れると、恋人は白鳥を思わせるしぐさで衣の裾をつまみ上げ、片膝を折って「おおせのままに」と言った。僕は王族のように手をさし延べた。

それから二人は、まるでメヌエットでも踊るみたいに、つないだ両手を顔の高さに掲げて歩き出した。

いつしか僕らはコロールの街を離れ、潮鳴りの伝わる椰子の林を歩いていた。

「僕たちはどこに行くんだろう」

「わからないわ」

「怖いことにならなければいいんだが」

「行先や結末のわかっている人生なんて、不幸よ」

やがて椰子の林がきわまり、目の前に小さな入江が現われた。

いつか見た夢のラストシーンも、たしかこんな入江だった。

恋人が海を指さした。そこには水平線のかわりに、豊かな緑をたくわえた半島が延びており、波に浸食された円い洞窟《どうくつ》で外海とつながっているように見えた。

ちょうどその洞窟の真上のあたりに、橙色《だいだいいろ》の端が覗いたかと思うと、みるみる満月となって夜空に昇った。

月は赤いのに、入江の風景は星あかりの青さだった。

僕らは裸足《はだし》を細かな珊瑚《さんご》の砂に捉《とら》われながら砂丘を下った。

さざ波の寄せる汀に傾いた破船があり、その舳《みよし》にターバンと腰布を巻いただけの少年が、竪琴《たてごと》を弾きながら歌っていた。艫《とも》には彼の祖父らしい老人が、やはり半裸の姿で釣糸を垂れていた。

僕らは青ざめた砂浜に腰をおろし、温かな波に足を洗われながら、しばらく少年の歌声に耳を傾けた。

くちづけを飽かずかわした。やがて潮が満ちてきて、僕らの体を海に浮かべた。だが、驚きもせず、あわてもしなかった。僕らは手をつないだまま、大の字になって漂った。

橙色の満月は山の上に懸かっているのに、星ぼしは細《さざ》れていた。それは僕がかつて世界中のどこでも見たためしのない、大きくて細密な星空だった。

僕らの影が珊瑚の水底《みなぞこ》に映っている。色とりどりの熱帯の魚が、群をなして影の上をよぎってゆく。

そうして僕らは、入江を巨大なベッドにして愛し合った。

「栄《えい》ちゃん――」

祖父の声が聞こえた。いや、正しくは祖父の声など知らないのだから、そう思っただけだ。

そして、やはりそんな経験はないのだけれども、悪い遊びを祖父に見つかってしまったような気になって、恋人をつき放した。

破船の艫で、祖父が微笑んでいた。白い開襟シャツに、ズボンを膝までまくり上げている。たしか古いアルバムの中に、そんな格好で桟橋から釣糸を垂れる祖父の写真があった。

「元気そうで何よりだな」

おかげさまで、というようなことを僕は言った。なにしろ僕が物心つく前に亡《な》くなってしまったんだ。贅沢《ぜいたく》な暮らしは祖父のおかげなのだが、そうとでも言うほかに返す言葉はないさ。

「でもね、おじいちゃん。東京は今、土地の値段が上がりすぎて大変なんだ。僕の給料が、ほとんど税金に消えてしまうんだよ」

「ばかな世の中だな」

「そのうえ、銀行と不動産屋が毎日何人もやってくる。売り払って郊外に引っ越すか、それともマンションを建てるかって、まるで脅迫だ」

祖父は釣竿《つりざお》の先を震わせて笑った。いかにも時代の傑物にふさわしい、豪快な笑い方だった。

「ところで、おじいちゃんはパラオに来たことがあるのかな」

「ああ。若い時分に幾度か。軽便《けいべん》鉄道を敷こうという話があってね。いろいろ試してみたんだが、やはりだめだった。努力を重ねてだめだったときは、本当に残念だ。その伝でいうなら、おまえの悩みなぞ苦労のうちにも入らん。ほれ――べっぴんさんが流れちまうぞ。摑《つか》まえておけ」

恋人は一輪の白い蓮《はす》の花になって僕から遠ざかっていた。泳ぎついて掬《すく》い取ると、蓮の花は僕の掌《て》の中で膨らみ、花びらを散らしてもとの恋人の姿になった。

「よかった。もう手を放さないでね」

月のしずくを撒《ま》き散らして、恋人は僕の首にすがりついた。


夢から覚めたのは夜の明けきらぬ時間だった。

ベッドもシーツも心地よすぎて、現実なのか夢の続きなのかわからずに、しばらくまどろんでいた。

若いころの僕は寝つきも寝覚めもすこぶるよかった。商社マンの習性みたいなものさ。まず時差ボケを克服しなければ、仕事にならないからね。

だから、まどろみという贅沢な時間はほとんど知らないのだが、あの朝だけはちがった。自分がホテルのベッドに横たわっているのか、海に浮かんでいるのか、よくわからなかった。

パラオは日本の真南だから時差がないんだ。だとすると、あのときの僕はよほど疲れていたんだろう。三十代なかばの働きざかりで、ハードスケジュールはさほど苦にならなかったが、社内の人間関係には悩む齢ごろだな。

やがて夢の世界に戻ることをあきらめて、ベッドから下りた。カーテンを開けると、目の前は静かな入江で、すぐ近くまで対岸の山が迫っていた。

まだ夢を見ているのかな、と思ってベランダに出た。ハワイや南太平洋の風景とはまるでちがう。山がこんもりとして円いんだ。たとえば瀬戸内海をそのまま南に運んできたような、とても親しみ深い景色だった。

かつて日本の統治領だったから、風景まで似ているという理屈はあるまい。だが、広大な南洋諸島の中で、日本に似たパラオを統治の中心地として選んだ、ということは言えるかもしれない。

夜は珊瑚礁の縁を彩《いろど》る夜光虫だか夜光貝だかのほかに、光がなかった。昼と夜との関係は、これくらい潔癖でなければならないと、しみじみ思ったものさ。

その日は世界中から集まったダイバーたちに混じって、島々のダイビング・ポイントをめぐるツアーに参加した。

なるほど、噂《うわさ》にたがわぬダイバーの聖地だ。南に向かって長く延びる島々にはそれぞれの個性があって、飽きることがなかった。

海の中でたびたび、これも夢じゃなかろうな、と疑ったよ。何だかあの美しい夢の続きを、見ているような気がしてならなかったんだ。

もちろんライセンスは持っている。だが、ブランクは十年もあったから、いくらか不安だった。

万が一のために、ガイドにも同行者たちにもその旨《むね》は伝えておいたんだが、いざ潜ってみると心配は何もなかった。ふしぎなものさ。頭で学んだことはどんどん忘れてしまうのに、体で覚えたことはけっして忘れない。

それに、ダイビングは重力と無縁のスポーツだから、さほど体力を必要としないんだ。つまり若いころと較べて筋肉が落ちていても、あまり関係がない。

と、そう言ってみちみち僕を励ましてくれたのは、アメリカ人の老練なダイバーだったんだがね。

彼は六十を過ぎているというのに、孫みたいな女房を連れていて、顔は年齢通りだったがたくましい筋肉を持っていた。

「山に登るわけじゃない。海に潜るんだ」

毛むくじゃらの腕を振り回しながら、彼は言った。

名前はウィリー。たぶんニックネームだろうが本名は訊《たず》ねなかった。陽気でフレンドリーなアメリカ人と話すときは、プライバシーを訊くものじゃない。彼らはおしなべて刹那《せつな》的で、過去も未来もないからね。ましてやウィリーは、孫みたいな女房と一緒だった。

ツアーのメンバーには初心者がいなかった。そこで一本目は、ボートを一時間も走らせてブルーホールに潜った。ダイバーなら誰でもあこがれる有名なダイビング・ポイントだ。浅い珊瑚礁にいくつもの縦穴があって、その下が巨大なホールになっている。スポットライトのように穴から降り注ぐ光が、幻想的な青のグラデーションを作り出しているんだ。

地形が複雑だから、珊瑚や魚の種類も多い。水温は三十度に近くて、厚さ三ミリのウェットスーツだって脱ぎ捨てたいと思うくらい温かかった。

ブルーホールを堪能《たんのう》したあとは、横穴をドリフトして外洋に出た。潮の流れに身をまかせ、ケーブの天井に張りついた魚たちを見上げながら。

いよいよ夢か現《うつつ》かわからなくなった。外洋に出てからも、リーフが急激に落ちこむドロップ・オフに向かって降下し、ガイドに連れ戻されたくらいさ。あのままタンクが空になるまで潜り続けて、行方不明になってしまってもふしぎはなかったろう。

僕はそれくらい興奮していた。あとから考えれば、たぶん久しぶりのダイビングや、ブルーホールのせいじゃない。あのころの僕は、社内の人間関係にうんざりしていて、商社マンとしての人生にも懐疑していたんだ。

贅沢な話だが、僕には生活のために働く必要がなかった。不動産屋と少し交渉すれば、一生を遊んで暮らすことができた。夢の中で祖父に訴えた通り、給料の多くが家屋敷の固定資産税として支払われている計算さ。

父は早くに死んでいたが、母は祖父の遺《のこ》してくれた屋敷に愛着していた。むろん僕だって、その気持ちは同じだった。

父が生きていたなら、ちょうど土地価格がピークの時期にマンションを建てていたと思う。入婿《いりむこ》だった父には土地への愛着がなかったし、それどころかもともと上司と部下の関係だったせいで、祖父を快く思っていなかったふしがあった。

どうだい。細かなエピソードを語ればきりがないが、これで少しは僕の贅沢な悩みもわかってもらえるだろう。

何につけてもそうだが、愛着という不合理な感情は、ろくな結果をもたらさないものさ。

無人島の小さな浜辺で、遅い昼飯を食べた。十人足らずのツアーのうち、日本人は僕ひとりだったのに、メニューはまったく日本式の弁当だった。しかも、現地語でも「ベントー」なんだ。

せめてサンドイッチぐらい用意していてもよさそうなものだが、日系人の船長兼ガイドは日本人以上に日本に愛着していて、「ベントー」も彼の信ずるサービスであるらしかった。

むろん僕だって、サンドイッチのほうがよかったさ。日本の支配から四十年も経《た》てば、正しい日本食が継承されているわけはなかろう。現地の食材で現地流にアレンジされた日本食の、うまかろうはずはない。

あの弁当を気に入っていたのは、ウィリーだけだった。割箸《わりばし》も上手に使った。それもそのはずで、彼の問わず語りによると、沖縄の海兵隊基地に長いこと勤務していたそうだ。

「三回。つごう六年」

と、ウィリーはなぜか若い女房の耳を気にしながら僕に囁《ささや》いた。あとはウィンクを送って、わかってくれよ、と言うわけさ。

わからない。だが、訊き返せないね。たぶん彼のプライバシーに属することだろうから。

のちのち考えたんだが、離婚するたびに海外赴任を志願した、という意味ではないだろうか。商社にもそうした例はあったからね。過去を清算して再出発するためには、うまい手かもしれない。

どうやらアメリカ海兵隊の鬼軍曹だったらしいウィリーは、三回つごう六年の沖縄勤務で、チョップスティックの使い方とスキューバ・ダイビングに習熟したらしかった。それも人生をいちいちリメイクしながら。

安らかな昼下がりだった。浜辺は水路のように狭まった海のほとりで、豊かな森に囲まれていた。汀《みぎわ》には小魚が群れていた。

無数の島々からなるパラオのほとんどは、こうした無人島だそうだ。

僕はたるみ始めた腹を小魚についばまれながら、水の中に寝転んだ。そうして青空を見上げていると、きのうの夢が思い起こされた。そっくり同じ気分だった。ウィリーは僕の隣に足を投げ出して座りこみ、しばらくどうでもいいおしゃべりをしていたが、僕が生返事をしているうちに黙ってしまった。

孫のような女房は、水面《みなも》に張り出した枝にくくりつけられたロープで遊んでいた。遊び相手は年齢にお似合いの若者たちだった。

サングラスをはずせば、ウィリーはきっと、どうしようもなく情けない顔をしているのだろうと思った。どんなに刹那的な男だって、あの光景を前にすれば未来を考えぬはずはあるまい。

少し仏心を起こした僕は、彼の人生のほとんどを占めているにちがいない、矜《ほこ》り高きアメリカン・マリーンの武勇伝でも語らせようかと思って水を向けたのだが、ウィリーは答えようとしなかった。


二本目のダイブはどこがいいか、とガイドがメンバーに訊ねた。

常連らしいオーストラリア人が、ペリリュー・コーナーをリクエストした。どうやらみなさん上級者らしいから、ここまで来たらパラオの南端にある、大物狙《ねら》いのポイントまで行ってみようじゃないか、というわけさ。

彼が力説するところによると、そこにはアジの大群やナポレオン・フィッシュや、カジキマグロやマンタまでうようよいるらしい。

メンバーは歓声を上げて賛同した。ガイドも腕時計に目を向けて、問題はないと言った。

ところが、ウィリーが反対したんだ。べつに南まで足を延ばさなくたって、帰りがけにいくらでもいいポイントはあるだろう、と彼はくり返し言った。

オーストラリア人は譲らなかった。そういうあなたにこそマンタを見せたい、とね。

僕はふと、いやな想像をした。ウィリーの反論が異様に思えたからだ。もしかしたら、かつてそのダイビング・ポイントで、彼か彼の仲間が事故にでも遭ったんじゃないか。マンタやカジキが棲《す》む場所ならば、危険な人食いザメがいたってふしぎはないだろう。

だが、いかんせん多勢に無勢さ。若い女房もマンタが見たいと切望したし、僕だって彼ひとりの過去を忖度《そんたく》する理由はない。

「俺はボートで昼寝だ」

ふてくさったように、ウィリーは言った。

ブルーホールからさらに三十分も南にボートを飛ばして、ペリリュー島に到着した。沖合から見ると、妙に細長くて平坦《へいたん》な島だった。

ペリリュー・コーナーに投錨《とうびょう》すると、ダイバーたちは次々とバックロールで海に飛びこんだ。ウィリーだけがウェットスーツも脱いで、甲羅干しを始めた。

僕はレギュレーターの調子が悪くて、みんなから出遅れたんだ。ふと見ると、ウィリーは真赤に灼《や》けた背中を島に向けて、ぼんやりと沖を見ていた。

「奥さんが呼んでるよ。いいのか」

と、僕はウィリーを誘った。しばらくおし黙ったあとで、彼は呟くように言った。

「おまえは何とも思わないのか」

意味がわからなかった。たぶん若い女房とうまくいっていないのだろう、と思ったぐらいさ。だが、ウィリーはじきに声音を改めて、笑いもせず、叱りつけるみたいに言ったんだ。

「このちっぽけな島で、一万人以上のジャップとアメリカン・ボーイズが死んだんだぞ。それこそ足の踏み場もなかった。俺が生き残ったのは奇跡だ。ああ、コロールからこんなに近かったのか。俺はきっと、あいつらに呼ばれちまったんだ」

ペリリュー・コーナーはすばらしかった。

潮の流れが複雑で油断はならなかったが、ナポレオン・フィッシュと一緒に泳いだのも、目の回るようなバラクーダの大群と出会ったのも、むろんマンタを見たのも初めての経験だった。

静かで神秘的なブルーホールに較べて、パラオ諸島の最南端にあたるペリリュー・コーナーは外洋と接しているから、海の中がとても華やかだった。

メンバーはみんな、オーストラリア人に感謝したよ。パラオの常連であるらしい彼は、そのポイントの魅力をよく知っていたんだ。

すっかりエキサイトしてしまった僕らは、彼の勧めるままに、周辺のいくつかのポイントも回った。黄色い珊瑚が群生するイエロー・ウォール。ペリリュー島の棚が垂直に落ちこむドロップ・オフ。まさしくダイバーのパラダイスだった。

ウィリーはずっとボートで昼寝をしていたよ。女房が迎えに行っても、あんがい気のいいオージーが冗談まじりに誘っても、ウェットスーツを着ようとはしなかった。齢を考えろだの、若いやつらにはついて行けないだのと、そのつどぼやき返していたけれど、本当の理由を知っていたのは僕だけだった。

ドロップ・オフのすぐ目の前は、ペリリュー島の南の海岸だった。振り返れば穏やかな海の先に、アンガウル島が見えた。

ペリリュー、アンガウル、と二つ並べれば君だって思い当たるだろう。太平洋戦争の玉砕の島さ。

おまえは何とも思わないのか、とウィリーは言った。

おっしゃる通りさ。正直のところ、何の感情も湧《わ》かなかった。

ドロップ・オフの縁には、珊瑚に被《おお》われた鋼鉄の魚礁《ぎょしょう》がたくさんあった。ガイドは何の説明もしなかったから、投棄されたガラクタだと思っていた。魚たちや珊瑚のために、鉄屑《てつくず》が故意に沈められているのだろうとね。たしかにそれらの周辺には、色とりどりの魚の群があり、若い珊瑚も育っていた。

ところが、そうしてドロップ・オフの縁をドリフトしているうちに、妙なものを発見した。飛行機のプロペラだ。

おや、と思って少し降下してみた。するとすぐ下の岩棚に大きな翼がひっかかっているじゃないか。緑色の塗料がまだ残っていて、もし僕の思いちがいでなければ、日の丸の赤い色までが見えた。

あわてて海面に出た。「あいつらに呼ばれちまった」というウィリーの言葉を思い出したんだ。

ドロップ・オフを少し離れると、遠浅の砂地になった。珊瑚礁のパラオには広いビーチが少ない。きっと米軍はここから上陸したんだろうと思った。

　ふたたびウィリーの声が甦《よみがえ》った。

（このちっぽけな島で、一万人以上のジャップとアメリカン・ボーイズが死んだんだぞ。それこそ足の踏み場もなかった）

　島の大きさはよくわからない。しかし、沿岸をボートで走った時間からすると、たぶん歩いて回れるくらいのちっぽけな島なのだろう。南側はジャングルに被われた山だったが、珊瑚礁の孤島なのだから高さは知れている。

　もし彼の言ったことが事実ならば、たしかに足の踏み場もなかったはずだ。オーバー・テン・サウザンド。その数字も、島のサイズから考えたその密度も、とうてい想像を超えていた。ウィリーがその戦闘の生き残りだとしたら、たしかに奇跡だろうと思った。

　風は凪《な》いでおり、波は穏やかで、ビーチはしんと静まり返っていた。

　僕はウィリーの齢を算《かぞ》えた。四十二年前のアメリカン・ボーイズ。計算は合う。

　べつだん感傷的になったわけじゃないさ。恐怖心もなかった。冷たいようだが他人《ひと》事《ごと》だった。

そう、ウィリーが吐き棄《す》てた通り、僕は何とも思っちゃいなかった。同世代以下の日本人なら誰だって同じだろう。僕らが生まれるほんの何年か前の出来事にはちがいないが、太平洋の島々で何があったかなんて、教えられてはいないんだ。

一九四五年八月十五日の終戦記念日は、同時に革命記念日だった。戦争が終わったというより、ひとつの時代が終焉《しゅうえん》し、新しい時代が開闢《かいびゃく》した日さ。どうだい、そう考えたほうが僕らにとってはしっくりくるだろう。

昭和という長い時代には、連続性がなかった。「戦前・戦後」という時代区分をしなければ、政治も経済も国民生活も説明できなかった。つまり、両者はちがう時代ではなく、ちがう国家さ。

僕らは明らかに、そうした教育を施されてきた。過去のすべてを悪と定義し、現在を善なる世の中と規定する教育さ。

僕の伯父は学徒出陣で戦死していた。生きていれば都築家の跡取りになるはずだった人物だ。彼が戦死したせいで、母が婿養子を迎えて僕が生まれたんだ。

仏間には位牌《いはい》があり、鴨居《かもい》に海軍士官の軍服を着た遺影が掲げてあったけれど、僕はその近しい伯父ですら、国家と国民のために尊い命を犠牲にした人だとは思っていなかった。「悪いやつらに殺された、かわいそうなおじさん」だ。むろん、その「悪いやつら」とはアメリカ人のことではない。

どんなにきれいごとを言うやつでも、性根はおっつかっつだろうな。成功と失敗を論ずるのではなくて、はなから善悪を定義した歴史を教えこまれてきたんだから。

かろうじて共有する「かわいそう」という情緒的な感情は、良心の残滓《ざんし》だと思う。どうだい。その感情自体が他人事だろう。

オーバー・テン・サウザンド。その膨大な数の内訳は知らない。だが、ウィリーがその悲惨な戦争の奇跡的な生き残りならば、奇跡すら起こらなかった日本兵が、何倍もの犠牲者を出したのはたしかだろう。

ウィリーは実体験者であり、なおかつ戦勝国であるアメリカは、連続した歴史を持っていた。

一方の僕はいわゆる「戦後」に生まれて、なおかつ日本の歴史は一九四五年八月十五日で断絶していた。

そんな二人が、たまたまペリリュー島のダイビング・ポイントに来てしまった。ただそれだけのことさ。

コロール島までの帰途は一時間半ぐらいだったろうか。

珊瑚礁の絶景を左右に見ながら、人々は時間を忘れた。ウィリーひとりがボートの日《ひ》蔭《かげ》に横たわって、ときどき舟べりに顔をつき出しては吐いていた。ビールを飲みすぎたわけでもなく、舟酔いでもなかっただろう。若い女房は知らんぷりで、若い男たちとしゃべっていた。

僕はガイドに、戦争のことを訊ねた。べつに知りたくもなかったが、もしかしたら彼が唯一《ゆいいつ》の日本人客に対して、気を遣ってくれているのかもしれないと思ったからだ。だからできるだけさりげなく、それこそ他人事のように訊《き》いた。

意外なことに彼は端正な日本語で答えた。英語よりうまいくらいだった。

「戦争中は小学生だったので、よく覚えています。ペリリューとアンガウルにはアメリカ軍が上陸したけど、コロール島には少し爆撃があったくらいでした」

話題が話題だけに、二人にしか通じない日本語を使ったのはガイドの見識だ。当時の公用語であったうえ、父親が沖縄出身だったので、家庭でも日本語を使っていたらしい。おとうさんは御木本《みきもと》真珠の養殖場に勤めていた、とガイドは言った。

「私はダイビングのインストラクターなので、ペリリューやアンガウルのガイドはしません」

と、言いわけのような前置きをして、彼は戦争にはほとんど触れずに、ペリリュー島の概要を語ってくれた。

パラオ諸島の中では二番目に大きな島だが、それでも南北九キロ、東西三キロしかない。たしかに歩いて回れるくらいのサイズだ。

島ののどかな風景や数々のダイビング・ポイントについて語りながら、僕が聞き流していると気付いたのか、遠ざかるペリリューの島影に目を向けて彼は言った。

「おとうさんはパラオで召集《コール・アップ》されました。日本人なんだから仕方ない」

パンドラの匣《はこ》を開けてしまったような気になって、僕は話題を変えた。

ところで、君も知っての通り、僕はそれほどナーバスな性格じゃない。いつだってマイペースだし、呑気者《のんきもの》だと思うよ。お坊ちゃま育ちと言われればそれまでだが、何だって悪いふうには考えない。

だからその日も、あれこれ思い悩んだわけじゃなかった。コロール島に戻ったとたん、メンバーやガイドとお義理のハグをして、グッド・バイさ。

ウィリーもガイドの父親も、レジェンドだ。僕の家の仏間に飾られていた、見知らぬ伯父の肖像とどこも違わぬ伝説にすぎなかった。

頭の中は幸せな記憶でいっぱいだった。パラオに来てよかったと心から思った。

ブルーホールの神秘的な風景。弁当を食べた楽園そのものの無人島。そして、ペリリュー・コーナーで間近に見た、マンタやナポレオン・フィッシュ。どれもこれも、生涯忘れえぬ体験だ。

うきうきした気分のままコロールの町に出て、日本食の店に入った。あんがい俗な、居酒屋みたいな店だったが、窓際《まどぎわ》の席からはきのうの美しい夢そのままの街路が見渡せた。光と闇《やみ》とが、今もきっぱりと分かたれていた。

白勝ちの着物を着た夢の女が、こつこつとガラス窓を叩《たた》きそうだった。暖簾を分けて客が入ってくるたびに、もしやと思って目を向けた。そうこうしているうちに酔いも手伝って、何だか本当に恋人を待っているような気がしてきた。

それは無理な相談さ。だが、彼女に会う方法はある。ホテルに帰ってベッドに潜りこめばいい。きっと僕は過ぎにし夜のコロールの町の、居酒屋の窓辺で恋人を待っている。そして、ほどなく彼女の白い指が、いくらか歪《ゆが》んだガラス窓を、こつこつと叩くにちがいなかった。

そこまで想像すると、僕は矢も楯《たて》もたまらなくなって店を出た。

その夜のコロールには湿った海風が吹いていて、タクシーでホテルに戻る間に、椰子や檳榔樹《びんろうじゅ》の葉を騒がせてスコールがやってきた。

僕は迷った。

白い枕《まくら》にするか、それとも黒い枕を試してみようか、と。

ベッドの上には、いかにも「ブラック・オア・ホワイト？」と訊ねんばかりに、二つの枕が並んでいたのさ。

何を迷うことなどあるんだ、と君は思うだろうな。しかし、人間の好奇心とはふしぎなもので、知れ切った幸福よりも未知の不幸を覗《のぞ》いてみたいと、ふと思ったんだ。だって、たかが夢じゃないか。命にかかわるはずもなし、人生に影響を及ぼすわけでもない。何の危険も、何の責任もない体験ができるというのに、提示された片方を拒否するのは損だと思った。

わが身になぞらえて考えてみろよ。そうさ、たかが夢だぜ。

第四夜　パラオで見た黒い夢

黒い枕《まくら》に頭を預けると、たちまち一日の疲れが襲いかかった。

飲みつけぬ泡盛も効いていたんだろう。眠りに落ちるというより、ベッドの底に潜んでいた魔物が、強い力で僕を羽交い締めにしたように思えた。

スコールは降り続いていた。ベランダや窓に、小石でも叩《たた》きつけるような横殴りの雨だった。

咽《のど》が渇いてたまらなかったし、ジーンズも脱ぎたかったのだが、体は動かなかった。夢とも現《うつつ》ともつかぬ金縛りがしばらく続き、やがて闇《やみ》と渇きとスコールに抱かれたまま、僕は黒い夢の世界に搦《から》め取られた。

湿った洞窟《どうくつ》の中で目覚めた。体の下を水が流れていて、真暗な天井からは滴《しずく》が垂れていた。

口を開けて滴を受け止めた。舌が痺《しび》れるほど塩辛かった。重い体をようやく横向きにして、流れる水を啜《すす》った。やはり塩辛くて飲めたものではなかった。

ここはどこだ。海鳴りが聴こえ、洞窟は震えていた。ダイビング・クルーズのさなかに海が荒れて、最寄りの島の巌屋《いわや》に避難したのだろうか。体の自由が利《き》かないのは、ウェットスーツやタンクやフィンのせいだ。

ともかく装具を脱がなければならない。海から陸《おか》に上がれば、これほど不自由な格好はないのだから。

だが、僕の足はフィンを履いていなかった。たっぷりと水を含んだ革の編み上げ靴だった。

背中にはタンクのかわりに重い鞄《かばん》がくくりつけられており、身にまとっているのは濡《ぬ》れた木綿の服だった。

そして、顔と頭を被《おお》っているのはマスクでもスノーケルでもなく、鋼鉄のヘルメットだった。

闇の高みに、洞窟の出口があった。雨水はそこから流れこんでくるらしい。円く開かれた空際が、しきりに明滅していた。

その明りをたどって洞窟に視線を戻し、愕然《がくぜん》とした。たくさんの兵隊が横たわっているではないか。それこそ、足の踏み場もないくらいに。

僕は悲鳴を上げて跳ね起き、尻《しり》で後ずさった。岩壁にもたれて自分自身を確かめてみれば、生きているか死んでいるかもわからない兵隊たちと、同じ身なりをしていた。

そこでまた悲鳴を上げた。

大きな掌《て》で口を塞《ふさ》がれた。

「静かにしろ、騒ぐな」

聞き覚えのある声だった。ダイビングのガイド。いや、たぶんパラオで召集《コール・アップ》されたという、彼の父親だ。

洞窟の出口を見上げた。スコールの帳《とばり》の向こう側を、米兵の影が通り過ぎてゆく。

「ヘイ、ジャップ。メリー・クリスマス！」

ひとつの人影が立ち止まったかと思うと、闇の中を缶詰のような何か硬い物が、ころころと転げ落ちてきた。

とっさに僕らは、近くの岩蔭《いわかげ》に身を伏せた。体が跳ね上がり、石くれや水筒や手足が降ってきた。

また米兵の声が聴こえた。

「オーケー、クリアー」

それきり頭上から人の気配は消えた。雨音が戻ってきてから、ガイドの父親は小声で言った。

「大丈夫か、都築。怪我《けが》はないか」

恐怖に竦《すく》み上がっているのか、それともどこかに傷を負っているのか、体は相変わらず不自由だった。

「これは、夢ですよね」

と、僕は訊《たず》ねた。

「ああ、そうだったらいいな。まだ生き残っている兵隊は、みんな同じことを考えているだろう。悪い夢だと思いながら死んでゆくんだ」

「お名前は、何とおっしゃいましたっけ」

ガイドはたしか日本人の姓を持っていたが、「ロイ」という呼び名のほかは思い出せなかった。

「照屋《てるや》一等兵だ。もう名前なんてどうだっていいがね」

そう、たしかガイドの名前は「ロイ・テルヤ」だった。沖縄に多い苗字《みょうじ》だ。

「御木本真珠の養殖場にいらした、照屋さんですね」

「ああ、そうだよ。あんたは南洋庁のお役人だったろう。今さら内地から援軍がくるわけもなし、日本人なんだから仕方がないと言えばそうだが、真珠工場の職人やら南洋庁の役人やらまで根こそぎ引っ張るんじゃ、この戦争も先は知れてるな」

照屋は濡れた軍服のポケットから、油紙にくるんだ煙草《たばこ》とマッチを取り出した。油紙を覚えているかい。ほら、僕らが子供のころは、まだビニール袋がなかったじゃないか。濡らしちゃいけないものは、黄色いパラフィン紙みたいな油紙に包んだ。

照屋は僕に煙草を勧め、掌でかばいながらマッチの火をつけた。

「火先《ほさき》は見せなさんなよ。煙も匂《にお》いもかまやしないが」

あたりには硝煙が立ちこめていた。僕らは岩蔭に並んで、体中にしみ渡る煙草を喫《す》った。

「お子さん、小学生ですよね」

照屋は答えなかった。煙を吸いこむたびに、掌の中のほのかな火が、ガイドのロイとそっくり同じ顔を闇に晒《さら》け出した。

考えたくもないのだろう、照屋一等兵は話題を変えた。戦場には過去も未来もない。ここにある「今」だけがすべてだった。

「俺たち兵隊には、何が何やらさっぱりわからんがね。ともかくペリリューが苦戦しているから、コロールの部隊を逆上陸させたってわけさ。大発艇《だいはってい》は途中であらかた沈められちまったが、命からがらたどり着いたらこの有様だ。さて、どうやってくたばるか。どのみちきょうか明日にも死ぬんだろうが、なるたけ楽に行きたいもんだ」

「これは夢ですよ、照屋さん」

と、僕は元気づけるつもりでもういちど言った。言ったとたんに唇が寒くなった。だってそうだろう。たしかにこれは黒い枕の中の夢にはちがいないのだが、ペリリュー島で死んだ夥《おびただ》しい兵士たちにとっては、紛れもない現実だったのだから。

「そうだな。きっと悪い夢を見ているんだ。きょうか明日にもくたばるんじゃなくって、養殖場の当直室か飲み屋の小上がりで、ハッと目が覚めるんだろう。いや、やっぱり自分の家がいい。うなされて女房に揺り起こされるんだ」

僕は照屋の腕を摑《つか》んで言った。

「降参して下さい」

それは戦争を知らない僕らが、等しく抱いていた疑問だった。戦死した兵隊たちはどうして、逃げもせず降伏もせずに戦い続けたのだろう。

「つまらんことは言いなさんな」

照屋は冷ややかに答えた。

「こんなちっぽけな島で、おたがい死にものぐるいの戦争をしているんだぞ。アメ公だってさんざんにやられて、どいつもこいつも正気じゃあるまい。両手を挙げたら勘弁してくれるか。ふん、ばかばかしい」

それが現実だった。そのほかの理屈など、入りこむすきまはない。戦争は集団ヒステリーで、ましてやペリリューは南北九キロ、東西三キロしかない孤島なんだ。

照屋は背嚢《はいのう》を揺すり上げて立ち上がった。

「さて、ここにいたって始まらねえな。ぼちぼち行こう」

「行こうって、どこへ」

「手榴弾《てりゅうだん》や火炎放射器でお陀仏《だぶつ》になるくらいなら、兵隊らしく死のうじゃないか。きっとそのほうがいくらか楽だろう」

僕らは闇の坂道をよじ登って洞窟から出た。スコールは通り過ぎる気配もなく、密林は泥沼になっていた。

歩きながら僕は、頬をつねったり叩いたりしたよ。だが、夢は覚めなかった。

「いったい、どこへ向かっているのですか」

そう訊ねると、あたりの暗闇からたくさんの声が返ってきた。

「オレンジ・ビーチ！」

いつの間にか、僕は大勢の日本兵たちと一緒に歩いていたんだ。

オレンジ・ビーチ。ペリリュー島の南にある、あの遠浅の海岸さ。たぶん日本が統治していたころには、ちがう名前がついていたのだろうけれど。

夢の中で、僕はその名前の由来に気付いた。べつにオレンジの実がなっていたわけではあるまい。珊瑚礁《さんごしょう》の島の、数少ない砂浜は米軍の上陸地点だった。真白な珊瑚の砂が血を吸ってオレンジ色に変わってしまったんだ。

僕らは戦争を知らない。学校で教えられた知識は、皆無と言っていいだろう。

父は大学在学中に、いわゆる学徒出陣とやらで軍隊に入ったらしいが、何も語らなかった。女学校から勤労動員に出ていた母も同様だ。多少の思い出話は聞いたような気もするが、僕には何の興味もなかったから記憶にはとどまらなかった。

しかし不都合なことに、漫画やプラモデルや少年雑誌からは、戦争が野放図に溢《あふ》れ出ていた。公式の知識を何も持たぬまま、僕らはまったく余所事《よそごと》のように、そうした情報を享受《きょうじゅ》していた。

いったい何が不都合なのかというと、歴史として教えられていない知識は、すこぶるエモーショナルなんだ。だから客観的な知識を持っている外国人に対して、知らず知らず不用意な発言をしたり、笑えぬジョークを飛ばしたりする。

もっとも、商社員とかかわりを持つ外国人はそれなりにジェントルだから、諍《いさか》いになったためしはないがね。しかしおそらく、彼らも腹の中では、そうした能天気な日本と日本人を蔑《さげす》んでいたんじゃないかな。

まあ、それはともかくとして、エモーショナルな知識が、僕にあんな夢を見させたことはたしかだった。

歩けど進まぬぬかるみを漕《こ》いで、僕らは後にそう名付けられた「オレンジ・ビーチ」をめざした。

やがて密林を抜けた。スコールは嘘《うそ》のように上がって、輝かしい南国の朝がきていた。ただし、そこは白い枕が見せてくれた静かな入江ではなかった。爆撃と砲弾が島を揺るがし、少し沖合の、ちょうどドロップ・オフのポイントのあたりには、真黒な煙幕が張りめぐらされていた。その煙の壁から、海兵隊員を乗せた上陸用舟艇が次々と現れて、浜に向かってつき進んできた。

ハリウッド映画のシーンは、きまって上陸する側の視点だ。海岸のほうから見た映像は見たためしがない。

つまり僕は、アメリカから配給された映画の中の、アメリカ兵のエモーションしか知らなかった。それが戦争だと信じていたんだ。

僕の前には、僕たちの父祖が目《ま》のあたりにした光景があった。

島は揺れ続け、煙幕を背負った敵が、小さな海岸におし寄せてきた。先頭の舟艇が砂を嚙《か》んだころあいを見計らったように、日本軍の激しい反撃が始まった。

もう何も見えない。何も聴こえない。ほんの一瞬、風向きのせいで視野が開けた。オレンジ色ではなかった。アメリカン・ボーイズの死体と、真黒に染まった砂浜があるばかりだった。

それでも勇敢な海兵隊員たちは、戦友のなきがらの間を跳躍しながら迫ってきた。

「ゴー・バック！」

僕は立ち上がって叫んだ。

「ウィリー、ゴー・バック！　来るんじゃない、戻れ」

ウィリーは突進をやめなかった。

あれはまったくたちの悪い夢だった。

ときどき、フッと目が覚めるんだよ。ところが体は動かない。魘《うな》されているんだが、誰が揺り起こすはずもないホテルの一室だ。もがき苦しんでいるうちに、また夢の中に吸いこまれる。

現実の闇と悪夢の間を行きつ戻りつして、しかも現実も夢も変わらないという、どうしようもない夜だった。

ふつう夢というものは、寝入りばなか目覚める前かの、浅い眠りのときに見るらしい。だが、魘されていたのは真夜中だったと思う。ホテルは静まり返っていたし、カーテンを開け放したままの窓の外は真暗だった。

おまけに僕は、昼間のダイビングで疲れ切っていた。コロールの酒場で飲んだ泡盛も効いていて、眠りが浅かったはずはない。

だとすると、あの恐ろしい夢は、やっぱり黒い枕のせいなんだ。ほかに考えようはなかろう。

夢の中で僕は叫び続けていた。

「ウィリー、ゴー・バック！」

爆弾や砲弾が炸裂《さくれつ》するたびに体が浮き上がった。耳元を銃弾がかすめた。たぶんそのときの僕は、静まり返ったホテルのベッドの上で、まるで悪魔にとり憑《つ》かれた少女みたいに、のたうち回っていたんじゃないかな。

片脚を捉《つか》まれて塹壕《ざんごう》に引きずりこまれた。

「ボーッとするな、死にたいのか！」

照屋一等兵が銃を撃ちまくりながら叫んだ。土嚢《どのう》を積み上げた陣地には大勢の日本兵がいるのだが、彼らの姿は煙幕に包まれてよく見えなかった。むしろ攻め寄せてくる米兵のほうがリアルなんだ。

なぜだかはわかるだろう。僕らの世代は日本兵の姿なんてよく知らないが、映画やテレビドラマでアメリカの海兵隊員は見慣れているのさ。

死体の山が積み上がっていった。それでもウィリーは突進をやめなかった。もちろん老いぼれたウィリーではない。アメリカン・ボーイズのころの彼なんて知るはずもないのに、僕にははっきりとわかった。

戦場は鉄と鉄の鬩《せめ》ぎ合う場所だった。テクノロジーの発達した今はどうか知らないが、当時はたしかにそうだったのだろう。

考えてみてくれ。僕らが子供のころにはいわゆる合成樹脂がほとんどなくて、おもちゃもみなブリキでできていたじゃないか。だから兵器もすべて鋼鉄で、戦争は鉄と鉄のぶつかり合いだったんだ。

海は鋼鉄の船で埋めつくされ、空から鋼鉄の飛行機が鋼鉄の爆弾を落とし、地には鋼鉄の弾丸が飛び交っていた。そしてそれらのすきまで、鋼鉄のヘルメットを冠《かぶ》って戦っているのは、生身の人間だった。

鉄のバーベルさえ持ち上げられない非力な人間が、そんな鋼鉄のスコールの中で生き残れるはずはない。

夢の中の僕は、塹壕の底に蹲《うずくま》って頭を抱えたまま、きのうダイビング・ボートの上で、ウィリーが吐き棄《す》てるように言った言葉を思い出した。

(このちっぽけな島で、一万人以上のジャップとアメリカン・ボーイズが死んだんだぞ。それこそ足の踏み場もなかった。俺が生き残ったのは奇跡だ)

オーバー・テン・サウザンド。僕は想像を超えたその数字を、夢の中で実感した。ウィリーが生き残ったのは、たしかに奇跡だ。

ガツンと鉄と鉄がぶつかり合う音がして、人間の体が僕の上に崩れ落ちてきた。照屋は鉄兜《てつかぶと》に大きな穴を開けて死んだ。それが彼の言った、「楽になる」ということだと僕は知った。

人間を一個の知的生命体と考えるなら、肉体の苦痛と精神の恐怖から一瞬にして解き放たれることは、たしかに「楽になる」と言えるだろう。

だが、人間には誰しも、知的生命体という名称では表現し切れぬ、「人生」がある。

彼はたぶん、若いころに沖縄からパラオに働きに出て、真珠養殖場に就職し、原地人の妻を娶《めと》り、子供にも恵まれて暮らしていたはずだった。それが彼の人生。本来、何ものにも何ぴとにも冒されてはならぬ、彼の幸福な人生だった。

オーバー・テン・サウザンドのうちのほとんどは、実は戦争を生業《なりわい》とする軍人ではなかった。彼らにはそれぞれの職業と家庭があった。そこまで思い至れば、「楽になる」という言葉ほど悲しく切ないものはない。

僕は相変わらず魘されていた。

何とか目覚めようとする僕を、目に見えぬ魔物が押さえつけた。しかも、人間の筋肉ではとうてい抗《あらが》いえぬ不可知の力で。

手足はまったく動かないが、天井は見えていた。僕の体は宙に浮いてせり上がり、シャンデリアに手の届きそうなところまできて、またゆっくりとベッドに沈んでいった。叫び続けていたが、それが声になっていたかどうかはわからない。

生き残りのアメリカン・ボーイズたちが、陣地に肉迫した。

どいつもこいつも、ニューヨークやロスアンジェルスの街角で見かける、当たり前の若者たちだった。最前線で命のやりとりをさせられるのは、力が強くて勇敢な青年たちに決まっているさ。

セントラル・パークの芝生に寝転んで、本を読んでいる学生。ストリート・パフォーマンスで小銭を稼いでいる若者。要領が悪くて叱《しか》られてばかりいる、現地オフィスのアルバイト。ホテルやカフェーのボーイ。そんな見憶《みおぼ》えのある顔が、びしょ濡れの戦闘服で塹壕に躍りこんできた。

銃を振り回すだけの喧嘩《けんか》だ。僕とウィリーは殴り合った。ナイフや銃剣で戦っている者もいた。鋼鉄のぶつかり合う戦争も、しまいにはこんなふうに、まるで古代人の戦いのように決着をつけなければならないらしい。

ウィリーは僕を組み伏せ、馬乗りになって首を絞めた。だが、すぐに手を緩め、背後の密林をちらりと見て言ったんだ。

「ゲット・アウェイ。逃げようぜ」

僕らは地獄の塹壕を飛び出して走った。砲弾が炸裂し続け、銃弾が飛び交う中を、一目散に走った。

ジャングルに転げこみ、湿地を這《は》い回っているうちに、戦場の音も遠ざかっていった。

やがて午後の光が眩《まば》ゆい、静かな海岸に出た。

「イッツ・ア・ミラクル」

のどかな声に振り返れば、めっきり年を食ったウィリーが、真赤に陽灼《ひや》けした背中を晒して、サングラスごしにぼんやりと海を眺めていた。

「おまえもそろそろ上がったらどうだ。海の底のゼロ・ファイターを見ても、いい気持ちはしないだろう」

ふと気付くと、僕はウェットスーツを着ており、背嚢ではないタンクを支えにして砂浜に寝転んでいた。軍靴《ぐんか》はフィンに変わっていた。

海の色がエメラルドとコバルトに隔てられるドロップ・オフのあたりに、ダイビング・ツアーのボートが錨《いかり》を下ろしていた。

胸の中には、生き延びた歓《よろこ》びのほかに、うしろめたさがあった。つまり、自分ひとりが生き延びたという悔悟だった。

ボートの艫《とも》に立って手を振っているのは、あの夢の女だった。ギリシア神話の女神のような白い衣を着て、僕を呼んでいた。

そのかたわらで、デッキに腰を下ろした祖父がパナマ帽を振った。

僕とウィリーは立ち上がり、ボートをめざして歩き出した。平和な海に踏みこんだ僕らの足に、赤や青の小魚が群らがって、こそばゆいキスをした。

「よかったな、ウィリー」

「さて、よかったのかどうか。あれから後も、何やかやとトラブル続きだったからな。

だが、力尽きそうになったときは、いつもこう思った。俺はミラクル・ボーイなんだ、何だってできないはずはない、と」

遠浅の海を進んで泳ぎ始めるとき、ウィリーは思いついたように付け足した。

「おまえだって、ミラクル・ボーイなんだぞ」

これは夢だよ、と言いかけて、僕は考えこんだ。ひどい戦争の七年後に生まれて、南洋の楽園で休暇を過ごしている僕は、もしかしたらウィリー以上のミラクル・ボーイなのかもしれない。

穏やかな結末のおかげで、僕は魘されるでもなく目覚めた。

悪夢に引き戻されたらたまらないから、すぐにベッドからはね起きたがね。

思わず後ずさって、黒い枕を見つめたよ。ベランダから放り投げてやろうかと思ったが、手を触れるのも嫌だった。そこでメイドを呼んで、部屋を替えてくれと言った。

「何か不都合でも？」

と、フィリピン人のメイドは笑顔で訊ねた。

「悪い夢を見たんだ」

素直に言った。彼女の反応を確かめたかったからだ。黒い枕か白い枕か、と訊ねたのは彼女なんだからね。だが、まさか問い質《ただ》すわけにもいくまい。

メイドは何のけれんもなく答えた。

「かしこまりました。空室はありますから、すぐ手配いたしますね。どうぞお荷物はそのままで」

窓からは朝の光が溢れていた。きょうは上天気だ。海に入るのはやめて、日がな一日プールサイドで本でも読もう。ホテルには立派なライブラリーもある。

頭の中からあの悪夢の余韻を拭《ぬぐ》い去るには、それが最も良い方法だと思ったんだ。貴重な休暇を南国のリゾートで過ごして、悪夢に祟《たた》られるなんて、そんなばかばかしい話はないじゃないか。

一階のメイン・ダイニングには、冷房の効いたインサイドと、庭に面したアウトサイドの席があった。こうした場合、どういうわけか東洋人は室内を、欧米人は屋外を選ぶ。

僕はいつもアウトサイドだ。べつに日本人を避けているわけじゃない。どんなときでもビジネス・チャンスを求めるのが、商社マンの心得だからさ。

広々としたテラスの白いパラソルの下で、ウィリーと若い女房が朝食を摂《と》っていた。

僕は知らんぷりを決めた。せっかく悪夢から覚めたのに、ペリリューのミラクル・

ボーイと食事など共にしたくはない。

ところが、目ざとく僕を見つけた女房に、大声で名前を呼ばれてしまった。齢《とし》の離れた夫婦は会話も乏しいのだろうか、夫は新聞を読み、女房は小鳥にスクランブル・エッグを与えていたのだった。

アメリカ人は総じてフレンドリーだが、社交辞令もまた多い。だから招かれたからといって、安易にその気になってはならないんだ。

だがそのときは、夫に構ってもらえない女房が、心から僕に声をかけたにちがいなかった。

「この人ったら、朝から機嫌が悪くて、ごめんなさいね」

やあ、と言ったきり、ウィリーはまた新聞を読み始めた。若い女房が同じ齢ごろの男たちに媚《こ》びを売るものだから、亭主が臍《へそ》を曲げた、というところだろうか。だとしても、日本人の僕にまでこの態度はあるまい。

「ぐっすり眠れたかね」

目も合わそうとせずにウィリーは言った。僕はひやりとしたよ。もしや彼も、黒い枕を使って寝たのではないかと思ったんだ。

「君に殺されずにすんだよ」

僕は冗談めかして言った。だがウィリーは、わかりづらいジョークを訊《き》き返そうともせず、老眼鏡をかしげて僕をじろりと睨《にら》んだきり、また新聞に目を戻してしまった。

「僕にはどうしても、柏井《かしわい》の人生が幸福だったとは思えないんだ」

都築君は一息にグラスを乾し、手酌でワインをつぎながら言った。

柏井重人《しげと》は一流企業の現職役員のまま死んだ。通夜《つや》は大混雑で知った顔も見当たらず、遺族とも話す間がなかった。だから私は、彼の近況も死因も知らない。新聞記事の訃報《ふほう》をたまたま目にしなければ、気付かずにいたはずである。

都築君の物言いは、いささか負け惜しみに聞こえた。いかに資産家の御曹司《おんぞうし》でも、会社員としての出世を望んでいなかったはずはない。

他人の幸不幸なんてわからないよ、と私は宥《なだ》めるつもりで言った。

都築君はしばらく言葉を選ぶようにおし黙った。その表情からすると、少くとも私よりは故人に近しい関係であったらしい。

「柏井はしばしばここに来たんだ。さんざ酔っ払って、毒を吐いて、社用車を表に待たせたまま、朝までそこのソファで寝ていたこともあった。そんなやつの通夜になんか、行く気にもなれなかったがね」

都築君が故人の幸不幸を語るには、それなりの根拠があったことになる。私は返す言葉を失った。

「柏井は会社のトラブル・シューターだった。弁は立つし、人柄もいいし、そのうえ図体《ずうたい》が大きくて押し出しが利く。大問題の火消し役にはもってこいさ。どう見たところでヒラの取締役のままでは終わりそうもない貫禄《かんろく》があるから、政治家も役人も取引先も、あいつに恩を売るつもりで不満を呑《の》みこんだ。つまりそうした宴席が週に一度はあって、そのつどストレスの塊になった柏井は、うちに寄って毒を吐いていたんだ」

インターホンが鳴った。うまいところでケータリングが届いた。

「近所にバングラデシュ人の経営する店があってね。正体不明の無国籍料理というふれこみだが、なかなかいけるんだ。彼らは働き者だから、真夜中でも電話一本で配達してくれる」

青山墓地の向こう側に涯《はて》もなく鏤《ちりば》められた夜景を眺めているうち、夜空のただなかの扉が開いて料理が運ばれてきた。

プレートを白衣の肩に担《かつ》いでやってきたのは、陽気な外国人だった。食欲をそそる濃厚な香りがリビングルームに満ちた。

夢の話を聞いているうちに、夢と現の境がなくなってしまったような気分になっていた。バングラデシュ人の店主らしい男は、流暢《りゅうちょう》な日本語で私にもユーモラスなお愛想を言い、料理をテーブルに並べてたちまち帰った。そのかき消え方も、まるで夢のようだった。

ふと、柏井重人もこんなふうにもてなされていたのだろうか、と思った。

「通夜もあの混雑じゃあ、お浄《きよ》めの席に呼ばれる気にもなれないね。見知った顔に会って挨拶《あいさつ》をするのも面倒だし、第一、僕には名刺がない。さあ、食べようじゃないか」

都築君はカレー味のシチューとチキンのサラダを、小皿に取り分けてくれた。

柏井にもごちそうしたのか、と私は訊ねた。都築君は野菜を頬張りながら、また少し考えるふうをした。

「あいつは健啖家《けんたんか》だったな。接待のあとで、よくもまあこんなに食えるものだと感心したよ。実はこのメニューも、あいつの好みなんだ。最初に注文したまま、それからあとはいちいち選ぶのも面倒だから、いつものやつ、ということになった。まあ、あいつらしいといえばそうだがね」

だとすると、これも供養《くよう》のうちかもしれない。

思い立って、柏井の死因を訊ねた。都築君はこともなげに答えた。

「心筋梗塞《こうそく》。あの体型なら、さもありなんというところだが、救急車がきたときにはもう心肺停止で、手の施しようがなかった。心臓病はファースト・アタックが勝負らしい。つまり最初の発作で四割は死ぬが、それを切り抜ければ、治療法もいろいろと発達しているから、さほど怖い病気ではないそうだ。僕らの年齢になれば、兆候なんてわかりづらいけどな。彼自身からも、そんなことは何ひとつ聞いていなかった。君も気をつけろよ」

ファースト・アタック。聞くだに怖い言葉である。六十を過ぎれば誰だって息切れはするし、体のあちこちが痛むのだから、たしかに重大な予兆を意識することは難しい。そんなとき突然、血管が詰まって心臓が壊死《えし》する。

都築君はシチューをすすりながら怖い話を続けた。

「だから、倒れた場所も生死を分かつらしい。会社の中や飲み屋ならば、すぐに通報できるからね。つまり、ひとりでいることの多いやつほどハイリスクというわけさ。脳溢血《のういっけつ》も同じだ。君もなるたけひとりにはなりなさんなよ。大丈夫か。まさか、かみさんと寝室が別じゃないだろうな」

柏井の私生活については知らない。寝室を別にしている妻が、朝になってから気付いた、ということなのだろうか。

どこで、と私は訊いた。

すると都築君は、肉を刺したままのフォークの先を私の胸前《むなさき》に向けた。

「そこさ。救急車がきたときにはもう心肺停止で、手の施しようがなかった。そんなやつの通夜になんて、行きたくもなかったがね」

そう言うなり、都築君は話を翻《ひるがえ》してしまった。

第五夜　ジャイプールで見た黒い夢

パラオで休暇を過ごしたあとも、仕事らしい仕事のない退屈な日々が続いた。だが、たっぷりと体を休ませたせいか、ずいぶん気持ちは楽になった。あの悪い夢には考えさせられるところも多かったけれど、しょせんは夢さ。あの夢のせいで人生観や世界観が変わったわけじゃない。

もし何か影響があったとすれば、あの南の島の、のんびりとした時間の流れだね。コロール島の一日と東京の一日は、まるで長さがちがった。もちろん、一時間も、一分も、一秒の長ささえも。

休暇をおえて出社したとき、どうしてみんながあわてふためいているんだろうと思った。僕の不在中に為替レートの大変動があったんじゃないか、それとも株価の大暴落か、なんて考えたくらいさ。

そうじゃない。本社の一階ホールではそれらの数値を刻々と表示しているんだが、これといった変化はなかった。

何が変わったわけでもなくて、僕の意識が変わった。そのとき考えたんだ。よし、これでいい、こいつらと歩調を合わせる必要はないんだ、とね。

伝説の好景気の時代さ。まかりまちがってもリストラクチュアリングなんてあるはずがない。そんな言葉は聞いたことすらなかった。

忙しすぎて人事が混乱しているだけ。あわただしい空気の中で、誰もが競争心を剝《む》き出しにしているだけ。年齢からしても、これまでのキャリアを考えても、僕がデッド・ウッドになるはずはない。出番の声がかかるまでのんびりやろう、という気になった。

それからの何ヵ月間かは、おそらく僕の人生のうちの最も優雅な日々だったと思う。上司から言いつかったどうでもいい仕事を、長い時間をかけて完全にこなし、それでも暇の潰《つぶ》しようがなくて、真昼間からジム通いさ。

外出するときにいちいち理由を付けなくなったのも、あのころからだったと思う。企業は社員の完全管理主義から脱却して、個人の責任感と良識を尊重するようになった。それもおそらく、好景気の賜物《たまもの》だろう。

思った通り、出番は回ってきた。

インドに対する政府開発援助《ODA》の見返りに、家畜飼料が廉価《れんか》で供給されることになり、うちの会社が輸入業務を請け負うと決まった。

むろんデリーにもムンバイにも支店はあるが、大仕事だから本社にも専任の担当者が必要になる。どうだ、と部長に言われ、二つ返事で飛びついたよ。

飼料部に異動となり、ついでに係長に昇進した。早い出世ではないが、遅くもなかった。それ見たことか、という気分だった。

のちのち考えても、あれはおいしい仕事だった。現地支店の担当者よりも、本社の専任担当者のほうが優位にある。政府がらみの案件だからまちがいはない。おまけに年間数千万ドルの取引だ。果報は寝て待て、ということわざ通りの幸運だった。

それからの一年、デリーには毎月のように出張した。

楽な仕事、と言えばいささか語弊があるかもしれないがね。少くとも、それまでに海外で経験したような、油断のならない仕事ではなかった。

なお幸いなことに、デリー支店の担当者が僕とは同期入社の、気心の知れたやつだった。仕事もよくできる。任せきりにしても問題は何もなさそうだが、優位に立つ本社担当係長としては、積極的に介入するというところさ。

実務はあっち、勲章はこっち。まあ、商社にはよくある図式だよ。

そのデリー支店の担当者――そうだね、仮に「山田《やまだ》」としておこう。彼はおそらく次期社長になる人物だから、仮名のほうが話しやすい。近々新聞に写真が載ったら、ああこいつかと思ってくれ。

いかにもできる、というタイプの社員はあんがい出世をしない。どの業種にかかわらず、サラリーマン社会の法則のようなものだ。上司からは自分の存在を脅《おびや》かす者として敬遠されるし、勲章の多いやつはミステイクも多いからね。ある程度の地位までは実績と能力で出世しても、その先は潰し合いになって、結局は目立たないかわりにミスもないやつが生き残る。今から思えば、山田はそうした地味な会社員の典型だった。

初めてデリーに出張したときのことは、なぜかよく覚えている。

機内からタラップに出たとたん、思わず顔をしかめるくらい暑い日だった。風は死んでいて、バスの中にもカレーの臭《にお》いがたちこめていた。こんなところに何年もいる山田は、ご苦労なやつだと思ったものさ。

当時のインドは、将来のＩＴ産業の成長を期待されてはいたが、内心は誰も信じてはいなかったと思う。巨大な人口を抱えていれば、分母が大きい分だけ優秀な人間もいるだろう、という程度の認識だった。いや、インドの未来がどうのというより、情報社会がこんなにも急速に展開されるとは、誰も考えていなかったんだ。ビジネスマンがパソコンを持ち歩き、世界中のどこにいても携帯電話がつながるなんて、いずれそうなるにせよ遥《はる》か先の話だろうと思っていた。

山田は到着ゲートで僕を待っていた。くたびれた背広を着て、脂《あぶら》だらけの見るだに暑苦しい眼鏡をかけて。

ずいぶん痩《や》せたな、と思った。この暑さの中でカレーばかり食いながら駆け回っていると、こんなふうになってしまうのか、と。

実務は自分で、勲章はおまえ。そんなことは承知の上だろう。それでも手放しで再会を喜ぶようなやつだった。たがいの立場を考えれば、空港での出迎えだってなかなかできることじゃないさ。

冷房の効いた車の中でホッと一息ついたとたん、山田は言った。

「準備は万全だ。君のことは現地の連中に吹きこんであるから、なるべく偉そうにしていてくれ。階級意識の強いお国柄だからね」

階級意識ね。なるほど、そういうことかと思った。東京の本社からわざわざやってきた僕を、「特別な人物」に祀《まつ》り上げておけば、山田にとっても後の仕事がやりやすくなる、というわけだ。

ＯＤＡがらみの取引は長期戦になる。いきおい、現地の担当者同士は馴《な》れ合ってしまう。そうこうするうちに何かしらのトラブルや、大きな為替変動があれば、現地担当者の頭越しに「特別な人物」が交渉の席につく。だから僕は最初から偉そうにふるまっていなければならない。

「了解。そのつもりでやるから、悪く思うなよ」

僕はそう言って、当分の間は見せてはならない笑顔を山田に向けた。

インドは初めてだった。噂《うわさ》には聞いていたが、デリーの市街に入ると、まず人間の多さに驚いた。同じような大人口を抱えていても、中国のほうがまだしもすきまがある。インドは混沌《こんとん》としていた。

伝統的なカースト制度はさておくとしても、これだけ人間が溢《あふ》れていれば階級意識が強くなって当然だろうと思った。何らかの基準がないことには、生きてゆくための発言も行動もままならないだろう。たとえそれが虚構であろうと、幻想であろうと。

年齢か。それを格別に意識するのは、終身雇用制の徹底した日本人だけだろうな。ビジネスマンとしてのキャリアを少くとも十年積めば、ふるまいひとつで対等にわたり合えるということぐらい、海外勤務を経験した商社員なら誰でも承知している。

その晩はオールドデリーのレストランで、取引先と顔合わせのテーブルを囲んだ。陽が落ちても蒸し暑さは収まらなかったが、店内の個室は汗みずくになった上衣《うわぎ》が脱げぬくらい冷房が効いていた。

一階の広いフロアには扇風機が回っていた。二階に上がると涼しくて、デコレーションも華やかになった。三階は赤い絨毯《じゅうたん》を敷きつめた廊下に、個室のドアが並んでいた。変わらないのはカレーの臭いだけだ。

山田のディレクションは上出来だった。まず現地事務所のスタッフが先触れに走り、それから山田がうやうやしく、僕を個室に迎え入れた。僕のうしろからはインド人の女性秘書が、やはりうやうやしく僕のブリーフケースを抱えてついてきた。

先方の商社員は三人で、誰もがたいそう聞きづらいインド訛《なま》りの英語を使った。いわゆる「ヒングリッシュ」と揶揄《やゆ》される英語だ。

僕の役職は係長にすぎないが、名刺は「セクション・チーフ」だから、どの程度の階級なのか彼らにはわからない。一般的には「部」が「デパートメント」で、「課」が「セクション」と訳されるが、そうした呼称も欧米では一様に決まっているわけじゃないんだ。つまり「セクション・チーフ」がどれくらいの権限を持ち、どれほどの地位にあるのかは、僕の演技次第ということになる。そのあたりは、日本の企業のほうがよほど階級主義なんだがね。

名刺を交換し、握手をかわした。インド人の手はなぜかどれも冷たくて乾いていた。外国人と握手をするときには、けっして頭を下げてはならない。新入社員は研修のときに、必ずそう教えられる。実技指導もある。商社員や外交官が国内で尊大に見えるのは、頭を下げないその習慣が身についてしまっているからだろう。

取引に関する話題は一切なかった。せいぜいこのごろの国際問題や、経済環境についての雑談だ。それだって少しでも商売にかかわりそうになると、誰かしらがすばやく話頭を転じて、インドの複雑な文化や、厳しい気候や、カレーの種類の話になった。

つまり、山田の根回しは万全ということさ。このテーブルは東京本社の「特別な人物」を接待する儀礼の場だから、現場の話など持ち出してはならない、と彼らは承知していた。

緊張はしたよ。なにしろ二時間も三時間も、ハッタリをかまし続けるんだから。しかも、多弁になってはならない。僕の存在そのものがミステリアスでなければ。

会食をおえて車に乗りこむと、枷《かせ》を解かれたように力が抜けた。

「さすがだな、都築」

ネクタイを緩め、噴き出る汗を拭《ぬぐ》いながら山田は言った。

いったい何が「さすが」だったのかは、いまだにわからない。むしろそれはこっちのセリフなんだがね。

改まってそう言われるほどの実績があるわけではなし、たぶん僕の浮世ばなれしたイメージが、適役だったと彼は言いたかったのだろう。

翌日はデリーから三百キロほど南の、ジャイプールに向かった。

空路ならば一時間たらずなのだが、道中の作物を見てほしいと言われたのでは仕方がない。

ところが、見るも何も地平線まで続く麦畑だ。要するに彼らの頭には、日本が食料品の多くを輸入しなければならない小さな国だという思いこみがあって、農業大国の規模をこれ見よがしに披露したかっただけのことさ。

五時間もドライブをしてジャイプールに着いた。べつだんその土地の作物を取引するというわけではない。デリーから近い観光地で、インドを知らない僕を十全に接待する。山田の入念な根回しの結果、どうやらそういうお膳《ぜん》立《だ》てが整っているらしかった。

ジャイプールを州都とするラージャスターン州は、植民地時代にもマハーラージャの自治権が認められていたために、イギリス文化の影響をそれほど受けていない。そのおかげで独立後は、インド屈指の観光地となった。

ジャイプールの旧市街はピンク色に塗りたくられていた。かつてイギリスのエドワード皇太子を迎えるにあたり、当時のマハーラージャがすべての建物を、伝統的な歓待の色に染めたという話だった。

インドは色彩の豊かな国だから、もとは鮮かなピンクだったのだろうが、長い歳月を経てくすみ、すこぶる官能的な、オレンジがかった肌色に変わっていた。だから建物や壁そのものよりも、それらを背景にして行き過ぎる女たちの華やかなサリーの色が僕の目を奪った。

まさか十九世紀のマハーラージャがそこまで企図《きと》したわけでもあるまいが、歴史はときおり、そんな奇跡を顕現させるものさ。

それからはお定まりの観光ルートに沿って、象の背中に乗って登る山上の城砦《じょうさい》やら、湖に浮かぶマハーラージャの宮殿やらを見物した。

四十度を超える暑さの中で物見遊山《ゆさん》をするくらいなら、ホテルに入って昼寝をしたかった。だが、そうもいくまい。彼らの厚意を享受《きょうじゅ》することも仕事のうちなのだ。

陽の翳《かげ》るころ、ようやくホテルに案内された。市街地からかなり離れた、かつてマハーラージャのサマー・パレスであったという、贅《ぜい》を尽くしたホテルだった。

舗装道路を外れて、小川に沿ったでこぼこ道を行くと、棗椰子《なつめやし》の森の中にそれこそ夢のような白亜の宮殿が姿を現した。

あたりには赤や橙《だいだい》の名も知らぬ花が咲き乱れており、猿や山羊《やぎ》の群れがわがもの顔で歩き回っていた。

極め付きのスイートルームが用意されていた。昔はおそらくゲストのための部屋ではなく、マハーラージャの居室だったのだろう。

ディナーは断わった。山田が気を利《き》かせてくれたんだ。取引先のヒングリッシュには閉口していたし、二晩も続けて付き合う必要はない、と山田も言ってくれた。

「いいのか」と僕は念を押した。接待を拒否するというのは、かなりナーバスな問題だ。

「セクション・チーフはジェット・ラグと暑さが応《こた》えているようだ、とでも言っておくよ。先方だって相当に気を遣っているから、望むところだろう」

「まんざら嘘《うそ》でもないね」

「シャワーで汗を流して、少し眠ったらどうだ。あとでルーム・サービスを届けさせよう。カレー味じゃない食い物をな」

山田に言われた通り、シャワーを浴びてバスローブを着たまま、ベッドに倒れこんだ。

いや。マハーラージャのベッドに黒と白の枕《まくら》が置いてあったわけじゃないよ。ルーム・サービスを運んできたボーイも、枕までは抱えてこなかった。

その夜はぐっすりと眠った。夢も見ないくらい、ぐっすりとね。

「おや、やっこさんたちは」

朝食のテラスには山田がぽつんと座っていた。

「うまく言っておいたつもりだが、君が機嫌を損ねたと思ったらしい。車と運転手だけ残して先に帰ったよ」

「あっちが機嫌を損ねたわけじゃなかろうな」

山田は自信たっぷりに笑った。

「なあ、都築。ロンドンではきつい仕事をさせられたんだろうが、頭を切り替えろよ。ODAの見返りに商売をするなんて、こんなおいしい話はそうそうあるものじゃない。むろん、先方だって同じだ。だが、いいか。ODAを出したのは日本政府で、受けたのはインド政府だということを忘れちゃいけない」

山田は僕にいくらか不安を感じ始めていたんだろう。言わんとするところは承知の上さ。僕はくたびれていただけだ。

失敗のしようもない取引なんだから、思い切り高飛車を振って、一円でも一ルピーでも安く買い叩《たた》く。早い話がそういうことさ。

赤いターバンを巻き、純白の制服を着たボーイがコーヒーを運んできた。

「ターバンの巻き方で部族がわかるらしい。このあたりのラージプート族は、イスラムと戦い続けてきたヒンドゥーの末裔《まつえい》だそうだ。なるほど、サムライの顔だね」

噴水をめぐる広い中庭には、何羽もの孔雀《くじゃく》が歩き回っていた。

ふと、もしや長い夢を見てるんじゃないかと思った。それくらい何もかもが、現実味を欠いていた。

インドを旅した日本人は、二度と行きたくないと思うか、熱心なリピーターになるかのどちらかだというね。それはおそらく、暑さやカレー三昧《ざんまい》の食事や、混沌とした雰囲気のせいではないと思う。現実味を欠いた夢のような経験を、怖《おそ》れたか、楽しんだかのちがいさ。

「相当くたびれてるな。どうだい、アーユルヴェーダでも試してみたら」

山田の指し示す先には、こんもりと生い茂る棗椰子の木立ちに囲まれた、大理石のドームがあった。

それが単なるマッサージではなく、長い歴史を持つ伝統医学であるということぐらいは知っていた。

優雅な朝食をおえたあと、本格的なアーユルヴェーダの施療を行うという、そのドームに向かった。山田は酒を飲んでもう一寝入りすると言った。セックスのほかに体を触られるのは嫌いだそうだ。

棗椰子の小径《とみち》で、ふいに孔雀が扇のように羽を拡《ひろ》げて僕の行手を遮った。まるで、ここから先に行ってはならない、と警告でもするように。

小径は手入れの行き届いた庭園の中を、ゆったりとした弧を描いて続いた。

オレンジ色のサリーを着た女たちが芝生に蹲《うずくま》って、一本の雑草も見落とすまいとするくらい熱心に働いていた。僕に気付いても彼女らは挨拶《あいさつ》をせず、むしろ顔をそむけるようにして草を摘み続けた。

ホスピタリティの心を欠いているわけではない。ホテルで働く最下層の人々には、従業員としての自覚がないんだ。マハーラージャの僕《しもべ》や婢《はしため》が、来客に挨拶をしたり、気易《きやす》く笑顔を向けたりしてはならない、ということさ。

椰子の森の中の建物は、思わず見惚《みと》れるほど美しかった。すべてが白大理石ででできていて、ファサードのステップの磨耗からすると、ホテルがマハーラージャのサマー・パレスであったころから、その場所に建っていると思えた。

空色のサリーを着た中年の女が、僕を待っていた。慢性的に食糧事情が悪いインドでは、肥満が上流階級の証《あかし》なんだ。彼女はホテル専属の医師だった。

応接室に通されて、ミントの香りのするお茶をふるまわれた。医師が僕の体調について質問し、白衣を着た助手らしい男がカルテを作成した。

山田の言うところの「本格的なアーユルヴェーダ」は、どうやらこうした面倒な手続きを踏まなければならないらしい。

もっとも、僕だって三十代の若さだったのだから、体のどこが悪いというわけではない。少し大げさに、疲れが溜《た》まっているだの、腰痛があるだのと答えた。

医師は僕の体に触れなかった。舌を出させて観察しただけさ。そのあたりで僕は、この「本格的なアーユルヴェーダ」が、治療を目的としたものなのか、それともホテルのゲストサービスなのか、つまりここが病院なのかマッサージ・ルームなのかわからなくなった。

それから、どうしたんだっけ——ああ、そうだ。大理石の廊下を裸足《はだし》で歩いて、バスルームに向かった。ジャングルに囲まれた露天風呂《ぶろ》に、獅子《しし》の口から生ぬるい湯が溢れていた。浴槽には赤や白の花びらが浮かんでいた。

湯上がりにはバスローブではなくて、薄くて柔らかなパジャマを着た。持って帰りたくなるような肌ざわりのインド綿だった。湯には何か生薬でも溶かしこんであったのか、体が芯《しん》から温まっていた。

助手に導かれて大理石のホールに入った。レストランのテラスから見えたドームだ。天蓋《クーポラ》の真下に、床の白さよりなお白い敷物が延べられていた。

仰向《あおむ》けに寝転ぶと、軋《きし》むような肌ざわりを感じた。たぶんとても上等の絹だったと思う。

「そのまましばらくお待ち下さい」

と、ほとんど聞きとれないくらいのひどいヒングリッシュで助手は言い、裸足の白いあしうらを翻《ひるがえ》して消えた。

クーポラのてっぺんには青空が覗《のぞ》いており、そこから射《さ》しこむ朝の光が、ちょうどスポットライトのように僕の体を照らしていた。

まだ気温は上がっていなかった。光とともに、鳥の鳴き声とさわやかな風が巻き落ちてきた。

あまりのここちよさに睡気《ねむけ》がさしてきた。うとうととしているうちに、ここがどこで、いったい何をしているのか、まるでわからなくなった。大の字に寝転んだまま、体が地球に貼《は》りついて剝《は》がれなくなったような気分だった。

まどろみながら、この建物の中には角張った部分が何もない、と思った。円いドームの下の円いホールの、円い敷物の上に僕は仰臥《ぎょうが》していた。柱という柱はすべて円柱だった。廊下の天井も、バスルームもバスタブも円かった。

考えても見てくれ。僕らの日常の中には、円いものがほとんどないじゃないか。そもそも人間の体は、球体の頭と円筒形の胴と手足とでき上がっている。だから円いものや曲線が、本来は居ごこちよく感じられるはずなんだ。

ところが、機能性と独立性を追求すれば、住居も職場もそのほかの生活環境もすべて、直線で仕切られてしまう。

たぶんあのときの安息は、お茶でもバスのせいでもなくて、僕の肉体を中心として何重にも描かれた、同心円のせいだったと思う。

時間も喪《うしな》われてしまった。だが、クーポラから解《と》き落ちる光は、僕の体から外れていなかった。その程度の時間なのに、まるで何時間もまどろんでいたような気がした。

人の気配を感じて頭を倒すと、ホールの先に開かれた円い翼廊の扉が開いて、純白のサリーを裳裾《もすそ》に曳《ひ》いた女が現れた。遠目にも美しい女だった。

インド人の美女というのは、人間ではない何物かを感じさせるんだ。褐色の肌も、ひっつめに結った黒髪も、額に紅を打った化粧も、すべてが神秘だった。

年齢はまだ十代だと思う。美女とはいえ、色香は感じなかった。だから僕は、彼女がアーユルヴェーダの施術師であるとは、まさか思わなかったんだ。

これだけの設備があって、たぶん料金も高い「本格的なアーユルヴェーダ」なのだから、それなりのベテランが施術しなければおかしいだろう。

女は片膝《かたひざ》を折って合掌し、思いがけぬほど端正なクイーンズ・イングリッシュで、「ミトゥーナ」と名乗った。姓なのか名なのかはわからない。それから施術道具を盛ったラタンの籠《かご》を胸前《むなさき》に捧《ささ》げて、足音もたてずに歩み寄ってきた。

ホールは広くて円いうえ何も置いてなかったから、ミトゥーナのサイズはまるでわからなかったのだが、近くに跪《ひざまず》くと、その体は幼い少女のように小柄で華奢《きゃしゃ》だった。

「君が施術を？」

僕はいくらか侮《あなど》って訊《たず》ねた。すると、ミトゥーナは機嫌をそこねたように、イエス、とだけ答えた。

さて——舞台設定がずいぶん長くなってしまったが、ここまではべつに、驚くほどの話ではないね。

　インドの高級リゾートでアーユルヴェーダを体験しようとしたら、本格的というより観光客向きの、とびきりの美少女がやってきた。

　猥褻《わいせつ》な想像をしてもらっては困るよ。彼女はきちんと、それなりの施術をしてくれたんだ。ただし、僕が考えていたものとは少しちがったが。

　まず、ミトゥーナに言われるまま、上半身だけ裸になって、俯《うつぶ》せに寝た。

　そのときラタンの籠の中から、四角いクッションが差し出されたんだ。

　そう。黒い枕さ。だが、場合が場合であるだけに、僕は何の懸念《けねん》も持たなかった。

　ミトゥーナは枕元で香を炷《た》き、僕の背中にオイルを垂らして、満遍なく延ばした。香もオイルも、かつて嗅《か》いだことのないかぐわしさだった。

　それだけで僕は、いっそう陶然となった。眠ってしまうのはもったいないと思った。ここまででも、まだ驚く話ではない。いかにも観光客向けのサービスだな、とは思ったけれど、それはそれで満足だった。

「眠らないで」

　と、ミトゥーナは言った。いや、それは眠りかけていた僕の、幻聴だったかもしれない。背中をゆっくりと揉《も》みほぐす少女の指先は、眠たくなるというより、気を失ってしまうぐらい気持ちがよかった。

指の動きに合わせて、ミトゥーナは唄《うた》うように語った。

その昔、ヒンドゥーの訓《おし》えでは、夫が死ねば妻も死ななければならなかったのです。手順はきまっていました。

夫の遺体が荼毘《だび》に付されると、その炎の中に、妻も身を投じるのです。死は虚無に返るのではなく、来世への旅立ちでした。だから妻は、旅の道連れとならなければなりません。

多くの妻は、進んで身を躍らせました。もし炎を怖れる妻があれば、親族が説諭し、ときには頭から油をかけて、炎に投げこむこともありました。

その昔、とは言っても、さほどの昔話ではありません。私の曾祖母《そうそぼ》は、そうして天に昇ったそうです。

僕は俯せたまま訊ねた。

「もし妻が先に死んだときは――」

「夫は新しい妻を娶《めと》ります。できれば自分が旅立つときに、必ず付き従ってくれるくらい若い妻を」

「ずいぶん勝手な話だね」

「そうでしょうか。私はファンタスティックだと思いますが」

「物語ならば」

「いえ、けっして物語ではありません。今でも古いヒンドゥーのならわしが残る村では、ひそかに続いていると聞いています」

声はすぐに音とならず、いったんドームに吸い上げられてから、間を置いて降り落ちてくるように思えた。

もしやミトゥーナは黙々とマッサージを続けているだけで、話し相手の別の女がいるのではないかと思い、首をめぐらせた。

「フェイス・ダウン。動いてはなりません」

オイルを僕の首筋に塗り延ばし、枕に押しつけるようにしてミトゥーナは言った。耳元で囁《ささや》かれたせいで声は響き渡らなかった。それはやはり、小柄な少女にはふさわしからぬ低い声だった。

ミトゥーナの両手が輪を作り、指先で僕の咽元《のどもと》をほぐし始めた。

「咳《せき》をしてはなりません。苦しくてもこらえて下さい。そう、がまんをして。ここは体にある七つのチャクラのうちのひとつです。あなたの気はここで滞ってしまっています」

咽仏の下の窪《くぼ》みのあたりを、ミトゥーナの両手の指が揉み続けた。枕に顔を埋めて咳をこらえた。

「そうです。もう少し。毒を口から吐き出してはなりません。七つのチャクラのうち、咽のヴィシュッダに溜まった毒は、やがて眉間《みけん》のアージュニャーと頭頂のサハスラーラのチャクラから出て行くのです」

ヒンドゥーの知識は何もなかった。チャクラというのは、神々の額にある第三の目だと思っていたのだが、どうやら「ツボ」というほどの意味であるらしい。つまり人体に七つあるツボのうちの咽元の部分を揉みほぐして、目に見えぬ毒を眉間と頭頂のチャクラから体外に出す、というわけだ。

それでも、思いこみというのは馬鹿《ばか》にできないもので、その通りにイメージしていると、首の周りがみるみる軽くなった。疲れのもとである毒素が、眉間と頭のてっぺんから膿《うみ》のようにしみ出してゆくような気もした。

いっそう耐え難い眠気がやってきた。

「君はまさか、そのファンタスティックなならわしに、従うつもりじゃないだろうね」

ミトゥーナの指先は僕の髪の根を揉み始めた。

「心から愛する夫を得れば」

冗談には聞こえなかった。もしや、そのならわしが今も続いている村に、彼女は生まれ育ったのではないかと思った。

「眠ってはなりません」

耳を貸すゆとりはなくなっていた。ミトゥーナの声が次第に遠のき、僕は黒い枕の中にのめりこんだ。

華やかな奏楽が聴こえる。

大小のシンバルと、太鼓と、弦をつまびく音。何拍子とも数えられぬ乱調。だがそれらは耳になじみがないだけで、とにもかくにもひとつの音楽になっている。

やがて男女の合唱が湧《わ》き上がってきた。やはり聞き覚えのない奇妙な和音だった。奏楽も合唱も、次第に昂《たかぶ》ってきた。何ごとかをせかせるように。

目を瞑《つむ》り、耳を塞《ふさ》いだ。どういう場面に立ち合っているかがわかったからだった。

体が熱い。太陽に灼《や》かれる熱さではなくて、間近に炎があった。

「何を怖れている。声を揃《そろ》えて祝福しなければいけない」

冷たい男の手が、怯《おび》える僕の手を握った。

「ひとりでも怖れる者があれば、女は苦しむ。唄いなさい、声を合わせて」

僕はまず手拍子をとり、それから声を張り上げ、少しずつ瞼《まぶた》を持ち上げた。

大勢の村人たちに混じって、赤土の広場に立っていた。目の前には丸太を組んだ祭壇があり、真黒な煙と紅蓮《ぐれん》の炎が膨れ上がっていた。その中心には、布にくるまれて燃える遺体があった。

炎を遠巻きにして手拍子をとる人々の中には、いくつもの見知った顔がある。取引先の商社員。デリー支店の現地採用者。ホテルの従業員。およそ僕の知る限りのインド人が、男は腰布一枚の半裸で、女は色とりどりのサリーを翻して唄っていた。人々は興奮していたが、僕は冷静だった。ただ、促されるままに同調していただけだ。

インド人がすこぶる平和的な民族であることは、たった三日の滞在の間にわかっていた。デリーやジャイプールの人混みの中でも諍《いさか》いはついぞ見かけなかったし、紹介された人々もみな温厚だった。そうしたインド人たちが、残酷な儀式に何の疑いも抱かず、秩序正しく興奮していることが怖ろしかった。

人々の視線は一点に集まっていた。棗椰子の葉蔭《はかげ》に純白の衣を着た女が蹲っており、盛装の女たちが取り囲んでいた。

どういう場面なのかは一目瞭然《りょうぜん》だ。荼毘に付されている男の妻が炎に怯《ひる》み、一族の女たちが説得をしているのだった。

「ほらほら、行ってしまうよ。さっさとお伴をしなけりゃいけない」

「熱くも何ともないさ。飛びこんだとたんに、シヴァ神が抱きとめて下さる」

「覚えているだろう。おまえの母が何をためらったかね。おばあさんなどは、水浴びでもするみたいに歩みこんで、おじいさんに体を重ねたじゃないか」

女たちは口々に励ましながら、とうとう女の両手を握って広場に引きずり出した。歌声と手拍子がいっそう高揚した。

女は泣き叫んだ。躊躇《ちゅうちょ》は抵抗に変わった。白いヴェールがほどけて、女の顔が顕《あら》わになった。僕は息を呑《の》んだ。あいつじゃないか。そう、僕の夢の中にしばしば現れる、あの見も知らぬ恋人さ。

ふいに奏楽と喝采《かっさい》がやんで、甲高い男の声が響き渡った。

「ヴィシュヌの妻、クリシュナよ。他者の力を借りてはならぬ。無理強いに身を投げこまれれば、汝《なんじ》は転生ののち、嫉妬《しっと》深い妻となるであろう。みずからの足で夫のあとをたどりなさい」

　とたんに女たちは手を放し、声に向き合って屈《かが》みこんだ。見知らぬ恋人は観念したように、炎を目の前にして立ちすくんだ。

「それでよい。ヴィシュヌの妻、クリシュナよ。夫が待っている。怖れてはならぬ。行きなさい」

　僕はすべてを押し黙らせる高貴な声のありかを探した。煙の切れ間に、矜《ほこ》り高いラージプートの戦士たちに傅《かしず》かれた貴人の姿があった。豪奢な飾りの付いた籐椅子《とういす》に身を沈める、マハーラージャだ。

「待て、待ってくれ」

　僕は叫びながら駆け出した。マハーラージャに対する無礼を戒める声があちこちから上がった。

「人ちがいだ。彼女はヴィシュヌの妻ではない。僕の恋人なんだ」

　僕はマハーラージャの足元に膝をついて訴えた。たちまち護衛の戦士たちが、僕の前に壁を作った。白い長袖《ながそで》のシャツに革のベストを着て、高々とターバンを巻いた髯《ひげ》面《づら》の男たちだった。

「勇者よ、いったい何の真似《まね》だ」

とりわけ屈強なひとりが、剣を抜き放って僕の目の前につき出した。

そのとき僕は気付いた。彼らと同じみなりをしていたんだ。どうやら僕は村人でも行きずりの旅人でもなくて、「ブレイブ・マン」とたがいを呼び合う、ラージプート族の戦士であるらしい。

人々は息を詰めてなりゆきを見守っていた。背のうしろで荼毘の炎が燃えさかり、あたりには黒煙が蟠《わだかま》っていた。

「かまわぬ。勇者の言い分を聞こう」

マハーラージャが言った。戦士の壁が左右に分かたれた。

僕は目を瞠《みは》った。白い軍服に大英帝国の勲章を佩《は》きつらね、真紅のターバンを巻き、宝石を穿《うが》った黄金のサーベルを杖《つえ》にして座っているのは、山田じゃないか。

「さすがだな、都築」

山田は苦笑をうかべて言った。

「何がさすがなんだ。物ははっきり言えよ」

「インドでさんざ苦労をしてきた俺の頭ごしに、手柄を横取りするつもりかよ。セクション・チーフが聞いて呆《あき》れるぜ。難しい仕事なんて何ひとつ任せられないが、偉そうなふるまいだけは、さすがだな」

これがやつの本音だ。だが言い争ってはならない。たしかにおっしゃる通りだからさ。

「そんなことを言っている場合じゃないだろう。あの女はヴィシュヌの妻ではない。僕の恋人なんだ」

「そうかね。だったら俺も言わせてもらう。おまえはたいそうなセクション・チーフなんかじゃない。ロンドンでとんでもないエラーをやらかして追い返された、窓際《まどぎわ》のデッド・ウッドだ」

山田はじっと僕を見つめ、甲高い貴人の声で戦士たちに命じた。

「こやつはシヴァ神を侮辱した。殺せ」

僕は身を翻して煙幕の中に逃げこんだ。戦士たちの喚《わめ》き声が追ってきた。

煙をつき抜け、恋人の手を取って走った。棗椰子の森の先には、芝生の庭が続いていた。マハーラージャの夏の宮殿が巨大な白孔雀の翅《はね》を拡げており、大理石のテラスに整列した兵士が、僕らにライフルの銃口を向けているのが見えた。

「逃げられないわ」

立ちすくむ恋人を横抱きにして走った。銃弾が噴水を砕いてはじけた。

「逃げるんだ。時間を稼げば目が覚める」

恋人が言い返した。

「あなたはいつか目が覚める。でも私は、夢の中に棲《す》んでいるのよ。この世界から逃げ出すことはできないの」

そういうことか、と僕は納得した。夢の中の登場人物は、みな現実に存在する人々か、さもなくば顔のないエキストラなのに、この女だけがどちらでもない理由はそれだ。僕の夢の世界に棲み続ける恋人なのだ。

僕の恐怖と絶望とを想像してほしい。まともに人を愛したためしのない僕が、心から、狂おしいほど愛した女は、僕の夢の中にだけ生きていたんだ。

噴水の楯《たて》から駆け出ると、一輛《りょう》の荷車が僕らを待ち受けるように止まっていた。インドのあちこちで見かける、従順な驢馬《ろば》が牽《ひ》く荷車だ。僕らが荷台に飛び乗ると、驢馬は草を食《は》むのをやめて歩き出した。

僕は驢馬の尻《しり》に鞭《むち》を当てた。マハーラージャの兵士たちがライフルを撃ちながら追いすがってきた。

行く手にジャイプールの街が豁《ひら》けた。夥《おびただ》しい人間と、聖なる牛と、猿の群れや猪《いのしし》の家族でごった返す、ピンク・シティだ。

やがて荷車は雑踏に紛れこんだ。胸をなで下ろして、恋人の紅をさした額にくちづけをした。

小さな顔を両掌《りょうて》でくるみ、まじまじと見つめた。やはり見知らぬ女なのだ。だが僕は、そうしているだけでも胸が高鳴り、かがやかしい感情が泉のように溢れるくらい、彼女を愛していた。

そう。それはたとえば、性の営みをまだ知らなかったころの、プラトニックな感情と同じだった。見つめ合い、言葉をかわすだけで満ち足りた、肉体など邪魔くさい代《しろ》物《もの》でしかなかった、あのころの。

荷車はピンク・シティの混沌を勝手に進んでいた。ふと気付くと、驢馬の背に祖父が横座りに乗っているじゃないか。

痩《や》せて背の高い祖父には、清潔で素朴な衣裳《いしょう》がよく似合った。雑に巻きつけたターバンも、何となく粋《いき》だった。

陽は西に傾き、街は鮮かなピンクに染め上げられた。

「どこへ行くの」

僕は祖父に訊ねた。

「おまえに見せたい風景があってね」

鞭の先を城門に向けて祖父は言った。

「もう、くたびれたよ。目覚めさせてくれないかな」

「冷たいやつだ。目が覚めたら、恋人とはお別れしなけりゃなるまい」

「いつでも会えるよ」

「実に冷たいやつだ。だが、それほどくたびれたなら仕方あるまい。もういっぺん戻ってくると、約束できるかね」

「約束するよ」

「恋人とも約束なさい」

必ず戻ってくると、僕は恋人に誓った。城門を抜けると、棗椰子の森の向こうに白いドームが見えた。


ふいに目が覚めた。

クーポラから解き落ちる光は、まだ僕の背中を温《ぬく》めていて、枕元に炷かれた香も相変わらずだった。ずいぶん長い夢を見たような気がするが、ほんのわずかなまどろみだったらしい。

「いい夢をごらんになりましたか」

肩を撫《な》でさするように揉みながら、ミトゥーナが耳元に囁いた。

「いや。悪い夢だったよ。魘《うな》されていなかったかな」

「とても安らかにお休みでした」

「どうせなら、もう少しまともな話を聞かせてくれないかな」

ミトゥーナは小さく笑った。

「ですから、私にとってはとてもファンタスティックな話なのです。できることなら、私が夢に見たいくらい」

「君は夢を見ないのか」

「はい。ただの一度も見たことはありません」

「本当かね」

「私には夢も現《うつつ》もありません。夜と昼があるばかりです」

ミトゥーナの齢頃《としごろ》には僕もそうだったかもしれない。横たわればたちまち深い眠りに落ち、朝も突然にやってきたような気がする。

「では、もっとファンタスティックな話をお聞かせしましょう」

ミトゥーナの声はドームに谺《こだま》した。オイルマッサージの手をけっして休めることはない。

「その前に、枕を替えてもらえないかな」

「途中で手を止めてはならないのです。それに、ほかの枕はありません」

眉間と頭頂のチャクラから、毒がしみ出てゆく。ミトゥーナは唄うように語り始めた。


むかしむかしの話です。

アラヴァリ山脈の麓《ふもと》の、涯《は》てもなきバンガルの草原に、水清く緑豊かな都がありました。

王は獅子よりも強くたくましく、王妃は孔雀よりも美しく、幾千の民はみな心から二人に服《まつろ》うておりました。

王の武勇はあまねく轟《とどろ》いて敵する者なく、また王妃の使う白魔術は天候を自在に支配して、洪水や日照りを防いでいたのです。

岩山の中腹に建つ宮殿のテラスからは、平和な都が手に取るように望めました。王と王妃は朝な夕なに人々の暮らしを眺め、ヒンドゥーの神々と先祖とに、この幸福がとこしえに続くよう祈りました。

そんなある日、象に乗ったひとりのバラモンが都にやってきました。王はヒンドゥーのならわしに順《したが》ってその僧を丁重にもてなし、訓えを乞《こ》いました。

しかしバラモンは王の政《まつりごと》をほめたたえたあと、こう耳打ちしたのです。

「いたわしき王よ。いま人々の心は軍隊を率いるあなた様から離れ、風と水とを統《す》べる王妃に向いている。やがてこの国は王妃のものとなり、王は流浪《るろう》するであろう」

愛する妻が自分を脅《おびや》かすと聞いて、王は驚きました。

「白魔術が平和をかきみだすはずはない。私を不幸にするわけはない」

するとバラモンは、いよいよ怖ろしいお告げを口にしたのです。

「いたわしき王よ。そうと信ずるあなた様は、すでに王妃のあやつる黒魔術に惑わされているのだ。こうした折に私がバンガルの都を通りすがったのも、きっとシヴァ神のお導きであろう。私は真の白魔術を使う。ともに王妃の黒魔術と戦い、バンガルの地にとこしえの平和をもたらそうではないか」

バラモンの正体は、ジャイプールの都を追われた黒魔術師だったのです。そうとは知らぬ王は、すっかりそのお告げを信じてしまいました。王妃への愛は、黒魔術師の讒言《ざんげん》によって憎しみに変わってしまったのです。

その夜のうちに、黒魔術師は宮殿のテラスに火を焚《た》き、天空をさすらう邪悪な神々を呼び集めました。王はひそかに軍兵を揃えて戦ぞなえにかかりました。

すべてはあまりにも突然の出来事でしたから、泉のほとりの離宮で禊《みそぎ》をしていた王妃には、何ひとつ予見できなかったのです。

そもそもバンガルの都は、あらゆる悪意と無縁でした。王妃の白魔術は外敵と戦うために使われたためしがなく、天のもたらす災いを避け、人々の病を癒《いや》すためにのみ験《けん》を顕してきたのです。

月夜の泉で黒髪を洗いながら、王妃は山ふところの宮殿を見上げました。

「おや、あの紫の炎はいったい何かしら」

善良な侍女が答えました。

「あれは王様が、王妃様のお戻りを待ちかねておいでなのです」

満天の星をよぎって、たくさんの黒い影が宮殿をめざしていました。

「あの鳥の群れはいったいどうしたことでしょう」

侍女がふたたび答えました。

「蝙蝠《こうもり》でございましょう。慈《いつく》しみ深き王様が、餌《えさ》をお与えになっているのです」

耳を澄ますと、石畳を踏む足音や鋼《はがね》の触れ合う物音が聴こえます。

「もしやあの音は、兵士の靴音ではありませんか。楯と鎧《よろい》がせめぎ合う音ではありませんか」

泉から歩み出た王妃の体を、侍女たちが白い布でくるみました。

「いえ、王妃様。月夜に浮かれた村人たちが、舞い踊っているのです」

それでも胸のどよめきを抑えきれぬ王妃は、侍女たちに命じました。ただちに白魔術の祭壇を設《しつら》えよ、と。

こうして、その夜まったく突然に、白魔術と黒魔術の戦いが始まったのです。


「で、どっちが勝ったんだね」

僕はミトゥーナに体を引き延ばされながら訊ねた。アーユルヴェーダの施術は、まるで二人が絡《から》み合うようなストレッチに移っていた。ヨガの動きのようにゆっくりと、たがいの呼吸を合わせながら、僕はミトゥーナの思いがけぬほど強い力に身を委《ゆだ》ねていた。

「勝ち負けはわかりません」

僕の体を折り畳み、息のかかるほど顔を寄せてミトゥーナは言った。

「わからない？」

「はい。いったいその満月の夜に何があったのか、誰も知らないのです。なぜなら、白魔術と黒魔術の対決の果てに、バンガルの人々はひとり残らず消えてしまったから」

ミトゥーナは小柄な体を滑らせて、鼓動でも聴くように僕の胸に頰を預けた。

「その翌日、たまたまバンガルの近くまで狩に出たジャイプールのマハーラージャが、地平に立ち昇る煙を見つけたのです。何ごとかと思って駆けつけると、都には人影のひとつもなく、ただ王宮のテラスと泉の離宮とに、それぞれの祭壇が炎を上げて燃えているだけでした。破壊や殺戮《さつりく》のあとは見当たらず、都はしんと静まり返って、民家の中には手つかずの夕食が、そのまま残されていました。怪異を目《ま》のあたりにしたマハーラージャは、何物にも手を触れてはならぬ、この都に二度と立ち入ってはならぬ、と兵士たちに厳命して早々に引き揚げました。いったいバンガルの都に何が起こったのか、誰も知りません」

ミトゥーナは僕を俯せにし、ふたたび体を重ねた。薄い乳房を背中に感じた。

「すてきなマッサージだね」

「いえ。アーユルヴェーダはマッサージではありません。こうして私とあなたの気を交えているのです」

「おいおい、僕はそれほど年寄りじゃないよ」

ミトゥーナのしぐさには、いささかの猥褻さも感じられなかった。アーユルヴェーダの知識などまったくないが、要するに男性と女性の陽と陰の気を、そうして交流させているのだろうと思った。

だが、考えてみればそれは、精神の性行為じゃないか。

「その話は少しおかしいね」

と、僕は思いついて言った。

「何が起こったか誰も知らないと言ったが、だったら白魔術と黒魔術が対決するまでのいきさつは、いったい誰が語ったんだ」

ミトゥーナは僕の背中から身を起こし、少し淋《さび》しげな声で、「そうですね」と呟《つぶや》いた。

「そういう言い伝えなのですから、仕方ありません」

黒い枕に額を預けたまま僕は考えた。これは争いごとを嫌う人々の寓話《ぐうわ》なのだろう、と。どのような経緯があろうと、たとえ善悪が明らかであろうと、力ずくの争いは忌避しなければならない。戦いには勝者も敗者もなく、ただ虚無であると、この話は論しているのだろう。

鳥の囀《さえず》りと棗椰子《なつめやし》の葉のそよぎが、朝の光とともに降り注いでいた。なるほど、マハトマ・ガンジーという人は、インドの精神の権化《ごんげ》だったのだろうと、しみじみ思ったよ。

ミトゥーナは添寝をするように横たわって、僕の脇腹《わきばら》を伸ばした。なかなかの力だ。呼吸が合わなければ痛い。

「よくわかったよ。どっちが勝ったかというのは、愚問だったね」

「外国人のお客様は、この話をするとみなさま、同じことをお訊ねになります。王妃の白魔術とバラモンの黒魔術は、どっちが勝ったんだ、と」

「そういう話じゃないんだね」

「はい。そういう話ではありません。でも、なかなか納得なさらないお客様もいらっしゃいます」

「アメリカ人だろうね」

「たしかに。でも、中には日本人のお客様も」

また睡気《ねむけ》が兆《きざ》してきた。ミトゥーナが耳元に口を寄せた。

「お眠りになってもかまいません。息はすっかりひとつになりましたから」

その声を聴いたとたん、黒い枕が僕の顔をどっぷりと包みこんだ。

南のなかぞらに、まるで貼り付けられたような銀色の月が昇っていた。

滾々《こんこん》と湧き出る泉は谷間に溢れて、草原を遥《はる》かに流れゆく小川のみなもとになっていた。

きらめく水の中に、絹の薄物をまとった王妃が佇《たたず》んでいる。

「おや、あの紫の炎はいったい何かしら」

王妃のまなざしの先には、岩山の中腹に築かれた宮殿があり、そのテラスに炎が上がっていた。

僕は僕の姿ではなかった。王妃の身辺に仕える、年老いた侍女だった。

真実を伝えねばならぬと思い、僕は塩辛声で答えた。

「あれは黒魔術の火でございます。バラモンの姿をした悪い黒魔術師が、王様をそそのかして王妃様を亡《な》きものにせんと企《たくら》んでいるのでございます」

そのとき頭上の星空を、たくさんの不吉な影が宮殿めざして飛んで行った。

「おや、蝙蝠かしら。王様は猿や猪だけでは飽き足らず、蝙蝠にまでお慈悲をたれておいでなのですね」

「いえ、そうではございません。あれは黒魔術に応じた、邪悪な神々でございます」

やがて軍兵の足音が聴こえ、干戈《かんか》の響きが闇《やみ》を伝ってきた。

「村人たちが満月に誘われて、歌い踊っているのですね」

「お聞き届け下さい、王妃様。黒魔術にたぶらかされた王様の軍隊が、戦仕度を始めたのでございます」

谷間の離宮と泉のほとりに傅《かしず》いていた侍女たちは、いっせいに悲鳴を上げて立ちすくんだ。しかし、王妃は動じなかった。

「王様がわたくしに刃《やいば》を向けるはずはありません。静まりなさい」

僕は泉に歩みこんで訴えた。

「王様はすでに黒魔術の虜《とりこ》となってしまわれました。あの魔術師はまずあなた様の白魔術を封じ、そののち王様をも倒して、このバンガルの都をわがものにせんと企んでいるのでございます。どうか王妃様もすみやかに戦仕度をなされませ」

王妃はようやく事態を悟ったようだった。満月を仰いで命のすぼむような溜息《ためいき》をつき、それから胸まで浸《つか》った水を静かに掻《か》き分け、薄絹を水面《みなも》に曳きながら歩み寄ってきた。

侍女たちがすばやく濡《ぬ》れた体を白布でくるみこんだ。

「ならばおまえに訊ねよう。わたくしは愛する人の刃を甘んじて受けるべきか。それとも、愛する人をも邪悪と思い定めて戦うべきか」

それはとても難しい選択だった。だが、選ぶべき答えはほかにないのだ。

「戦うべきかと存じます」

「何となれば」

「王妃様が愛に殉ずれば、民は邪悪に支配されてしまうからでございます」

王妃はじっと僕を見つめた。月明かりに照らし出されたそのおもざしを間近に見て、僕の胸はときめいた。

夢の中に住まう、僕の恋人だった。長い黒髪のせいですぐにはそうと気付かなかったのだが、紛れもなくあの女だ。

「おまえの申すところは正しい。わたくしは王妃である前に、村人たちの母なのだから」

僕は王妃の足元に跪いた。愛する心に変わりはないが、やはり今は彼女の恋人である前に、忠実な侍女でなければならぬと思ったからだった。

「みなの者、火を燃やせ。邪悪な火に立ち向かう、白き炎を！」

王妃は侍女たちに命じた。

たちまち離宮のテラスから炎が噴き上がった。それはまるで、氷の柱を立てたような青白い火だった。侍女たちが薪を投げ入れるたびに、炎は高さを増した。

王妃は僕に命じた。

「おまえは村人たちをひき連れて、バンガルの野に遁《のが》れよ。罪なき人々を巻き添えにしてはならぬ」

僕は王妃の衣にすがって懇願した。

「いえ、王妃様。どうかその役目は、ほかの者にお申しつけ下さい。あなた様のお側《そば》を離れるわけには参りませぬ」

「重ねて申しつける。村人をひとり残らずバンガルの野に導け」

王妃はかたく命ずると、薄絹の裳裾《もすそ》を翻してテラスに駆け登り、白い炎の前に端座した。

「ヒンドゥーの神々よ、この炎に下り給《たも》うて、黒魔術に操られし邪悪な者どもを打ち滅し給《たま》え」

王妃は呪文《じゅもん》を唱えながら、両の掌《てのひら》を天に向かってかざした。すると、白い炎が破裂するように膨れ上がって、その先端は岩山の中腹に聳《そび》える宮殿へと向かって走った。

とたんに宮殿のテラスにも赤黒い炎が高々と上がった。二つの炎は夜空で絡み合った。それはさながら、二頭のドラゴンが噛《か》み合いもつれ合って戦うように見えた。金銀の鱗《うろこ》が飛び散り、あたりは昼の明るさになった。空は唸《うな》り、大地は揺れた。

ところで――君はこの夢の話をさぞかし疑っているだろうね。

こんなにリアルな夢を見るはずがない、きっと面白おかしく脚色しているのだろう、と。

だが、考えてもみてくれ。実体験を大げさに語るならともかく、夢を脚色することに何の意味がある。むしろ僕は、言葉では言い尽くせないもどかしさを感じているんだ。

僕はもともと、毎晩のように夢を見る。しかし、それらはみな、目覚めたとたんに忘れてしまう、たわいない夢だ。僕が格別なドリーム・メーカーだとは思わない。だから、僕がこうして語っているいくつかの夢は、僕の潜在意識の中から湧いて出たのではなくて、やっぱり白と黒の枕が、何らかの作用をしていたとしか思えないんだ。

だとしても、枕に物理的な仕掛けがあったとは考えられない。第一、僕にそんな夢を見させる理由がない。ましてや、スイス、パラオ、インド――地球上のまったく任意の場所で、たまたま見た夢じゃないか。

そう。任意の場所で、たまたま、さ。

ただし怖いことには、共通項があるんだ。白い枕は美しい夢を見させ、黒い枕は悪夢になる。そして、夢の中にはいつも、現実にはまるで見覚えのない、僕の恋人が棲んでいる。

どう頭をひねったところで、考えつくのはそこまでさ。

僕には村人たちを避難させる使命があった。

何だか出エジプト記のモーセになったような気分だったな。僕はクリスチャンではないけれど、子供のころに「十戒」の映画は観《み》ていたし、聖書に目を通しておくのは商社員の嗜《たしな》みだ。

離宮は泉のほとりの浅い谷間にあった。僕は使命を全うするために駆け出した。階段を登りつめた先には、石造りの都が拡《ひろ》がっていた。岩山の宮殿から続くなだらかな斜面に、みっしりと甍《いらか》が詰んでいた。

「村人よ、今すぐ家を出なさい。戦争が始まる」

僕は叫びながら石畳の街衢《がいく》を走り回った。空は唸り、大地は揺れ続けていた。だがふしぎなことに、うろたえ騒ぐ人々の姿はなかった。それどころか、小径《こみち》に面した窓からは和やかな団欒《だんらん》の声が洩《も》れていた。

振り返ると、遥かな岩山の宮殿から剣や槍《やり》を閃《ひら》めかせて駆け下ってくる兵士の一軍が見えた。急がなければならない。

「すぐに逃げなさい。王の軍隊がやってくる」

僕は一軒の町家の扉を開けて叫んだ。夕食の卓を囲んでいた家族が、一斉に僕を見つめた。

暖炉を背にして、僕の祖父と祖母が座っていた。左右には父と母。そしてたぶん、幼い日の僕。家族は粗末だが清潔な布を身にまとっていた。

「おやおや、いったい何の騒ぎだね」

祖父が口髭《くちひげ》を布で拭《ぬぐ》いながら言った。

「王様の軍隊が、私たちに悪さをするはずがないじゃないですか」

祖母がほほえみながら相槌《あいづち》を打った。

「まあ、落ち着きたまえ。食事はいかがかね」と父が言い、母はカレーの匂《にお》いのするスープを皿に盛り付けた。小さな僕は、ひとり静かに食事を続けていた。

僕はもどかしさに腕を振り振り言った。

「黒魔術師が王様を誑《たぶら》かして、この都をわがものにせんとしているのです。王妃様は白魔術で阻《はば》もうとしておいでです。大変な戦が始まります。すぐにお逃げなさい」

家族はまず笑い、それからふいに真顔《まがお》になって僕を見つめた。

「それは心配だ。王妃様の白魔術が敗《ま》けるとは思えんが、万が一ということもある。

ここはひとまず難を避けるとしよう」

祖父のその一言で家族は立ち上がり、家を出て行った。


さて、君も知っての通り、僕の祖父はかつて満鉄の理事を務めていた。南満洲鉄道。一九四五年の終戦まで、満洲経営の根幹となった国策会社さ。おそらくはイギリスの植民地経営を担《にな》った、東インド会社をモデルにしたんだろうね。その満鉄の理事といえば、中央の高級官僚だって一目置くぐらいのエリートだった。

こんな話を父から聞いたことがある。

本当なら祖父母は、財産のすべてを満洲に置き去って、命からがら日本に帰ってくるか、へたをすれば殺されていてもふしぎではなかった。

しかし思慮深いうえに人並はずれて勘働きのする祖父は、対米英戦が始まるとすぐに、資産を日本国内に移したというんだ。それも、目立たぬよう少しずつ為替で送金するか、さもなくば帰国のたびに現金を持ち帰ったらしい。

そもそも日中戦争も対米英戦も、ソ連は参戦しないという前提のもとに始まった。一九四一年には日ソ中立条約も締結されていたから、国際法上の安全は保障されていた。そうした条件下で祖父は、「万が一ということもある」と考え、「ここはひとまず難を避け」たんだ。

運も強かった。僕の母は内地の女学校に進学するために、祖母ともども帰国していた。おまけに昭和二十年八月八日のソ連参戦の当日には、祖父も東京で開かれた会議に出席していた。

つまり、どこまでが勘でどこからが運かはわからないが、ともかく終戦の時点でわが家の家族もあらかたの財産も、東京に避難していたという結果になった。

家族は戦後しばらくの間、信州の諏訪《すわ》に住んでいた。ほとぼりがさめるまで、などと言えば人聞きが悪いが、まあ当たらずといえども遠からずだろうね。

やがて東京に戻って商社員に転身し、部下だった父を婿《むこ》に迎えて、めでたく僕が生まれたというわけだ。

祖父の遺産が不正な蓄財だったかどうかは知らない。だが、不正や不当の尺度が今日とはまるでちがうのだろうから、僕は自分自身の幸福について、うしろ暗さを感じた覚えはない。

大変な戦が始まったとき、祖父はたぶんこう考えたのだろう。

(日本が敗けるとは思えんが、万が一ということもある。ここはひとまず難を避けるとしよう)

祖父は思慮深いうえに勘のいい人だった。世の中に偶然の幸運などそうはないと思うのだが、少くとも浅慮で勘の悪い人間に、偶然が味方しないのはたしかだね。

家族を送り出してからも、僕はバンガルの都を駆け回った。

「ただちに家を出なさい。黒魔術をかけられた兵士たちがやってくる。何も持ち出してはならない。今すぐバンガルの野に遁れなさい」

僕の叫びに応じて、ようやく人々が家から出てきた。

「月をめざすのです。南の野に出たなら、獣のように身をこごめて朝を待ちなさい」

そのとき、後ろから肩を叩《たた》かれた。ぎょっとして振り返れば、村人の衣を着て立っているのは山田じゃないか。

「まったく、お節介なやつだ」

山田は唇を歪《ゆが》ませて、卑屈な笑い方をした。

「いいか、都築。おまえは黙っていりゃいいんだ。能なしのくせしやがって、余分な口を挟むから話がややこしくなる。何だって俺に任せておけ。どうせ勲章はおまえひとりのものなんだから」

それだけを吐き棄《す》てるように言って、山田は去ってしまった。僕は人ごみに紛れる背中に向かって言った。

「お節介などではありません。王妃様にそう命じられたのです」

山田は振り向きもせず答えた。「おまえに何ができる」と。

いかに夢の中とはいえ、その一言は胸に刺さった。あのお人好《ひとよ》しの山田が、内心ではいつもそう呟いているような気がしたからだった。

むろん、山田はそんなことを考えるようなやつじゃない。ただ、僕がヨーロッパでのんびりとワインを買い集めていたころ、あるいは本社に戻っていよいよのんびりとジム通いをしていたころ、彼が灼熱《しゃくねつ》のインドで汗みずくになりながら、仕事の下ごしらえをしていたのはたしかだった。僕の心の中の、そんな山田に対する負い目が、

「おまえに何ができる」という辛辣《しんらつ》な言葉になっただけだと思う。

石畳の道を満月に向かって去って行く山田は、人々を引率しているようにも見えた。いや、それだけはのちのちになって、僕が勝手に脚色したのかもしれないけれど。

夜空では二頭のドラゴンが絡み合っていた。力は拮抗《きっこう》していて、永遠に勝負はつきそうもなかった。

叫びながらさまよううちに、円い広場に行き当たった。そのほとりには石造りのヒ

ンドゥーの寺院が建っていて、都の中心であるように思えた。

寺院には南の野に向かわず、神々に頼る人々が溢《あふ》れていた。

干戈の響きが近付いてきた。金銀の鱗が舞い落ちる光の中を、整然と隊列を組んだ王の軍隊が現れた。僕は寺院の石段を駆け上がった。

「ここではない。シヴァ神はおまえたちを救っては下さらない。南へ奔《はし》れ。バンガルの野をめざすのだ」

しかし、人々は動こうとしなかった。ひたすらシヴァ神にひれ伏して救いを乞う群衆の中には、僕の家族もおり、山田の姿もあった。

とうとう軍隊が広場に歩みこんだ。兵士たちは寺院を遠巻きにすると、湾刀や槍を掲げ楯を打ち鳴らして気勢を上げた。

なすすべを失った僕は、天を仰いで救《たす》けを求めた。

「偉大なる王妃よ。憐《あわ》れな村人たちを救いたまえ」

そのとたん、夜空で絡み合っていたドラゴンの一頭が、白い鎌首《かまくび》をもたげて天下《あまくだ》ってきた。僕の目の前で、白魔術の秘蹟《ひせき》が顕現されたのだ。

今し村人たちに襲いかかろうとする軍隊が、ドラゴンの吐き出す白い炎に一舐《な》めされたとたん、忽然《こつぜん》と消えてしまった。

声もなく、剣や楯もろともに、ひとり残らず。

僕らは歓喜した。白魔術が勝った。正義が勝利したんだ。村人たちは寺院の石段を駆け下って歌い踊った。

だが空を見上げれば、二頭のドラゴンの格闘は続いているじゃないか。

「まだ喜んではいけない。今のうちにバンガルの野に逃げるのです」

僕の声に耳を貸す村人はいなかった。僕はミトゥーナの語った伝説を思い出したんだ。白魔術と黒魔術の対決の果てに、バンガルの人々はひとり残らず消えてしまった、という怖《おそ》ろしい結末を。

「勝ち負けではない。争えばみなが滅びる。すぐに逃げなさい。そして獣のように蹲《うずくま》って、じっと朝を待つのです」

赤黒いドラゴンが、鬣《たてがみ》を逆立て、血走った目を剝《む》いて迫ってきた。とっさに僕は寺院の石段の蔭《かげ》に身をこごめた。

炎が広場を舐めた。村人たちは悲鳴も上げることなく蒸発してしまった。見上げれば空にもドラゴンの姿はなく、金と銀の夥しい鱗が舞っているだけだった。

やがてその輝きも満天の星に紛れ、静かな夜に返った。

僕は人影を求めてさまよった。家々には蠟燭《ろうそく》の火がともっており、夕餉《ゆうげ》の食卓もそのままだった。呼べど叫べど、答える声はなかった。

犬も猫も家畜も消えていた。邪悪な兵士でもいいから出会いたいと思った。たとえその場で殺されようと、こんな虚無よりはずっとましだった。


「フェイス・アップ・プリーズ」

ミトゥーナの声で僕は目覚めた。魘されていたわけではないらしい。言われるままに仰向《あおむ》き、あわてて黒い枕《まくら》を脇に押しやった。

「君は催眠術《ヒプノティズム》を使うのかい」

僕の質問はジョークではなかった。ミトゥーナの話がそのまま夢に変わったんだ。あるいはアーユルヴェーダには秘められたツボがあって、故意に悪夢を見させられたんじゃないかと思った。

「いえ。お疲れなのでしょう。何か悪い夢でもごらんになりましたか」

「もし君が他人の夢を支配できるのなら、楽しい夢を見させてくれないかな」

僕の足指を揉《も》みほぐしながら、ミトゥーナは機嫌を損ねたように顔を曇らせた。

「スマートなお誘いですけれど、あいにく私はアーユルヴェーダの施術師です」

スマートなお誘い？――僕は失言に気付いた。そんなつもりはさらさらなかったのに、とんだ誤解をされたものだ。

だが、ミトゥーナがアーユルヴェーダの秘術を使っていないことははっきりした。下品な日本人に困惑したのだろう、彼女はしばらくの間、足の指ばかりを揉んでいた。

僕は弁解をした。

「君の話を、そのまま夢に見てしまったんだ。妻が夫の死体とともに焼かれる夢。もうひとつ、バンガルの都から人が消えてしまう夢」

ミトゥーナの手が止まった。

「ああ、そうだったのですか」

「だから僕は、スマートに君を誘ったわけじゃないよ。夢を支配するのもアーユルヴェーダの施術のうちかと思ったんだ」

「まさか――」

ミトゥーナの表情に笑みが戻った。そこで僕は、大理石の床に押しやった黒い枕を指さして訊《たず》ねた。

「だとすると、これのせいかな」

今度はジョークだと思ったらしく、ミトゥーナは幼な子のような笑い方をした。

「枕の中にいろいろな夢が詰まっているのですね。とてもロマンチックです」

ほどなく施術は終わった。ミトゥーナが茶を淹《い》れに立った間、敷布の上にあぐらをかいて、ぼんやりと枕を見つめた。

種も仕掛けもない。あるはずがないさ。人生が難しい時期にさしかかっているだけだ、と自分自身に言いきかせた。

上司の指示に従うだけではいけないし、かと言って部下に仕事を任せきるわけにもいかない。商社員としての適性や実力を問われる年齢に、僕はさしかかっていた。誰もが経験する、「正念場」というやつさ。そのストレスのせいで、惰眠をむさぼることもできないのだろう。

ミトゥーナが捧《ささ》げ持ってきた茶を飲むと、ようやく悪夢の余韻が去って心が落ちついた。体はすっかりほぐれたようだった。

ホテルのロビーには取引先のインド人たちが待っていた。

僕の姿を長い廊下の先に認めると、三人が三人ともソファから跳ね上がるように立って、満面の笑みを向けた。

「きょうも一日、観光案内をしてくれるそうだ。暑くなりそうだが、辛抱してくれ」

山田がそそくさと近寄ってきて、いかにも「セクション・チーフ」に謙《へりくだ》るように腰を屈《かが》めて囁《ささや》いた。

「それから、肝心なことをひとつ」

「水分はこまめに、か」

「いや、そうじゃない。連中のうちのひとり、ほら、あの背が高くて痩《や》せた若いやつだ」

僕は歩きながらインド人たちに向かって手を挙げた。三人はきのうと同じ顔ぶれだ。腹のつき出た中年の二人と、背の高い若者。

「あいつとは初対面だったんだが、どうやらただの下《した》ッ端《ぱ》じゃないらしい。たぶん、ひとりだけ日本語を理解している」

僕は表情を変えずに立ち止まり、中庭を見おろす手すりに山田を誘った。

「何かまずいことをしゃべっていないかな」

「いや、あれこれ思い返してみたんだが、失言はなかったと思う。俺も油断していた。インド人は甘くない」

「どうしてわかったんだ」

「俺の独りごとに反応しやがった。遅いなあ、と呟いたら、とっさにノープロブレムと口を滑らせた。やっこさん、一瞬シマッタという顔をしたんだ」

よくあるケースさ。商社の常套《じょうとう》手段と言ってもいい。メンバーの中に実は言葉の理解できるやつを混ぜておいて、相手方の私語を拾うんだ。

「考えてみれば、やつらはきのうからけっしてヒンドゥー語をしゃべらない。俺が現地語を理解できると知っているからさ。だが、まさか向こうがジョーカーを用意しているとは思わなかった」

ジョーカーというのは、相手方のスパイをさす隠語だ。ガイドやエージェントがジョーカーである場合は多いが、はなから警戒されるからさほど有効ではない。

車寄せには観光客用の四輪駆動車が待っていた。幌《ほろ》をはずし、フロント・ガラスまで倒したフル・オープンのトラックだった。

アフリカのサファリ・ツアーを想像してもらえばいい。シートがうしろに行くほど高くなっていて、どの位置からも風景が堪能《たんのう》できる。このあたりには猛獣もいるのだろうか、運転席にはライフルが立ててあった。

僕と山田は眺めのいい最後部のシートに座った。すると、ジョーカーがすぐ前の席についた。僕らの私語にアンテナを張ったんだ。

これ幸いと、僕らは日本語で語り合った。インドの風物や、彼らのホスピタリティをほめちぎり、ときには辛口の批判も加えた。ジョーカーを逆利用したというわけさ。

商取引には、面と向かって言えないことがいくらでもある。あの案件が当初からすこぶる順調に進んだのは、僕らがジョーカーに切り返した巧言に負うところもあったと思う。

トラックはバンガルの野を走り回った。気温はおそらく四十度の上だったろうが、吹き過ぎる風は乾いていて、ここちよかった。

インドは動物の楽園だね。しかし、アフリカのサファリのような野生そのものではない。人間の支配している大地に、さまざまの生き物が共存している。おそらく宗教上の理由が大きいとは思うが、聖なる牛が路上で昼寝をしているばかりではなく、猿の群れや猪《いのしし》の家族が幸福そうに暮らしていた。

遥かに続く麦畑のところどころに、粗末な小屋が建っていた。小屋というより、長方形の棚だ。はじめは農夫たちの陽よけだろうと思っていたのだが、それにしては休息する人影がない。

そのうち、いやな想像をした。棚の上に布でくるまれた長細い包みが置かれているんだ。ジョーカーの肩を叩いて訊ねると、ひどいインド訛《なま》りの「エアリアル・ベリアル」という答えが返ってきた。

頭の中で単語をあれこれと考え、「風葬」という言葉に行き当たった。

この見渡す限りの麦畑を、一生耕し続ける人々にとって、きっとそれは最も自然で理に適《かな》った習慣なのだろう。

何となく悪い予感がした。この国の風習を何ひとつ知らない僕が、まともな成果を上げられるわけがない、と。僕の備えているグローバリズムなんて、この国ではまったく通用しないんじゃないか、とね。

だが、すぐに思い直した。日本政府のODAに対する見返りの商取引さ。こんなにおいしい話は、そうそうあるもんじゃない。

やがて麦畑が草原に変わった。

行く手に険しい岩山が近付いてきた。車は道路を浸して流れる小川をいくつも越えた。

その岩山の名を、僕は知っていた。アラヴァリ山脈。まちがいない。それは朝方の夢に見た、そのままの風景だった。

ガイドの解説など聞きたくはない。僕は車を下りると、勝手に歩き出した。

「その昔、このバンガルの地に栄えた都がありました。ここがその廃墟《はいきょ》です。伝説によれば――」

わかっているよ。白魔術と黒魔術が対決して、一夜のうちに誰もいなくなったんだろう。

車はヒンドゥー寺院の前の広場に乗りつけられていた。何もかもが夢に見たままだった。この広場で、気勢を上げる王の兵士たちも、歓喜していた村人たちも消えてしまったのだ。

ミトゥーナの昔話が、そのまま僕の夢にすりかわったことにふしぎはない。だが、その夢と寸分たがわぬ風景を目のあたりにした僕の恐怖を、想像してみてくれ。

それは夢というより、つい今しがたのたしかな記憶なんだ。広場の先は緩い坂道で、いくつめかの角を曲がれば石積みの井戸がある。そこをもう少し行った左側が、僕の家族が住んでいた家だった。

ちょうどポンペイの遺跡のように、家々が敷石と壁だけを残して廃墟となっていたのは、あの戦いのせいではない。人間だけが煙のように消えてしまった都を、風雨が破壊したのだ。

廃墟には黒と白の毛を持った猿の群れが跳ね回っていた。観光客が餌付《えづ》けをしたのだろうか、彼らは人を怖れるふうがなく、かと言って悪さもせずに、僕の後をついてきた。

もしかしたら、村人や兵士は消えたのではなく、黒と白の毛を持つ猿に姿を変えたのかもしれないと思った。

ガイドは仲間たちを引率して、山の中腹に瓦礫《がれき》を晒《さら》す王宮の廃墟に向かったが、僕はとうていそんな気にはなれず、街はずれの谷間をめざして歩いた。

泉では近くの村の子供らが、清らかな水と戯《たわむ》れていた。そのほとりには、やはり夢に見たままの王妃の離宮が、さほど崩れずに残っていた。

僕は石段を下って、靴が濡れるのもかまわず小川を渡った。蔦《つた》の絡《から》まる離宮のテラスに立ち、山ふところの王宮を見上げた。僕に気付いた山田が両手を振った。

手を振り返しながら僕は、夢の中に住まう恋人のおもざしを、ありありと思いうかべていた。


ビジネスは順調に進んだ。

そもそもが据え膳《ぜん》を食うような話なんだから、つまずきようがない。そう、まさに据え膳さ。ＯＤＡという立派な料亭に招かれた僕は、山田という板前の誂《あつら》えた料理を、腹いっぱい食うだけでよかった。

本社飼料部の僕の部下たちもすこぶる優秀で、インドの案件のほかにも、細かな仕事をそつなくこなしていた。

契約をとり交わしてからは、インドへの出張も彼らに任せた。山田もそのほうがいいと言った。「セクション・チーフ」の権威は十分に見せつけたので、このさき何かトラブルが起こったときだけ顔を出してくれ、というわけさ。

同世代の商社員は恩義の売り買いをする。花を持たせてやったり、返してもらったりするんだ。それは処世術でもあり、保険でもある。

僕もロンドン勤務のころは、本社の連中にずいぶん恩を売った。そのうちの一人が上司に口添えをして、インドの案件を僕に回してくれたのもたしかだった。

デリー勤務が長くなっている山田が、僕に恩を売るのは当然さ。この案件が片付いたなら、山田を本社に戻す画策をしようと思っていた。彼もしばしば思わせぶりに、「子供は日本の小学校に行かせたい」と言っていた。

商社の飼料部というのは、花形とまでは言えないが、けっして悪いルートではない。だが当時の課長職の顔ぶれには、これといった人物がいなかった。明らかに出世が遅れているか、やっとこさ本社に戻ってきてもまたいつ飛ばされるかわからない連中ばかりだった。

この分なら、インドの実績を提《ひっさ》げて一番乗りの課長だなと皮算用をした。まだ何年か先の話だろうが、そうなれば山田に恩を返すこともできる。

ところが、まったく思いもよらぬ展開になった。

取引の開始が秒読みに入ったある日、本社のエレベーターの中で山田と顔を合わせたんだ。

おたがい「よう」と言ってから、少し気まずい間があった。

「連絡ぐらい入れてくれよ」

「いや、プライベートだからな。急に父親の具合が悪くなって。会社を素通りするわけにもいかないだろう。あとで顔を出すよ」

山田はそそくさとエレベーターを降りた。本社は四十階建てで、エレベーターもたくさんあるから、僕らが出くわしたのはまったくの偶然だった。なにしろ、めでたく社内結婚をしてめでたく離婚しても、相手とは顔を合わせなくてすむくらい広い会社さ。

たぶん山田は、プライベートな用件で出社したのだろうと思った。あのころ僕はまだ独身だったから面倒は何もなかったが、家庭を持てば総務部に立ち寄らねばならない用事もあるんだろう、とね。

席に戻って部下に訊ねたら、「あれ、係長はご存じなかったんですか」と言われた。

部長代理と課長は離席していた。それでもまさか勘働きはしなかったけれど、後になって考えれば、おかしな話だった。

部下たちの態度も、どことなくよそよそしかったような気がする。

結局その日、山田は顔を見せなかった。


寝耳に水の内示を受けたのは、その何日か後だった。

信じられるか。一年がかりで仕込んだ数千万ドルの飼料買付けが、実行直前というタイミングでの人事異動さ。

僕は新設された「事業開発部」に配転。いや、まだ新設もされていなかったな。当時は「事業開発部準備室」だ。そんな部署は聞いたこともなかった。

ショックはそれだけじゃない。鉄面皮《てつめんぴ》の部長は、さも当然の人事であるかのように言ったんだ。

「君の後任には、デリーの山田君に戻ってきてもらう。インドはなかなか手強《てごわ》い相手だから、エキスパートの彼が適任だろう。君だって手塩にかけた大仕事を任せるとしたら、彼しか考えつかないはずだ」

ありえない。何の相談も、予兆もなかった。本人の与《あずか》り知らぬところで人事が決定されるなんて、今よりずっと不公平だったそのころの会社でも、考えられないことだった。

僕には思い当たるミステイクがなかった。いや、ミステイクなど起こるはずのない仕事だったんだ。だとすると——何らかの悪意が働いていたとしか思えない。

もちろん抗議はしたよ。「どうして私ではいけないのでしょうか」とね。決定した人事が覆《くつがえ》るわけはないが、理由は知りたかった。

そういうときの上司の受け答えは決まっている。

「いや、君がどうのというわけじゃない。今回の君の仕事ぶりには、大いに感心させられた。今後は山田で十分だから、君にはこの際、新規のセクションに回ってもらおうということだよ。そりゃあ、君だって心残りはあるだろうし、私だって優秀な人材を手放したくはないがね。適材適所の原則からすれば当然の人事だ」

部長の説明はマニュアル通りだから意味はない。

つまり、僕は山田に足をすくわれたんだ。たぶん、彼が長いデリー勤務の間に恩を売っていたのは、僕だけじゃなかったんだろう。少し頭をひねればわかりそうなことなんだが、山田をなめてかかった僕が甘かった。

彼は狙《ねら》い定めた絶好のチャンスを生かして本社に戻り、僕が想定していた通りに、ほどなく同期入社の一番乗りで課長になった。

まあ、今から考えてみれば、器のちがいだね。

話が一段落したころあいに、私は腕時計を見た。

都築君も話し疲れたようである。

「やあ、すっかり引き止めてしまった。このごろ齢《とし》のせいか、夜更《よふ》かしが利《き》かなくなってね。他人の夢の話なんて、つまらんだろう」

そんなことはない、と私は答えた。お愛想ではなかった。夢の話を通して、この変わった友人の本性を垣間見《かいまみ》るような気がしたし、彼が夢と現《うつつ》の二つの人生を持っているように思えて羨《うらや》ましかった。

柏井重人も夢の話を聞いたのだろうか。

「いや。あいつはリアリストだったからなあ。話す気にもなれないし、聞かせたところでたちまち退屈するにきまっている」

柏井はこの部屋で心臓発作に見舞われた。救急車が到着したときには、すでに心肺停止だったと都築君は言っていた。

ふと、怖いことを考えた。もしや都築君は、柏井の心臓が止まるまで救急車を呼ばなかったのではないか、と。

むろんありえぬ妄想なのだが、ワインを舐めながら友人の末期《まつご》を看取《みと》る彼の姿が思いうかんだのだった。

「もし迷惑じゃなかったら、近いうちに夢の続きを聞いてくれないか」

ぜひ、と言って私は立ち上がった。


桜はあらかた散ったが、風が温《ぬる》むにはほど遠い不確かな季節だった。

まるで沸ききらぬ風呂《ふろ》にでも浸《つか》ったように、足元だけが薄寒かった。

霧にくるまれた墓地下の通りで車を拾った。このごろ都心ではやたらとタクシーに乗る癖がついてしまった。さほど体力が衰えたわけではない。地下鉄のネットワークが複雑になりすぎて、道順を考えるのが面倒になっただけである。もっとも、面倒くさいと思うこと自体が齢なのだろうが。

しかし記憶をたどってみれば、私の祖父母などはどこに出かけるにしても、今の地下鉄よりもっと複雑な都電の路線を、器用に乗り継いだものだった。きっと横着者がいなかったのだろう。

東京は緑に恵まれているせいで、高層ビルさえ視野に入れなければ、風景はそれほど変わってはいない。

おそらく一年のうちで最も季語に乏しく、詩歌にも詠《よ》みづらい景色を車窓から眺めているうちに、すっかり時を踏み惑ってしまった。

もしやすべてが夢なのではあるまいか、と私は疑った。

柏井重人が急死し、その通夜《つや》の帰りに、都築栄一郎が登場した。そして東京の夜景を望む高楼の一室で彼の夢譚《むたん》を聞く。家族の姿はなく、バングラデシュ人がケータリングの食事を運んでくる。

改めてそう思い返せば、意外さと唐突さの連鎖である。現実というより、夢に近い。

もし仮に、すべてが夢であるとしたなら、いったいどこから始まったのか、こうして疑念を抱いている今はどちらなのか、それもよくはわからなかった。

新宿でタクシーを捨て、私鉄に乗った。都心で生まれ育った私は、高度経済成長期の物価高騰《こうとう》のおかげで、住居もどんどん郊外に押しやられた。いずれは都心のマンションに回帰しようと思ってはいたのだが、いざその「いずれ」の年齢になると、転居が億劫《おっくう》になってしまった。

駅。これがまた厄介である。

地下鉄が進化を遂げた間にも、地上を走る鉄道はほとんど変わりがなかったから、駅の構内だけが時間を止めているような気がしてくる。しかも見知らぬ夥《おびただ》しい人々が、私とはまるでかかわりなく任意の生活を負って行き交っている。いったい今がいつで、自分がいくつなのかわからなくなる。

やはりこれも夢なのだろうか、と思った。夢の中でもしばしば同じことを考えるのだから、現であるという保証はない。

あんがい混雑している急行電車の中で、コートのポケットの異物に気付いた。

都築栄一郎様、と書かれた病院の薬袋に、何種類かの錠剤がシートごと納まっていた。

都築君が「おみやげ」と言って差し出したそれを、何も考えずに受け取った憶《おぼ》えがあった。

睡眠薬である。たしか彼は、睡眠は大切だと力説していた。年齢とともに眠りは浅く短かくなるが、睡眠薬を使ってきちんとコントロールしたほうがいい、と。

薬には個性がある。ストンと落ちるタイプ。ごく自然に朝まで持続するタイプ。冬眠していたんじゃないかと思うくらい熟睡するタイプ。

だが、これではどれがどれだかわからない。明日にでも電話をしてみようと思ったとたん、その電話番号を知らないことに気付いた。

夢の続きを聞いてほしいと、彼は言った。それは私も望むところなのだが、連絡もせずに訪問して、いきなり夢の続きもないものだろう。

夜更けの電車で帰宅することなど、私の日常にはありえなかった。

停車駅を過ぎるたびに、乗客は確実に減ってゆく。降りる人が多くあるのに、乗る人がいないという当たり前の事実が、私を不安にさせた。

まどろむうちに下車駅に着いた。数年前に建て替えられたこの駅舎には現実味があった。しかし駅頭に立つと、ひとけのない広場が見も知らぬ場所のように感じられた。

遺影が胸に甦《よみがえ》った。友を送る夜であったことを、すっかり失念していた。

柏井重人は死んだのではなく、どこか途中の駅で降りたような気がしてならなかった。

加齢とともに眠りが浅くなったのはたしかだが、寝つけずに煩悶《はんもん》するというほどではない。

ベッドに入って静かな音楽を聴くか、退屈な書物を読んでいれば、自然に睡気《ねむけ》がさしてくる。

しかし、「疲労回復もストレス解消も、実は睡眠以外に効果のある方法はないらしい」という都築君の持説には興味があった。

細胞の老化や免疫《めんえき》力の低下が睡眠とかかわりがあるのなら、浅い眠りを年齢のせいにするのは、殆《あやう》い落とし穴なのかもしれない。

やはり近いうちに彼のマンションを訪ねて、何種類かの睡眠薬の効能について訊《き》いてみようなどと考えているうちに、ぐっすりと眠りに落ちた。夢は見るには見たが、目覚めたとたんに溶けて消えた。

豊饒《ほうじょう》な夢の世界を持っている都築君が羨ましく思えた。

もともと多弁な人物ではない。嘘《うそ》や誇張とは無縁の性格である。恵まれた環境に育った彼にとって、それらは不要だった。つまり都築君は、相当の時間をかけて語るくらいの豊かな夢を、しばしば見ていることになる。

毎年のように同世代の友を送る齢になると、そうした夢の世界は羨ましい。ましてや現実は次第に面白味を欠いてゆくのに、夢の中の自分には体力の衰えもなく、社会的な体面を気にする必要もない。

夢の話をしながら、都築君はいくども申しわけなさそうに、「他人の夢など面白くもおかしくもないだろう」というようなことを言っていた。だが、そう言いながらも彼は語り続け、私は少なからず魅惑された。

かつては何の価値もなかった些末《さまつ》な夢の世界が、年齢とともに魅力を発揮し始めたのだろうか。

都築君の住所と電話番号は、同窓会名簿に記載されていた。

しかし、いくら何でもきのうのきょうに夢の続きでもあるまい。そこで、多少なりとも夢に関する知識を得ておこうと考え、書物を当たることにした。

書店の棚に適当な書物がなかったのは案外だった。おそらくは夢の研究に携わる学者が少いせいなのだろう。そもそも夢そのものに社会性がないのだから仕方がない。夢という表題がついている書物のあらかたは「夢占い」に類するもので、これは的を外している。何冊かの学術書を手に取っても、フロイトやユングの時代からさほど進歩していないように思えた。

せっかく二日続きで都心に出たことでもあるし、大学の図書館まで足を延ばしてみようと思った。

昨夜にもまして、暖かくもなく寒くもなく、かといってここちよくもない季節である。空は縹色《はなだいろ》に濁っていて、目に映る花はなかった。

がらんとした構内を歩きながら、いったい自分は何をしているのだろうと疑った。

夢についての知識を得ようとしているのではなく、目覚めたまま夢を探しているような気がしてならなかった。

古代社会においては、現実と夢が未分化であったらしい。

時の為政者は精進潔斎して神牀《かむとこ》に入り、夢の神託を得て政策を決定したのである。万物を支配する高天原《たかまがはら》と、天孫たる天皇は夢によって繋《つな》がっていると信じられていたから、神託に基《もと》づく政策は絶対だった。

時代が下って七世紀に至っても、聖徳太子はことあるごとに神牀に入って、夢の神託を求めた。そうした政《まつりごと》の遺業を称《たた》えて、法隆寺には「夢殿」が建立《こんりゅう》された。

やがて法の概念の出現と経験の蓄積から、夢と政は乖離《かいり》してゆくが、それでも人間感情の中では、現実と夢が分かちがたかった。

本人にかわって自在に吉夢を見る「夢見法師」がおり、夢を売買する職業までが存在したらしい。

そのような長い時代を経て、現実と夢がはっきりと分化されたのは、近世になってからである。人々はようやく、夢が他者から託されるものではなく、おのれの心の所産であると知った。

しかし、私たちはいまだに夢の神秘性を信じている。神託とは考えぬまでも、夢見のよしあしに捉《とら》われたり、吉凶の予兆なのではないかと疑う。そう思えばどうやら今日でも、私たちの生活の中で現実と夢が分化されているわけではないらしい。

第六夜　北京《ペキン》で見た白い夢

図書館から借り出した書物を返却するために都心に出たのは、数日後のことである。帰りがけに思い立って、都築君に電話を入れた。思い立ったというからには、その予定はなかった。ただ、暗鬱《あんうつ》な糠雨《ぬかあめ》の午後を持て余してしまっただけだった。

夢の話の印象は日を追うごとに薄れていたし、むしろ先日ごちそうになったお礼を言うつもりだった。

電話に出るなり都築君は、私の居場所を訊《たず》ねた。さも待ちかねていたと言わんばかりだった。

「時間があるのなら、ちょっと寄っていかないか」

返事をするより先に、通りすがったタクシーに向かって手を挙げていた。

都築君のマンションには相変わらず人の気配がなかった。広いリビングルームの窓は雲に被《おお》われていた。

コーヒーをドリップしながら、都築君は私の質問に答えてくれた。夢の話ではない。睡眠薬の効能についてだ。

「紫色のシートの薬はぐっすりと眠れる。翌日の予定がないときのほうがいいね。黄色いシートはストンと落ちるが、目覚めもいい。もうひとつのマイスリーという薬は、その名の通り穏やかだから、初めはこれだろうな。うまくできているもので、シートの色と薬の名称から受けるイメージが、そのまま効能だと思っていいんだ」

かぐわしいコーヒーを啜《すす》りながら、都築君はためらいがちに切り出した。

「夢の続きを聞いてもらえるかな」

かまわないよ、と私は答えた。

たがいの声がくぐもって聞こえるのは、立ちこめる雲か霧のせいだろうか。

無理強いするつもりはないから、退屈したらいつでもそう言ってくれ。

どうにも話を途中でやめてしまったような気がしてならなかったんだ。だからと言って、まさか君に電話をして、夢の続きを聞きにきてくれ、とは言えまい。

いや、いまだにあんな夢を見続けているわけじゃないよ。あのころの僕は、パブリックでもプライベートでも、ちょっと不安定な時期だったんだ。

おやじが死んで、おふくろも弱気になった。地価も急騰《きゅうとう》していたから、家屋敷も何とかしなければならなかった。会社でも三十代のなかばというのは、勝負どころさ。

ロンドンから帰ったのが一九八六年、それから何年かの間は、夢に翻弄《ほんろう》された。

それにしても、インドで見た夢はひどいものだったな。白い夢がなくて、黒い夢が二つ重なった。おまけにその後の現実までが悪夢のようだった。

そう。ODAの見返りというおいしい仕事を横取りされた僕は、「事業開発部準備室」という、わけのわからん部署に飛ばされた。

室長は定年まぎわのロートルで、まったく伝説のような話だが、戦時中にうちの会社の給仕に雇われた人物だった。室長だろうが何だろうが、ともかく「長」という役職が似合わない人だったから、誰もが「矢口《やぐち》さん」と呼んでいた。

その矢口さん率いる十人ばかりの室員といえば、よくもまあこれだけ集めたと感心させられるくらいの、どうしようもない連中だった。むろん、僕も含めてだがね。

矢口さんは生まれも育ちも旧満洲の奉天《ほうてん》だった。今でいう遼寧《りょうねい》省の瀋陽《しんよう》さ。優秀だが貧乏な青年を給仕として雇い、奨学金も与えてゆくゆくは正社員にする、というううるわしい伝統が、当時の会社にはあったらしい。

彼は奉天支店で敗戦を迎えたのだが、引き揚げたあとも夜間大学に進んで、本社の給仕を続けた。稀有《けう》の例だと本人も言っていたから、たぶん奉天支店以来の強い引きがあったのだろう。

異動になって初めて顔を合わせたときの、彼の第一声はよく覚えている。

「都築君、僕は正真正銘のロートルだからね」

そう言って、メモ用紙に三文字の漢字を書いた。老人の「老」に「頭」、児童の「児」だ。

「これで老頭児《ラオトウル》。中国の満洲や華北の方言で、年寄りのことだよ」

ロートルが中国語だとは知らなかった。今でもその語源が、英語の「バイ・ロート」や「ロート・ラーニング」のロートだと思っている人は多いだろう。何となく意味も合致する。しかし正しくは、軍隊か企業が大陸から持ち帰った言葉だった。

矢口さんは中国語が堪能《たんのう》だったんだ。日中の国交回復は一九七二年だから、正社員に採用されてからもしばらくの間は出番がなかった。その後も経済の交流には時間がかかった。うちの会社も対中国貿易に本腰を入れ始めたのは、七〇年代末の改革開放政策や経済特区の設置以降さ。それにしたところで、のちの急激な経済成長なんて誰も予測していなかった。

そんなさなか、国内の支店で定年を待つばかりだった矢口さんにお呼びがかかったんだ。

戦前戦中の社員はみなリタイアしていた。奉天支店の給仕から叩《たた》き上げた矢口さんは、唯一《ゆいいつ》の生き残りだった。

「まあ、こんなロートルに今さら何ができるとも思えんが、君たち若い人の足手まといにならぬよう頑張るよ」

と、そんな調子の人だった。

いつもチャコール・グレーのスーツを着て、紺無地のネクタイを締めていた。だが、ふしぎなくらい身ぎれいだったから、たぶん同じスーツとタイをいくつも持っていたんじゃないかと思う。きちんと整頓《せいとん》されたデスクのまわりには、ポマードの匂《にお》いが漂っていた。

「事業開発部準備室」は、華やかな営業本部の端をパーティションで仕切っただけの一角だった。

窓を背にして室長のデスクが置かれ、寄せ集めのろくでなしどもが島を作っていた。一年後にはこの準備室をベースにした「事業開発部」が誕生するなんて、とうてい信じられなかった。

とりあえずの仕事は中国語の修得だ。それも半年でマスターしろという業務命令だった。

午前中は語学学校に通い、午後は矢口さんの個人授業。ろくでなしの同僚の中にも何人かはしゃべれるやつがいたから環境は整っていた。

商社マンは中国語の上達が早い。漢字に頼らずに、英語に置きかえて学習するからだと思う。中国語と英語は構文が似ているからね。

僕はロンドンとデリーで立て続けに蒙《こうむ》ったダメージを、何とかここで挽回《ばんかい》しなければならなかった。あれほど真剣に勉強したことは、後にも先にもなかった。それこそ夢の中でも、ずっと中国語ばかりしゃべっていたよ。

カタコトの中国語がしゃべれるようになったころ、何度か上海《シャンハイ》に出張した。

特段の仕事があるわけではなかった。同程度の語学力を持つ二人か三人が一組になって、十日ばかりホテルに滞在する。現地駐在員の紹介で人と会い、食事をし、名所旧跡を歩き回る。つまり目的は、中国を知ることと中国語の実地研修だった。呑気《のんき》な十日間を過ごして、次のグループと交替する。月に一度は順番が回ってきた。

商社に限らず、日本企業は大攻勢の時代だからな。そんなふうに余裕をもって、まず人材の育成から始めることができたんだろう。

上海は僕らにとって、まったくもってこいの都市だった。まだ経済特区には指定されていなかったが、もともと中国最大の商都だから開放的な空気がある。来る者拒まずという大らかな土地柄さ。日本からは距離も近いので、慣れてしまえば国内出張のような気軽さだった。

何ヵ月かのうちに言葉もずいぶん上達した。国内にいる間は社内の各部署から情報を集めて、現在の取引を中国に仕向けることはできないか、とシミュレーションをする。そうした案件を次回の出張時に上海に持ちこんで、具体化できるかどうかを模索する。

そうこうしているうちに、これは近い将来、大変なマーケットになると確信した。なにしろあらゆるコストが安くて、距離が近くて、国家が改革開放を指向しているんだ。

事業開発部準備室のろくでなしどもも、だんだん顔つきが変わってきた。僕らには未来が見えた。準備室はほどなく正規の部局になる。しかしその業務が「事業開発」にとどまるはずはなかった。中国によほどの政変でもない限り、自由化政策とともに市場は拡大し、いずれは最大の取引先となるにちがいなかった。出張を重ねて中国に対する理解が深まれば深まるほど、僕はチャンスを確信した。

あのころは目覚まし時計の世話になったためしがなかったな。まだ暗いうちに目が覚めてしまう。早々に出社して一日じゅう興奮していた。

ろくでなしどももみんな同じさ。とんでもないミステイクを犯して左遷《させん》されてきたやつも、酔っ払い運転で人身事故を起こしたやつも、長期入院でやっと職場に復帰したやつも、みんなろくでなしどころか真人間に変わった。

少しも変化がなかったのは、矢口さんだけだった。いつもチャコール・グレーのスーツを着て紺無地のネクタイを締め、面白くもおかしくもない顔でデスクに座っていた。

まあ、一年後には定年なんだから、仕事の先行きなんてどうでもよかったんだろうがね。

何度かの出張で中国の水にも慣れたころ、北京駐在の辞令が出た。

同時に四人が現地勤務を命じられたのだが、そのうち二人は上海、一人は広州だった。北京には行ったこともなかったから、意外な辞令だったたな。

後任の準備室員は、香港《ホンコン》や台北《タイペイ》から呼び戻された選りすぐりの連中だった。だったら最初から彼らを使えばよさそうなものだが、会社は中国の現況をあれこれ分析した結果、本腰を入れる気になったらしかった。

勝負どころだな。中国という巨大な市場に先兵として乗りこむのか、それとも優秀な連中に押し出されるのか、それは僕ら自身の働きによって決まる。

北京は勝手がちがった。今はずいぶん様変わりしただろうが、一九八〇年代の当時は古色蒼然《そうぜん》たる共産主義国家の首都だった。

市民の多くはまだ人民服を着ていたし、車が少ないかわりに、朝夕は自転車の洪水だった。改革開放だの自由主義経済だのは、まるで絵空事だったよ。

上海はもともとが商業都市だが、北京は昔から政治都市だ。日本でいうなら、さしずめ大阪と東京の関係だな。しかし国土面積が二十五倍、人口が十倍の中国では、二つの都市はまるで別の国みたいに思えた。

言葉にもとまどった。いわゆる「北京語」が中国の標準語で、日本の語学学校でもその通りに学習したはずなのだが、いざ北京に行ってみるとヒアリングに苦労した。巻き舌が極端で、声調もはっきりしている。そのぶん音楽的な美しい言語ではあるのだが、平坦《へいたん》な上海の言葉に比べると聞き取りづらかった。こっちの言うことは通じるが、相手の言っていることがよくわからない、という混乱がしばらく続いた。

着任時に矢口さんが同行してくれたのは幸いだった。彼は瀋陽の出身だからネイテイブな北方言語を使う。もしひとりぽっちだったら、早くも北京空港の税関で一悶《もん》着《ちゃく》あったかもしれない。

北京の事務所は長安街に面したビルにあった。

ビルといっても、今のように大廈《たいか》高楼《こうろう》が競い立っているわけじゃない。いかにも社会主義ふうの、権威的で色気のない七階建てか八階建てがゆったりと並んでいた。その最上階のオフィスからは、青い遮光ガラスを通して、北京の街並が遥《はる》かに見渡せるほどだった。

日本人の駐在員は僕を含めて四人だけ。所長は矢口さんとおっつかっつの老頭児《ロートル》だった。ほかには七、八人の中国人スタッフがいたが、揃《そろ》いも揃って役立たずだった。

北京大学や清華大学を卒業したバリバリのエリートだそうだ。男女が半々で、年齢も若かった。だが、ふしぎなくらい働かない。定時出社の定時退社。遅刻もしないかわり、残業も受け付けない。自分の仕事をおえたら、おしゃべりをするか机に俯《うつぶ》して寝てしまうか、さもなくば物を食っているかだ。

どう考えても不要なスタッフなのだが、たぶん政治的な配慮から、一定の人数を雇用していたのだと思う。むろんそうした理由は、所長や矢口さんの関与するところではない。だからあえて指導もしないし、叱言《こごと》も言わなかった。

日本人の駐在員は、みな北京飯店を宿舎にしていた。何とも贅沢《ぜいたく》な話だが、当時は外国人が不自由なく生活できるような施設がなかったんだ。所長をはじめ全員が、単身赴任のホテル暮らしというわけさ。

着任したのは三月の末だった。朝晩は氷点下の寒さで、紫禁城のお濠《ほり》にはまだ氷が張っていた。

さしあたっての仕事は、北京の地理を頭に入れ、その空気に慣れることだった。ロンドンでもパリでもニューヨークでも、そんなことをする必要はないね。僕らは欧米と同じ文化の中で育っているんだ。だが、北京はちがう。近くて遠い国さ。しかも、これと言って特徴のない街衢《がいく》が、途方もなく拡《ひろ》がっている。

北京飯店の脇《わき》にある王府井《ワンフーチン》は、今では近代的な繁華街に姿を変えたが、当時はその東側が巨大な東安市場だった。街なかには商店が少なくて、そうした大きな市場に食料品や日用品が集約されているから、その賑《にぎ》わいといったらまったくお祭り騒ぎだった。

東安市場の南の入口は長安街に面していた。つまり、北京飯店から事務所に向かう通勤路さ。

着任した翌朝に、矢口さんに連れられてそのあたりの食堂で朝食を摂《と》った。饅頭《マントウ》、ウドン、お粥《かゆ》、揚げパン。どれもこれもびっくりするほどうまいうえに、日本人の感覚でいうならただ同然の値段だった。食料品の購入や飲食に必要な「糧票」も、会社から十分に支給されていた。

むろん、上海に出張していたころも、おいしくて安い食事は知っていたのだが、街なかの朝食は初めての体験だった。

それ以来、東安市場の食堂で朝食をすませてから出社することが、僕の習慣になった。ただし、市場の全容は知らない。人と物とで溢《あふ》れ返った東安市場は、迷いこんだら最後、二度と出られないような気がしたからだ。

大人げない話だがね。たぶん日本にはありえないあの広さと喧噪《けんそう》が——そう、一言で言うなら中国のダイナミズムが、恐怖を感じさせたのだと思う。

いくぶん風も温《ぬく》まった、春の夕まぐれのことだった。

そろそろ黄砂の季節で、故宮の甍《いらか》に沈む西陽も、まるで貼《は》り付けられた絵柄のように嘘《うそ》くさかった。

北京という街は、ときおりそうしたロマンチックな風景を見せてくれる。その日も事務所から街に出たとたん、一面にオレンジ色の紗《しゃ》がかかっていたんだ。まっすぐホテルに帰るのはもったいないと思った。それで、ぶらぶらと回り道をした。

長安街の北側の東華門大街は、お気に入りの道だった。槐《えんじゅ》の並木が美しく、王朝時代の古い建物が並んでいた。

西のつき当たりは故宮の東華門で、昔はそこが官吏たちの通用門だったらしい。つまり東華門大街は彼ら役人の通勤路だったから、どことなく折目正しい街並が残っていたんだろう。

北京の建材は黒い煉瓦《れんが》だね。それも百年の時代を経ればころあいに煤《すす》けて、味わい深い情緒を醸《かも》し出していた。

あたりには煉炭の匂いが漂っていた。絵柄のような夕陽に向かって歩いて行くと、とある胡同《フートン》の角に、ふしぎな露店が出ていたんだ。

北京の街頭には物売りが多い。とりわけそのあたりは、東安市場の北の入口から溢れ出たように、さまざまの露天商が品物を並べていた。

胡同の角の、崩れかけた煉瓦塀の下に、枕《まくら》を抱いた少女が腰をおろしていた。まわりにはたくさんの枕が並べられていた。

僕は槐の根方に足を止めた。枕売りというのも物珍しかったが、何よりも十四、五歳と見える売り子のとびきりの美貌《びぼう》に、思わず目を奪われたんだ。

少女は客を呼ぶでもなく、ただぼんやりと枕を抱いて座っているきりだった。綿入れの袍《パオ》を着て、裾《すそ》を折り返したズボンに布靴を履いていた。東華門に沈みかかる夕陽が、その足元に煉瓦塀の影を切り落としていた。

胡同の奥から、母とも祖母ともつかぬ女が出てきて、少女を叱《しか》りつけた。

「なにボサッとしてるんだね。黙りこくっていたって売れやしないよ」

口汚なく罵《ののし》りながら、祖母だか母だかわからない女は、眉《まゆ》の上で切り揃えられた少女の髪を摑《つか》んだ。その物言い物腰は、あまりにも乱暴だった。もしや女は肉親ではなくて、何か哀れな事情でもあるのかと僕は思った。

頭を叩かれて、少女はべそをかいた。それから言われるままに、「来《ライ》、来。枕頭《チエントウ》、枕頭」と声を張り上げて客を呼び始めた。

通りすがりの男が僕に忠告した。

「その気になりなさんな。あれも商売のうちなんだ」

つまり、ときどきそういう芝居を打って、客の気を引いている、というわけか。

だが、僕にはどうしてもそうとは思えなかったんだ。少女は槐の木の下に佇《たたず》む僕に、すがるような目を向けていた。

「来、来。枕頭、枕頭。看一看吧《カンイーカンバ》」

僕は少女に歩み寄った。芝居だろうが何だろうが、たかが枕じゃないか。

少女は僕を見上げて、にっこりと笑った。

「挑選吧《チャオシュエンバ》」

どれがいいですか、と少女は言った。

僕は露店の前に屈《かが》みこんで枕を手に取った。べつに枕が欲しかったわけじゃない。とびきりの美少女と言葉をかわしたかっただけさ。

「日本人《リイベンレン》？」

ちょっとびっくりしたように、少女は目を丸くした。

まだ一般の観光客が少なかった時代だ。人民服や袍や革ジャンパーの中に背広姿のビジネスマンがいれば、いやでも人目を引いた。

しかも僕の知る限り、日本人に悪い印象を抱いている中国人はいなかった。過去の歴史などまるで関係なく、僕らは「富人《フーレン》」とされていた。

そのときも、僕が「対《トエ》」と答えて笑い返すと、少女はたちまち商売気を出して、あれこれと枕を勧め始めた。

そもそも頭を悩ますほどの代物《しろもの》じゃない。どれも重くて硬い藁枕《わらまくら》で、カバーの生地と色がちがうだけさ。

大きさも同じ。そうだね、これくらい。ちょうど日本の温泉旅館でおなじみのサイズだった。つまり中国的な大きさではないから、昼寝用の枕だったのかもしれない。ホテルの部屋にひとつあれば便利だろうと思った。北京飯店の調度類はどれもオーバーサイズだったから、この小さな枕が隙間《すきま》を塡《う》めてくれるような気がしたんだ。

北京に赴任してまず感じたのは、何でもかでも大きいということさ。建物も、道路も、椅子《いす》も机もみんなオーバーサイズなんだ。政治都市としての伝統かもしれないが、上海に比べれば人間の体格がちがうせいもあるだろうね。

赤道から遠ざかると人間の身長は伸びる。ヨーロッパでいうなら、南のラテン系は小さくて、北欧が大きい。中国の場合はそのちがいが一国の中で歴然としている。

そんなわけだから、北京のオーバーサイズを持て余している僕にとって、その小さな枕はとても魅力的なものに思えた。

少女は白いシルク・サテンに刺繡《ししゅう》を施した枕を、僕の目の前に差し出した。

「おばあさんが、何日もかけて作ったの」

胡同の奥に目を向けて少女は言った。まるで唄《うた》うような、美しい北京語だった。

街はすっかりたそがれて、夜店にはアーク灯がともっていたが、少女のまわりには光がなかった。

「君を叩いた人かな」

「ちがいます、ちがいます。あの人はおかあさん。おばあさんは歩けないから、一日じゅうオンドルの上で枕を作っているの」

これも物売りの台本なのかなと思ったが、そんなことはどうでもよかった。欺《だま》されたところで、中国の物の値段は知れている。

そこでその値段とやらを訊ねてみると、少女は一瞬ためらってから、「一百塊《イーバイクアール》」と答えた。

いつの間にか僕のうしろに集まっていた野次馬たちが、一斉に笑い声を上げた。百元。当時のレートがどれくらいだったかは忘れたが、まあ日本円で三千円か三千五百円というところだろう。

少女は野次馬たちを上目づかいに睨《にら》んで、「八十元でもいいです」と言った。野次馬たちはまた笑った。僕の肩を叩いて、「せいぜい十元だよ」とお節介な忠告をするやつもいた。

「不行《ブーシン》、不行、十元じゃだめよ」と、少女は僕にではなく彼らに向かって言った。

中国では当たり前の慣習だが、値段のかけひきは苦手だった。買物はまさか商取引とは言えまい。シルク・サテンの枕が三千円ならいいじゃないか。

百元の兌換《だかん》紙幣を差し出すと、少女は「おつりがないの」と言った。むろんそれも常套句《じょうとうく》だとは思ったが、僕は「不要《ブーヤオ》」と言って立ち上がった。それをしおに野次馬たちも解散した。

中国人は総じて無愛想だが、少女はそれが地顔なのか、羞《はじ》らうように微笑《ほほえ》んでいた。名前を訊ねると、ちょっと意表をつかれたようにとまどってから、「メイメイ」と答えた。たぶん、「梅」という字だと思う。

「きっとすてきな夢を見ますよ」

ありがとうのかわりに、梅梅は大人びたことを言った。


その夜の現実と夢の境がわからない。

東華門大街の露店で買った枕を抱えたまま、そのあたりの食堂に入って夕食を摂った。五元もあればたらふく飲み食いのできる、ごく庶民的な店だった。

ビールを飲みながら腹ごしらえをしているうちに店が混み合って、見知らぬ老人と相席になった。袖《そで》を折り返した青い袍を着ていて、厚い丸眼鏡をかけた顔に顎鬚《あごひげ》を蓄えていた。物静かな、知的な感じのする人だった。

彼は青菜の炒《いた》めものを肴《さかな》にして、しばらく白酒《パイチュウ》を飲んでいたが、そのうちふいに流暢《りゅうちょう》な日本語で、「あなた、日本人ですか」と訊ねてきた。

はい、と答えると老人は大喜びをして握手を求め、「ゆうやけこやけでひがくれて」と唄った。

「このあたりには昔、日本人がたくさん住んでいまして――」

老人は日本語と中国語をまぜこぜにして語った。

日本人小学校も女学校もあったのだそうだ。長安街を隔てた向こう側は、かつて事実上の租界であった東交民巷《とうこうみんこう》だから、占領時代にはこの界隈《かいわい》にも日本人が住みついていたのだろう。

僕らが想像するような恨みつらみは、何ひとつ感じなかったな。いったいいつから妙な対日感情が現れたのかは知らないが、中国人の本質はとても寛大なんだ。その老人もひたすら懐《なつ》かしがって、ちんぷんかんぷんな思い出話をとめどなく語り続けた。

「ところで、それは何かね」

老人は丸椅子の上に置かれた枕を指さして訊ねた。

僕がいきさつを語ると、老人は手に取ってためつすがめつしながら、ちょっと憮然《ぶぜん》とした顔で言った。

「最多也《ズイドゥオイエ》、二十塊《アルシークアール》」

　せいぜい二十元だね、というわけだ。

「まあ、いいじゃないですか。すてきな夢を見せてくれるらしいから」

　僕がなかば負け惜しみで言うと、老人は手を叩いて笑った。

「好《ハオ》。昔話のように、一生の夢を見られるのなら、百元は安いものさ」

　中国の古い物語だね。失意の青年が、茶店でうたた寝をしているうちに枕の中に吸いこまれて、栄耀《えいよう》栄華を極めた夢を見る。しかし目覚めてみれば、黄粱《こうりょう》飯も炊《た》けぬ間のわずかなひとときだった。そこで青年は、身の栄達がいかに虚《むな》しいかを知って、悠然と故郷に向かうという話さ。

　老人は眼鏡の底の目を細めて言った。

「過ぎてしまえば、何もかもが夢のようだよ。成功も失敗も、幸も不幸も、何もかもが」

　そうしてまたしばらく飲んでから、連れ立って店を出た。むろん勘定は僕が払った。

「謝謝《シェシェ》。この次は私におごらせて下さいな。この時間にはたいていここで飲んでいますから、覗《のぞ》いてみて下さい」

しまいにはすっかり中国語になってしまっていたが、店先で別れるときはきちんと頭を下げて、「ごちそうさまでした」と言ってくれた。

槐の並木道をしばらく歩いて振り返ると、老人は紅色のぼんぼりの下に佇んで手を振っていた。

脇に抱えた枕が重たく感じられた。調子に乗って酌《く》み交わした白酒が効いていたんだ。なにしろ五十度の酒だ。中国人と差し向かいでぐいぐいとやったんだから、たまったものじゃない。

その店からホテルまではそう遠くはないはずだが、どうやって帰ったのかまるで憶《おぼ》えがないんだ。それでも何とか部屋にたどり着いて、ベッドに倒れこんだ。

黄砂の降る晩だった。古いホテルの窓ごしに、長安街の街灯が橙色《だいだいいろ》に滲《にじ》んでいた。いったい、どこからが夢だったのだろう。後生大事に抱えてきた枕に顔を載せると、ほてった頬に絹の冷たさがここちよかった。

物語のように、枕の横にぽっかりと穴があいたような気がしたんだ。

その穴は少しずつ大きくなって、やがて僕は枕の中に歩みこんだ。

あれは夢じゃなかった。たぶん、実在するもうひとつの世界だったのだろう。

暗闇《くらやみ》の先に扉が開いて、白い光が躍りこんだ。

北京は快晴だ。いつも濁っている空には一片の雲もなかった。

ボーディング・ブリッジに、航空会社のスタッフが仰々しく出迎えていた。もし要人が乗り合わせていたのなら、真先に機内から出たのはまずかったかな、と僕は思った。

ところが、彼らは緊張した面持ちでついてくる。誰も僕に声をかけようとはしないんだ。

「政府の役人が迎えにきておりますので、ご挨拶《あいさつ》だけお願いします」

そう囁《ささや》きかけたのは、どうやら僕の秘書らしい。社内のどこかで見かけたことのある顔だが、名前も知らない男だった。

「挨拶だけでいいのかね」

と、僕はなるべく偉そうに言った。どうやら夢の中の僕は、偉い立場にあるらしいと知ったからだ。

「はい。歓迎晩餐会《ばんさんかい》は本日の午後六時三十分から釣魚台《ちょうぎょだい》国賓館で、返礼のレセプションは出発前日に北京飯店で行われます」

歩くほどに、僕の周囲には人が増えてきたが、相変わらず誰も話しかけてはこなかった。

ゲートの外には一団の人々が待ち構えていた。

「衷心歓迎到来《チョンシンファンインダオライ》!」

拍手が湧《わ》き起こり、歓待の声が飛び交った。これはいったい、どうしたことなのだろう。

進み出て手を差し延べた顔には見覚えがあった。着任してすぐに食事をした通商部の木《こ》ッ端《ぱ》役人だが、どうやら順調に出世したらしい。

「ようこそお越し下さいました、トゥチュウ・ソンチンリィ」

そこで僕は、ようやく気付いたんだ。「トゥチュウ」は「都築」。「ソンチンリィ」は「総経理」。すなわち、「都築社長」さ。

簡単な挨拶をし、握手を交わしたきり彼の前を通過した。これでいいのだ。国賓待遇の僕が、一個人と旧交を温めたりしてはならない。

私服のボディーガードが、僕を群衆から遮断した。航空会社のスタッフの手で、未知の扉が次々と開かれていった。

緋《ひ》赤《あか》の緞通《だんつう》を敷きつめたロビーの先の車寄せに、リムジンが待っていた。車列を先導するのは、パトカーと白バイだ。交通信号はすべて青色で、一般の車は見当たらなかった。

夢にしたって気味がいいじゃないか。きっと僕は、北京在勤中に大仕事をしたんだ。そして、社内きっての中国通としてそれからのめくるめく対中貿易を牽引《けんいん》した。「社長、どうかなさいましたか」

そう訊ねたのは、かつて北京支店で机を並べていた同僚だった。二十年後、彼もめでたく「常務取締役兼中国総支配人」に出世していた。

僕はおかしくてならず、夢の中で笑いを嚙《か》み潰《つぶ》していたんだ。たぶん現実の僕は、眠りながら大笑いしていたんじゃないだろうか。

リムジンはじきに、北京飯店の玄関に到着した。

現実の僕が泊まっている新館ではなく、百年の歴史を刻む本館のファサードだった。土地はいくらでもあるわりにあんがい遠いエアポートから、一瞬で着いたのは、まあ夢のご愛嬌《あいきょう》さ。

北京飯店は一九〇〇年の義和団事件の直後に建てられたんだ。その後たびたび増改築を施されて、化物みたいなサイズになった。長安街に面して東西に長い建物だから迷うことはないが、とうてい廊下を歩き通す気にはなれない。

その中央部分を占めるクラシックな本館は党と賓客の専用で、要人が出入りしたりレセプションが催されるときには、玄関も廊下も遮断された。

なにしろ清《シン》王朝の時代から営業しているんだ。スイートルームに袁世凱《えんせいがい》が住んでいたこともあるし、中国共産党による建国祝賀会もここで開かれた。もちろん戦時中は日本軍が接収していた。

夢の中の僕は、意気揚々と回転扉を通り抜け、赤い絨毯《じゅうたん》を踏んだ。あちこちでフラッシュライトが爆《は》ぜた。

やみくもに握手を求められた。中国人の握手には閉口するね。まるで田中角栄と周《しゅう》恩来《おんらい》みたいに、誰も彼もが力ずくなんだ。

そのとき、僕の名を呼ぶ声を聞いた。喧噪を縫って、「栄ちゃん」と日本語で呼ばれた。

ラウンジの大きなソファに、祖父が座っていた。三ツ揃いの背広を着て長い足を組み、読みさしの新聞を拡げたまま、顔だけを僕に向けていた。

「たいがいになさい」

祖父は眉をひそめて言った。もちろん僕は祖父に叱られた記憶などない。だが、アルバムの中の祖父はどれも顰《しか》めっ面《つら》をしている。まるで「たいがいになさい」と吹き出しに書いてあるような顔さ。

たいがいになさい、か。なかなか含蓄ある叱言だね。僕らの親や、その同世代の教師のいわば定《き》めぜりふだった。いったい何を「たいがい」にするのか、子供自身に考えさせる。自省心を促す。

僕らの世代になると、子供に対してそんな上等な叱り方はできない。くどくどと要らぬ説明をしてしまうから、子供らはその件についての善悪や是非は理解しても、根本的な反省には至らない。そうした教育の集積が、社会依存の土台となって、人間を幼児化させてしまったのだろう。

夢の中の僕は自省したよ。そしてたぶん、「社長になったからといって、調子に乗るのもたいがいになさい」という意味だろうと思った。

祖父が到達した満鉄理事という役職は、民間企業の社長など歯牙《しが》にもかけない一大権威だったと思う。しかし、敗戦によって南満洲鉄道は消滅した。倒産でもM&Aでもない、消滅だ。

ふと気付くと、僕の周囲に群らがっていた人々は残らず消えていた。いつに変わらぬ、がらんとした大理石のラウンジに僕は佇んでいた。

祖父の姿もなかった。ソファの同じ場所に腰を下ろしているのは、あの夢の女だった。

南向きに高く豁《ひら》けた窓から、青空を映した午後の光が射《さ》し入っていた。恋人は僕に顔を向けてほほえんだ。

「やっと会えたわ」

久しぶりの邂逅《かいこう》だった。彼女は夢の世界の住人なのだが、夜ごと現れるわけではない。旅先でたまたま提供される枕の中に、棲《す》みついているんだ。

青いチャイナ・ドレスがとてもよく似合っていた。

「髪が伸びたんだね」

「ええ。それくらい会えなかったの」

僕は恋人に歩み寄って、シニョンに結ったつややかな黒髪に手を触れた。

胸が高鳴った。その感情はいつも同じなんだ。彼女は僕を穢《けが》している悪意や、しがらみや、肉体の欲望の向こう岸にいる、いわば初恋の記憶そのものだった。

「街を歩きましょう」

恋人は絹のドレスを軋《きし》ませて、すっくりと立ち上がった。

「あいにく、晩餐会に招かれているんだ」

百年の時を刻む大時計を見上げて、僕は言った。

「かまうものですか」

そう。かまうものか、と僕は思った。これは夢なんだ、と。

言うが早いか、彼女は僕に腕を絡《から》めて歩き出した。回転扉を抜けるとき、ふと振り返ると、大階段の踊り場にステッキをついた祖父が立っていた。

「たいがいになさい」

僕は祖父の叱言を聞き流して、ホテルから逃げ出した。

街はいつしかたそがれていた。


北京も様変わりしてしまったね。

改革開放。経済の自由化。香港返還。北京オリンピック。上海万博。そうした事実が、ほんの短期間のうちに北京を変えてしまった。

赴任したときの第一印象は、「世界一ロマンチックな都市」だった。つまり、ローマよりも美しいと思ったんだ。

もっとも、昔のほうがよかった、なんていうのは異邦人の無責任な意見だね。胡同に犇《ひしめ》く四合院に住んでいた住人たちにしてみれば、マンション生活のほうがよほど快適にちがいない。

ただし、東京に生まれ育った僕には、あながち無責任とばかりは言えぬ感傷があった。高度経済成長。東京オリンピック。僕らはふるさとの変容を目《ま》のあたりにしながら育った。大阪万博。沖縄返還。コースはまるで中国と同じじゃないか。

僕らはそうした変化を手放しで歓迎していた。いくらか齢《とし》をとって、子供の時分の景色を懐しむようになったころ、まったく同様に変わってゆく北京のありさまを見て、感傷的になったんだと思う。

あのころの北京は、まだ十分にロマンチックな街だった。だが、商売がら僕は、その風景がやがて喪《うしな》われると予感していた。だからこそ、いっそう美しかったんだ。

とりわけ、街路の奥をぎっしりと埋める胡同のたたずまいはすばらしかった。つまり、縦横無尽に張り巡らされた路地だが、主建材が石と瓦《かわら》と煉瓦だから、火事で丸焼けにもならないし、劣化もしにくい。ほとんどの建物が明《ミン》代か清代か、新しくても民国初期の代物だった。

歴史的建造物というだけなら、珍しくもないがね。しかし胡同には、その間ずっと人々が生活をしており、命があった。何百年の歴史と何百万人もの市民の暮らしを、歩きながら感じられる稀有《けう》な世界だった。

今はそのほとんどが、影もかたちもなくなってしまった。なにしろ土地も家屋も私有物ではないから、再開発に手間はかからない。そのうえ共産主義政権下の国民は、個人の権利を主張するどころか、権利の概念そのものを欠いていた。

胡同の風景は一瞬のうちにかき消えたような気がする。それこそ、夢のように。


僕と恋人はそんな胡同をさまよい歩いた。

陽が落ちても昏《く》れきらぬ、北京が最もそれらしい空気に包まれる時間だった。

「名前を教えてくれないか」

歩きながら訊《たず》ねた。

「メイメイ」

「冗談だろ」

枕売りの少女の名だ。

「梅梅《メイメイ》よ。あなたが齢をとった分だけ、私も女になったの」

「ああ、そうか。君のおかげで、こんなすてきな夢を見ている」

「だから言ったでしょ」

そうだ。枕売りの少女は、ありがとうのかわりに言った。「きっとすてきな夢を見ますよ」と。

僕は立ち止まり、崩れかけた煉瓦塀を目でたどって振り返った。東華門大街の槐の並木道が見えた。梅梅が枕を売っていたのは、そのあたりだった。

胸苦しさを覚えて、恋人の肩を抱き寄せた。少女の成長が、痛ましい羽化のように思えたのだった。

過去から遁《のが》れるように、僕らは胡同の奥へと向かった。分け入るほどに煉炭の匂《にお》いが濃くなった。くわえタバコの老人たちが、胡乱《うろん》げなまなざしを向けた。

燕迷《イエンミイ》、という古い言葉がある。北京の胡同を燕《つばめ》のようにさまよっているうちに、迷子になってしまう、という意味らしい。ただし、悪い言葉ではない。それくらい北京の裏町は魅力的で、我を忘れてしまうんだ。「迷」という漢字には、文字通りの「迷う」のほかに、「夢中になる」「惑わす」「陶酔させる」という意味もある。北京の古名は「燕京」だから、それに掛けているのかもしれない。

僕らは胡同の燕になった。角を曲がれば、また趣きの異なる小径《こみち》があった。陽はすでに沈み、月はまだ昇らず、方向は失われた。

快く迷う幸福を僕は知った。昔の人はきっと、こんなふうに人生を楽しんでいたのだろう。

北京の大きな道路は、どれも正確な東西南北に延びているが、その枡目《ますめ》の中の胡同はさまざまの表情を持っている。広くなったり、狭まったり、鉤《かぎ》の手に曲がったり、袋小路《ふくろこうじ》になったりするんだ。

見通しの悪い場所に着くたび、僕らは抱き合い、唇を重ねた。

そうして迷い続けた胡同の奥深くに、立派な構えの四合院があった。塀に沿って紅色のぼんぼりが列《つら》なっていた。門前には絵のような斑馬《まだらうま》が繋《つな》がれて、飼葉を食べていた。

きっとレストランなのだろう。北京の裏町には、いかにも知る人ぞ知るという様子の、とびきりの名店があるんだ。

門の奥には、煉瓦塀を円くくり抜いた月亮門《ユエリャンメン》があった。その先は笹竹《ささだけ》の藪《やぶ》になっていた。

「你来了《ニーライラ》」

そう言いながら、月亮門を潜《くぐ》って現われたのは、東華門大街の食堂で相席した老人だった。

「ようこそいらっしゃいました。約束通り、きょうは私におごらせて下さいな」

そう言われても、昨夜の食堂とこの店では釣り合わない。

「いえ、そんなつもりはありません。たまたま通りすがっただけです。それに、連れもおりますし」

「何をおっしゃいますか。さ、どうぞ」

老人は厚い眼鏡をぼんぼりの色に染めて笑った。

食事の返礼は中国人の習慣だ。おごったらおごり返す。取引先との会食だって、往復の二度あると考えなければならない。そのことを承知していないと、商売のかけひきも難しい。

つまり、返礼の誘いを断るというのは、交誼《こうぎ》の拒絶にも等しいんだ。

老人は梅梅の顔をしげしげと見つめて、「何てお美しい奥様だろう」と、感心した。お世辞じゃないさ。ぼんぼりの紅色に映える梅梅は、この世のものとは思われぬほど美しかった。

月亮門を潜って笹藪を抜けると、奇岩を配した豪壮な庭だった。池水に面した客室には、耿々《こうこう》と灯りがともっていたが、人影はなかった。

看板などはどこにもなかったのに、なぜか「圓月樓《ユエンユエロウ》」という店の名前だけは憶えている。

恋人の手を取って石橋を渡り、極彩色の玄関から御殿のような屋内に入った。

その先はここちよい風の吹き抜ける広いホールで、薄闇の中に金色の関帝像が祀《まつ》られていた。

「月光満堂」と書かれた扁額《へんがく》が、文字通り月の光に映えていた。

老人に導かれるまま、池に面した回廊をたどった。満月は低く大きく、風景は冴《さ》え渡っていた。水面《みなも》のあちこちに細長い蓮《はす》の茎が立っていて、赤と白の花を咲かせていた。

北京はそもそも、都を営むような場所ではないね。内陸の乾燥地帯で、冬は寒く夏は暑い。土地は平坦で障害物がないから、防衛上も丸裸だと言っていい。たぶん大昔には、砂漠の中のオアシスだったのだろう。

初めに都を築いたのは元王朝らしいが、北方民族の彼らにとっては、長城から近い漢土の北端が好都合だったのかもしれない。王朝が交代しても、インフラが積み上げられて、今日の北京に続いているのだと思う。

乾燥地帯に住む人々は水に憧《あこが》れる。北海も中海も南海も什刹海《シーシャーハイ》も、頤和園《いわえん》の巨大な昆明湖だってみな人造湖なんだ。だから屋敷の中に池泉があるというのは、まさに夢のような贅沢さ。僕は北京の乾いた空気に閉口していたんだろう。

梅梅と手をつないで月明りの回廊を歩いて行くと、向こう岸から見えた客室があった。あちこちにチャイナ・ドレスを着たウェイトレスが佇んでいた。

「歓迎光臨《ファンイングアンリン》！」

彼女らは声を揃えて言った。いくら言葉で歓迎しても、表情に愛想がない。あのころはホテルの従業員もレストランのウェイトレスも、みんな仏頂面だった。

僕は彼女たちを叱りつけた。

「どうして不機嫌な顔をしているんだ。少しはサービス精神を持ちたまえ」

笑いなさんな。夢だよ、夢。日ごろの鬱憤《うっぷん》を晴らしただけさ。

すると彼女らは、一様ににっこりと笑うじゃないか。

「歓迎光臨《ファンイングアンリン》！」

僕と梅梅は席についた。十人も座れそうな大きさの円卓には、皿とナプキンが置いてあるだけだった。

サービス精神、か。僕らはそれを当たり前のように考えているが、共産主義社会では不要なものなのだろうね。それどころかむしろ、見知らぬ人に笑顔を向けることは、不道徳とされていたのかもしれない。

奇妙な場面だったな。

蓮池に向かって張り出すような広い客室に、僕と梅梅がぽつねんと座っている。扉はすべて開け放たれていて、月光が満ちていた。

「おなかがすいたわ」

梅梅がたまりかねたように言った。僕もそんな気がしてきた。

「いやはや、何たる無調法だろう。まことに申しわけない」

老人は席にもつかず、人民服の腰に後ろ手を組んでいらいらと歩き回った。東華門大街の食堂で相席しただけの、名前も知らない人なんだが、なぜかとても印象深かった。知的な感じのする表情も、日本語と中国語をないまぜにした話し方も、そっくり夢の中に再現されていた。

僕は老人の苛立《いらだ》ちを宥《なだ》めた。

「請別介意《チンビエジェイ》。どうぞお気遣いなく。日本では当たり前のことですから」

中華料理はけっして空腹の客を待たせない。あんなに呑気《のんき》な暮らしぶりの中国人も、食べることだけは例外なんだ。彼らにとって、食事はスピーディでボリュウムがなくてはならないから、日本食の接待はとても難しい。

老人は指を振りながら、ウェイトレスたちを叱りつけた。何をボサッとしている、早く料理を出しなさい、と。

「是《シー》、知道了《チータオラ》！」

彼女らは「はい、かしこまりました」と声を揃えて、何だか踊子たちが一斉に舞台の袖に下がるみたいに、駆け去ってしまった。老人も後を追って消えた。

「行儀の悪いことを言うもんじゃないよ」

僕は恋人をたしなめた。

「だって、おなかがすいて我慢できないんですもの」

まったく、ままならぬ女だ。いや、そういう言い方は穏当ではないが、僕らの世代の男は、女性に対するリーダーシップを心得ているし、いきおい従順さを求めてしまう。それがいいことか悪いことか、ずっとわからなかったから、いわゆるセクハラだのパワハラだのの槍玉《やりだま》に挙げられたのは、僕らのご同輩だね。僕らはずっと、男女の関係について迷い続けてきた。

だが、思い通りにならない女は魅力的なんだ。男の本性が狩人《かりゅうど》だからなのだろう。夢の中の恋人は、そうした僕の願望の象徴だったのかもしれない。

満月は池の上に低く定まって、梅梅の膨れっ面を照らしていた。

ふいに銅鑼《ドラ》が鳴った。京劇のお囃子《はやし》に乗って、再び舞台の袖から登場するみたいに、ウェイトレスたちが次々と現れた。

「譲《ラン》您《ニン》久《ジウ》等《ドン》了《ラ》、請《チン》多《ドゥオ》吃《チー》点《ディアール》！」

お待ち遠さま、どうぞたっぷり召し上がれ。先頭のひとりが、さっきとは打って変わった笑顔で、十人前はありそうな前菜の皿を置いた。

「請多吃点！」

「請多吃点！」

たちまち円卓の上は、大皿や鉢や蒸籠《せいろ》に埋めつくされた。

炒め物、煮物、スープ、饅頭、仔豚《こぶた》の丸焼き、ダック——まるで西太后の食卓じゃないか。

老人がこれ見よがしに両手を開いて言った。

「さあさあ、存分にお召し上がり下さい。けっして食べ残してはなりませんぞ。コックたちが腕によりをかけてこしらえた満漢全席、心ゆくまでお楽しみあれ」

満漢全席というのは、極め付きの中国料理だと思われているが、実はそうした意味じゃないんだ。満洲族の「満」と漢族の「漢」、つまり狩猟民族であった清王朝が農耕民族の漢族を征服し、その両者の料理の粋を一堂に並べた食卓のことさ。

だからこの晩餐を共にするというのは、民族和合という意味もあって、僕も何度か取引先の接待を受けたことがあった。

食べることに対する中国人の執着は、歴史を超越している。封建主義的な贅沢《ぜいたく》をすべて否定しても、料理だけは別なんだ。

供された食べ物を、残してはならない。それは中国人と会食するときの常識さ。だからいつだって目を白黒させながら詰めこんだものだが、いくら何でもこんなには無理だろうと、夢の中の僕は思った。

老人も席についた。

「尊敬する都築先生と、お美しい奥様に乾杯」

それは接待する側の定まり文句なんだが、お礼を述べようにも、僕は老人の名前を知らなかった。そこで、盃《さかずき》を持ったまま訊ねた。

「こんなに立派なお返しをしていただいて、感謝の言葉もありません。ところで、あなたのお名前は？」

「名前ですと？　そんなものはどうだっていいじゃありませんか」

老人は鷹揚《おうよう》に笑い、こう付け加えた。

「過ぎてしまえば、何もかもが夢のようだよ。成功も失敗も、幸も不幸も、何もかもが」

そうして三人きりの晩餐が始まった。物を食べる夢なんて、めったに見ないね。見たところで味覚の実感はないはずだ。しかし、その満漢全席はおいしかった。熊の掌《くまのて》の柔らかな舌触りも、ダックの芳《かぐわ》しい香りも忘れ難い。駱駝《らくだ》の蹄《ひづめ》も鴨《かも》の舌も四不像《しふぞう》の鼻も、ひとつひとつが気の遠くなるほどうまかった。

料理は際限なく運ばれてきた。しかもふしぎなことには、いくら食べても満腹にはならず、飽きもしなかった。

幸福は満たされたとたんに幸福ではなくなる。だが、あのときだけは幸福に限りがなかった。

デザートを食べおえると、老人は目を細めて言った。

「いかがでしたか。これが圓月樓の満漢全席です」

賞讃《しょうさん》の言葉が見つからなかった。

「どうしてこんなにおいしいのでしょう」

「それはあなた、昔の宮廷料理人は、まずい料理を出したら最後、死刑に処せられたからですよ」

「死刑、ですか。まさか」

「いえいえ、本当の話です。まずい料理を作ってしまった料理人は、戦に敗れた将軍や、失政をしでかした大臣と同じなのです。とり返しのつかない過《あやま》ちを犯せば、死刑になります。さて、満月の移ろわぬうちにお開きといたしましょうか」

老人は薄紅色の蓮の花を、「おみやげに」と言って恭《うやうや》しく差し出した。僕はその両掌に余るほどの大輪を、恋人の髪に挿《さ》した。祝福の拍手に送られて、僕らは圓月樓を辞した。

門前には馭者《ぎょしゃ》のいない馬車が待っていた。まるで玩具《おもちゃ》のように小さくて、屋根も幌《ほろ》もないのだが、かわりに色とりどりの花が溢《あふ》れていた。

「再見《ツァイチエン》。では、またいつか」

老人が別れの言葉を告げると、大人しい斑馬はゆっくりと歩き出した。歩むほどに花馬車の花が胡同《フートン》に散った。

「ごちそうさまでした」

僕らは抱き合ったまま振り返り、日本語で言った。名も知らぬ老人は、闇の底に消えてしまうまでずっと手を振り続けていた。

さすがにそのときは、夢なら覚めてほしくないと思ったよ。いや、これは夢ではなく、実在するもうひとつの世界だと信じた。

でも、きっと目覚めてしまうんだ。

「帰りたくない」と僕は言った。

「帰したくないわ」と恋人も言った。

馭者のいない花馬車は、斑馬の牽《ひ》くままに胡同を進み、やがて月明りの東華門大街をたどって、北京飯店の車寄せに着いた。

「再見。またいつか」

僕と梅梅は花に埋もれて、別れのくちづけをかわした。

目が覚めたのは、いつもの起床時刻だった。

思わず溜息《ためいき》をついたよ。退屈な一日がまた始まるんだ。

議論のない会議。まずいインスタント・コーヒー。ものぐさな中国人たちのおしゃべり。それはまだしも、所長の昔話には耳が腐る。

いったいどこからが夢だったのだろうと、しばらく考えた。ひどく酔っ払っていたのはたしかだが、白酒はふしぎなくらい宿酔《ふつかよい》にならない。きっぱりと目覚めている分だけ、前夜の記憶がかえってあやふやだった。

コートと上衣《うわぎ》は床に脱ぎ散らかしてあったが、靴を履いたままだったんだから、よほど泥酔《でいすい》していたんだろう。

シャワーを浴び、スーツを替えて街に出た。長安街は自転車の洪水だった。

朝食を摂《と》る気にはなれなかったな。酒を過ごしたせいじゃないさ。満漢全席がまだこなれていなかったんだ。

まさかね。いや、そうとしか思えなかった。胃の不快感はなくて、腹がいっぱい。

どう考えても、つい今しがた食事をおえた気分だった。

だからその朝は、東安市場も素通りしたよ。寝坊をしたときでも、店頭の揚げパンぐらいは買って行くんだが、そんな気にもなれなかった。

吃得飽飽的《チーダバオバオダ》。腹がいっぱいだったんだ。


「都築さん、何だかご機嫌ですね」

隣の席の中国人から声をかけられた。

「そう見えるかい」

「ええ。朝からニヤニヤしてますよ。昼食は食べないんですか」

「きのう食べ過ぎて、胃の調子が悪いんだ」

「それはよくないですね。ちょっと待っていて下さい」

その男の名は陳 維《チェンウェイ》といって、現地採用者の中では年長の、そのころ三十二か三というところだったろう。僕の中国語よりも、彼の日本語のほうが上等だったと思う。

中国人は同姓が多いから、フルネームで呼ぶ習慣があった。彼の場合は「チェンウエイ」だった。背が高く、がっしりとした体格で、スーツ姿も様になっていた。

「これ、飲んでみて下さい」

陳維は給湯室から戻ると、僕のデスクにグラスを置いた。白い液体から湯気が立ち昇っていた。

「病気じゃないよ」

「いえ、食欲がないのは病気と同じです」

「胃薬なら持っているから、いいよ」

「中国で罹《かか》った病気は、中国の薬でなくては治らないですよ。どうぞ、どうぞ」

中国人は親切だが、しばしばこうした親切の押し売りをする。

向かいの席の同僚が苦笑しながら、「飲めよ」とばかりに目配せをした。

親切を断わるのは、とても無礼にあたるんだ。ささいなことで人間関係を壊してはならないと思って、僕は正体不明の液体を一息に飲んだ。甘酸《あまず》っぱい味がした。

すると、どうだ。胃のもたれがすっと消えたじゃないか。

陳維は覿面《てきめん》の効果がわかっていたらしく、得意げに「どうですか」と訊ねた。

「すごいね。消化剤かな」

「食べ過ぎの薬です。お腹《なか》がいっぱいでもう食べられないとき、そっとこれを飲みます。すぐにまた食べられるようになります」

向かいの席の同僚が、「おいおい、本当かよ」と口を挟んだ。

中国で罹った病気は、中国の薬でなくては治らない。これは至言だよ。現地では何度も体調を崩したことがあったが、中国の売薬はとてもよく効いた。

いや、正しくは中国に限ったことじゃないね。たぶん日本の薬事法がやかましいせいなんだろうけれど、外国の薬は効く。

「ありがとう。お礼に昼飯をおごらせてくれ」

僕と陳維は連れ立って街に出た。着任してから何週間かしか経《た》っていないころで、中国人スタッフと二人きりで食事をしたのはそのときが初めてだったと思う。

べつにお礼のつもりじゃなかった。いずれは仕事のサポートをしてもらうこともあろうから、親しくなっておこうと考えたんだ。少なくとも彼は、ほかの中国人スタッフよりはだいぶマシだったからね。

東単《トンタン》まで歩いて、彼の行きつけらしい清潔な店で食事をした。昼飯どきなのに客が少なかったのは、それなりの高級店だったのだろう。もっとも、当時の北京はいちいち値段など気にする必要もなかったんだがね。

たとえば、プライベートな飲食でも経費で落とすのは暗黙の了解事項だったんだが、誰もそんなことはしない。日本円で数百円を超えないから、いちいち精算するのが面倒なんだ。

陳維は饒舌《じょうぜつ》だった。北京生まれの北京育ち、北京外国語学院の日本語学科を出たあと、適当な就職先がなくて、英語を学び直したそうだ。それからアメリカ資本の貿易会社に入って、広州と香港で勤務した。なかなかのキャリアじゃないか。

ためしに会話を英語に変えてみると、いっそうおしゃべりになった。日本語と中国語をないまぜにして話すよりはおたがい楽だから、それからはずっと英語になった。

食事をしながら気付いた。彼は自己アピールをしているんだろう、とね。現地採用の中国人は正社員ではない。むろん給料も安い。自分の将来を考えるのなら、定年間近の所長よりも着任早々の係長職に、取り入っておくのは賢明な選択さ。

これはいい機会だと思って、僕からもいろいろとレクチャーをしたよ。

アメリカ資本の会社にいたのなら多少はわかっているとは思うが、もっとアグレッシブに仕事をしなければいけない。就業時間中に言いつけられた仕事だけをやる、という勤務姿勢は資本主義的ではない。それは個人の能力以前の問題だ、などとね。

彼らはみな競争心を欠いていた。共産主義国家では、個人の努力が必ずしも報酬に結びつかないから、頑張ってもサボっても同じ、と考えてしまうんだろう。しかも出世はカネとコネだ。

「いいかい。日本の企業はとても公正なんだ。上司は常に君たちの仕事ぶりを採点している。成績の優秀な者は正社員になれるぞ。東京本社に二年ばかり勤務して現場に戻れば、立派な幹部社員だ」

ちっとも大げさな話じゃないさ。政治形態も商習慣も欧米とは異なる中国では、現地社員を育成しなければ商売が進まない。上海や広州では、すでにそうしたモデルが登場していた。陳維にはその資格があると僕は思ったんだ。

「採点《マーク》されているんですか」

陳維は意外そうな顔をした。正確な英単語が思いつかなかったので、ナプキンに「人事考課」と漢字で書いたら、これがあんがい通じた。彼は少し考えてから、「課」の字を「核」と書き換えた。人事考核。意味は同じだと思う。

「君が勤務していたアメリカ資本の会社でも、同じことをしていたはずだよ」

陳維は頭を抱えてしまった。たぶん思い当たるふしがあったのだろう。

「都築さんも私を採点しているんですか」

「いや、僕はまだそういう立場じゃないさ。うちの事務所でいうなら、所長と副所長かな。彼らの意見を聞いて、本社の矢口室長が考課表《マーク・ブック》を作成する」

陳維は箸《はし》を置いて、手帳にメモを取り始めた。ちょっとしゃべり過ぎかな、とも思ったが、彼がやる気を起こしてくれればそれでいいじゃないか。

「なあ、陳維。だからと言って、所長や副所長に取り入ろうとしても無駄だよ。日本のビジネスマンは公平なんだ。親密さなんて、まったく考慮しない。仕事っぷりを見せて、君なりの結果を出せ」

陳維は好漢だった。体育会系の質朴さ、とでもいうのかな。中国人的な姑息《こそく》さは感じられなかったし、オフィスではムードメーカーみたいな存在だった。年齢も僕よりいくつか下だから、あれこれ世話を焼きたくなる。

日本のビジネスマンが公平か？　親密さなんてまったく考慮しないか？

そんなはずはないが、中国の社会に比べればずっとクールだろう。適切なアドバイスだったと思うよ。

僕は訊ねられるままに、人事考課のシステムを話した。

評価には四つのランクがある。AからDまでだ。Aは「すこぶる優秀」、Bは「優秀」、Cは「ふつう」、Dは「重大なトラブルや事故」という意味がある。「ダメ」だの「無能」だのというランクがないのは、いかにもプライドの高い商社らしいね。

陳維はしきりにメモを取りながら、興味深げに訊ねた。

「私はどんな評価をされているんでしょうか」

答えは簡単だ。

「AとDがないのはたしかだね。オールCか、語学力の分だけBが付くか、というところだろう」

「その成績では、正社員にはなれませんか」

「無理だな。AとBだけにならないと」

自分自身はどうなんだろう、と僕は考えた。たぶんロンドンの支店《みせ》に出るまでは、AとBばかりだったはずだ。スイスでの買い付けの一件で、Dが付いた。インドでの商売はどう評価されたかわからないが、事業開発部準備室への配転は明らかに左遷《させん》だったから、何かしら周囲の悪意が働いて、D査定を下されたのかもしれない。

この北京のマーケットで、すべてを挽回《ばんかい》しなければならないと思った。

「ありがとうございます、都築さん。とても参考になりました」

陳維はグローブみたいに大きな掌を差し出して、握手を求めた。

中国人は総じて頭がいいが、彼は格別だったな。図体《ずうたい》がでかいうえに強面《こわもて》だから、とてもそんなふうには見えないんだが、目から鼻へ抜けるというか、打てば響くというか、ともかくクレバーなやつだった。そのうえ三ヵ国語がぺらぺらだ。

こいつに恩を売っておいても損はないな、とそのとき思ったよ。

「ところで、君に訊《き》きたいことがあるんだ」

僕はまだいくらか夢見ごこちだったんだろう。だから、唐突にこんな質問をした。

「圓月樓というレストランを知っているかな。とびきりの満漢全席を食わせる店なんだが」

「圓月樓？――」

陳維は窓ごしに街路を眺めながらしばらく考え、「思い当たりませんね」と答えた。

「その店が、どうかしたのですか」

いや、どうかしていたのは僕のほうさ。夢と現《うつつ》の境目が見つからぬまま、前夜の出来事をありていに語ったんだから。

枕《まくら》売りの少女。親日家のふしぎな老人。しかし、まさか夢の話まではできないから、その老人に誘われて「圓月樓」に行ったことにした。ずいぶんへんてこな話だろうに、陳維は怪しまずに聞いてくれた。

「こっちはすっかり酔っ払っていたから、よく覚えていないんだ。もしかしたら夢かもしれないんだが」

陳維は豪快に笑った。

「なるほど。それで胃の調子がおかしかったんですね。だったら夢じゃないでしょう」

勘定をすませて店を出ると、空はまるでたそがれどきのように暗く濁っていた。風が已《や》んで、黄砂が蟠《わだかま》っていたんだ。

「少し回り道をして帰りませんか。枕売りの美少女に会ってみたいですよ」

言うが早いか、陳維は東華門大街に向かって歩き出した。つまらぬことを言ったものだと反省したよ。北京育ちの彼にしてみれば、頭の中に地図が入っていない僕に対する親切なんだ。嫌とは言えまい。

東華門大街を西にたどるうち、何だか怖くなってきた。黄砂はどんどん濃くなって、風景が朧《おぼ》ろになった。

東安市場の近くの、崩れかけた煉瓦塀《れんが》の下に、枕売りの少女は見当たらなかった。かわりに白菜を山と積んだ荷車が止まっていて、威勢のいい若者が客を呼んでいた。

僕と陳維は夢に見た胡同をたどった。初めて歩みこむ路地なのに、はっきりと既視感があった。梅梅と肩寄せ合って歩いた道だ。

いよいよ怖《おそ》ろしくなった。会社の昼休みに、夢の世界へと踏みこんでいるんだ。とんでもない禁忌を犯しているんじゃないかと思った。

「都築さん、酔っ払ってましたね。こんなところに立派な店なんて、あるわけがないですよ」

ところが、そうしてさんざ歩き回った胡同の奥深くに、見覚えのある四合院の門があったんだ。ただし、歪《ゆが》んだ塀の上に笹竹の藪がのしかかる廃屋だった。いったいいつの時代からここに建っているんだ、と訊ねたくなるほどのね。

僕は何も言わずに門前をやり過ごし、逃げるように路地を折れた。

「都築さん。夢でも見たんじゃないですか」

陳維の胴間声が背中を追ってきた。声にも体にも似合わぬ、何てクレバーなやつだ。

第七夜　北京《ペキン》で見た黒い夢

「あのころの北京はよかったな」

都築君は冷えたコーヒーを啜《すす》りながら窓に目を向けた。

塗りこめられたような白一色だが、ときおり雲の切れ間に下界の風景が通り過ぎた。

「僕が赴任したのは、一九八九年の天安門事件の前だったからね。オールド・ペキンに旧ソ連の色がいくらか付いているぐらいで、わずか四半世紀後に高層ビルが林立するとは想像もできなかった。すでに完成している都市に思えたんだ」

パリのようにか、と私は訊《たず》ねた。

「いや、ちょっとちがう。パリは緻密《ちみつ》な都市計画によって完成されたが、北京は大ざっぱな計画を庶民生活が埋めた。歴史は似ているが、上から造った町と下からでき上がった町のちがいだね」

天安門事件といわれるものは、二度あったと記憶している。一度目は一九七〇年代のなかば、周恩来を追悼する人々が天安門広場に集まって騒動になった。二度目は一九八九年に、やはり胡耀邦《こようほう》の追悼集会が民主化要求運動になり、多くの犠牲者を出した。

歳月を隔てているのに、二つの事件はよく似ている。「追悼」「天安門広場」「民主化要求」という経緯が同じで、結果も「制圧」「国際非難」となる。

私が思いつくままにそんなことを口にすると、都築君は手を叩《たた》いて「好《ハオ》、好《ハオ》」とお道化《どけ》た。

「それが中国人のふしぎだよ。ひとりひとりは実に個性的なのに、集団行動は画一化する。だから日本人にとっては与《くみ》しやすい相手なんだが、パワーとスケールがちがうから結局はかなわない」

話しながら都築君の視線が泳いだ。人の気配を感じて振り返ると、キッチン・カウンターの脇《わき》のドアが、わずかに開いていた。

「気にしないでくれ。愛想がないわけじゃなくて、家風なんだ。昔もそうだったろう？」

たしかに思い返してみても、都築君の家族の顔は記憶になかった。いつも今と同様に、彼がひとりで友人たちを接待していたような気がする。家風と言われればよほど妙だが、私たちにとってはそのぶん気兼ねがなかった。

さほど社交性があるわけではない都築君の家に、しばしば友人が集まったのは、そうした家風のたまものだったのかもしれない。

理由はもうひとつあった。

「オーディオは処分したよ。とっくの昔に」

かつての彼の部屋は、窓も壁もないほどの音響装置で埋めつくされていた。レコードもクラシックからビートルズまで、夥《おびただ》しいコレクションだった。私たちの世代の、最も高級な趣味である。

「大学生のころ、ある朝目覚めたら嘘《うそ》みたいに熱がさめていた。聴くどころか見ているのも嫌になったから、その日のうちに捨てた。まあ、それも家風だろうな。祖父は多趣味な人だったらしいが、遺品は何もない。父のゴルフクラブも、いつの間にかなくなっていた。おかげでご覧の通り、家の中はこざっぱりしている」

どこかで水を使う音がする。

都築君は窓を被《おお》う雨雲に目を向けて、話を続けた。

二つの天安門事件の相似性については、僕も考えたことがあったな。まず、そもそものきっかけが、ともに共産党指導者の死だった。周恩来と胡耀邦。しかし生前の彼らが、格別に人気者だったとも思えない。共通項として挙げられるのは、苦労人のイメージだろう。

周恩来は毛沢東《もうたくとう》を英雄にするために苦労をした。胡耀邦は失脚と復権をくり返した。つまり彼らは反権力の象徴となりえた。中国人はエキセントリックだから、大勢の人が集まるためには、そうしたわかりやすい図式が必要なんだろう。

もうひとつ、まったくわかりやすいことには、北京にはあんがい大きな広場がない。だから人が集まる場所は、いつも天安門広場になってしまう。

共産主義政権下における個人の不満なんて、並べればきりがないから、最大公約数的に言えば「民主化要求」ということになるね。

プレリュード。ステージ。テーマ。この三つは変えようがないから、オペラのストーリーも似てしまう。

今日的な問題は、ネット上にもうひとつの天安門広場が出現したことだろうな。この集会場の広さは無限大だし、誰が象徴に祀《まつ》り上げられるかもわからないし、テーマの多様化だって可能だ。

さて、理屈っぽい話はたいがいにして、四半世紀前のオールド・ペキンに時計を巻き戻そう。

東華門大街の露店で買った白い枕《まくら》。百元という値段はどうやら日本人向けだったようだが、たとえ千元だって高くはあるまい。幸福な夢が僕の所有物になったんだ。だからその日は、夕方になると気もそぞろだった。早くホテルに帰って、夢の続きを見たかった。

同僚の誘いを断わり、東安市場でほかほかの包子《パオツ》を買い、部屋に戻るとシャワーを浴びて腹ごしらえをした。

しかし、眠るにはまだ早すぎる。ビールを飲みながらテレビを眺めて、夜が更《ふ》けるのを待った。

白い枕は天蓋《てんがい》付きのダブルベッドの上に置かれていた。そのうち、少し不安になった。もしかしたら、夢は一回だけの使いきりじゃないか、と思ったんだ。

枕を手に取ってみた。重くて小さくて、いかにも夢がぎっしりと詰まっているように思えた。ただ、刺繍《ししゅう》を施したシルク・サテンの生地が、いくらか灰色にくすんで見えたんだ。

照明のせいだろうと思った。ホテルの室内ばかりじゃなく、北京は暗い街なんだ。

夜空は大きすぎて光を呑《の》みこんでしまうし、ことに春先は黄砂のせいで、オレンジ色の街路灯だってぼんやりと霞《かす》む。もっとも、東京が明るすぎるのかもしれないんだが。

しばらくしてから、ミニバーの白酒《パイチュウ》を開けた。飲み口はいいが、酔いは急激に回る。だんだんきのうと同じ気分になってきた。

さあ、夢の世界に旅立とう。朝日に邪魔されないようにカーテンを閉め、灯りをすべて消した。

じきに睡気《ねむけ》がきた。白い枕が闇《やみ》に浸って、黒い枕に変わるはずはないよな、と思った。

闇は黒か。そうじゃない。色が識別できなくなるだけで、黒に塗りたくられるわけじゃないさ。

枕の横に小さな穴が開き、光が洩《も》れてきた。はじめは針を通したような穴が、鉛筆の太さになり、鼠《ねずみ》の通路になり、猫の窓になり、とうとう駱駝《らくだ》の通り抜ける隧道《ずいどう》になった。

そうして物語が始まった。

僕は朱泥《しゅでい》に塗られた城門の前に佇《たたず》んでいた。

黄色く濁った空には光のない太陽が、銀色の皿のように置かれていた。風は砂を巻き上げて、横殴りに吹きつのった。

馬上から城壁を見上げて叫んだ。

「開門、開門！」

すると、瑠璃瓦《るりがわら》を戴《いただ》いた櫓《やぐら》から矢が放たれて、僕の足元に刺さった。二の矢は身を躱《かわ》す間もなく、鎧《よろい》の袖《そで》に突き立った。

「何をする。城門を開けろ！」

とんでもない夢だ。いったいいつの時代かはわからないが、僕は戦場から敗走してきたらしい。天安門広場を人々が逃げ惑っている。南の正陽門は破られ、色とりどりの軍旗を靡《なび》かせた異民族の騎馬隊が、轡《くつわ》を並べて迫ってきた。

紫禁城の門には五つの隧道が穿《うが》たれている。まん中の大きなアーチは皇帝専用だ。叫び続けるうちにようやく側門が開いた。僕は手綱をしごいて駆けこんだ。天安門の先にはさらに立派な午門《ごもん》が鎖《とざ》されていた。

「開門、開門！」

紫禁城は何重もの入籠《いれこ》になっている。門を抜けると、また城門があるんだ。

午門の前に、故宮博物院の切符売場はなかった。記念写真を撮る観光客のかわりに、鎧兜《かぶと》に身を固めた兵士が、半弓に矢をつがえて僕を取り囲んだ。

赤い房の付いた槍《やり》を構えて、屈強な兵士が進み出た。

「僕だよ、陳維。門を開けてくれ」

陳維は胴間声で答えた。

「都築さん。あなたを通すわけにはいかないです」

「どうしてだ。みんな仲間じゃないか」

弓を引き絞って僕を取り囲んでいるのは、中国人のスタッフだった。

「いえ、あなたは戦場から逃げてきた。許せません」

「対《トエ》！」と中国人たちは声を揃《そろ》えた。

「君らに何がわかる。僕は戦ってきたんだ。ヨーロッパでも、インドでも、身を粉にして働いてきた」

「それはちがいますね、都築さん。あなたは評価されていません」

命には替えられない。僕は一計を案じて、いいかげんなことを言った。

「よし。君たちに最高の点数を付けよう。だから門を開けてくれ」

中国人たちは武器を収めて囁《ささや》き合った。すぐに結論が出た。

「よろしくお願いしますよ、都築さん。請多関照《チンドゥオグアンヂャオ》！」

午門が開いた。隧道の先は甎《せん》を敷き詰めた茫々《ぼうぼう》たる広場だった。大理石の金水橋を渡り、瑠璃瓦も輝かしい太和門をめざした。

干戈《かんか》の響きは遠ざかり、頭上には青空が豁《ひら》けていた。何という空虚な広場だろう。花も緑もなくて、極彩色に塗りたくられた御殿と回廊が遥《はる》かに囲んでいるだけだ。

太和門を潜《くぐ》ると、さらに広くさらに虚《むな》しい広場に出た。いつの間にか馬を捨てて、ぼろぼろの鎧を曳《ひ》きずりながら歩いていた。

故宮博物院を見物したのは、着任して間もないころだった。平日の夕方の閉館まぎわで、観光客がほとんど捌《は》けた時刻だった。紫禁城を見るならその時間がいいと、誰かに勧められたんだ。だが、ひとけの絶えた紫禁城は僕の胸に応《こた》えた。人間だらけの北京の、幾重にも囲まれた入籠の中心に、こんな茫漠とした空間があるとは思ってもいなかった。まるで、僕の心の中に、僕自身が佇んでいるような心許《こころもと》なさだった。

同じ光景を夢に見てしまった。巨大な太和殿は、歩けど歩けどなかなか近付かなかった。

ようやくたどり着いた大理石の基壇の上に、背広姿の祖父が佇んでいた。

「どうした、栄ちゃん。しっかり歩かんか」

祖父はステッキで欄干を叩いた。力尽きた僕は祖父を見上げた。

「もう歩けないよ。僕は評価されていないんだ」

満鉄理事の要職から商社に迎えられた祖父。その部下だった父。親子三代の番頭なんて、社内にはいないと思う。

「いくじのないやつだ。腹がへっているんだろう」

祖父は銀の頭《かしら》の付いたステッキの先を、太和殿に向けた。開け放たれた大扉《おおど》の中から、芳香が溢《あふ》れ出ていた。

「とびきりの料理が用意してある。腹ごしらえをなさい」

僕は祖父の姿を追って大理石の階段を昇り、太和殿に足を踏み入れた。

金色の太柱で支えられた御殿の中央に、歴代皇帝の座った玉座が据えられていた。

その遥かな頭上に吊《つ》り下げられている銀のボールは、世界の中心を示しているんだ。

祖父は玉座の下で振り返ると、両手を拡《ひろ》げて、ていねいな歓待の挨拶《あいさつ》をした。

「衷《チョン》心《シン》歓《ファン》迎《イン》您《ニン》的《ダ》到来《ダオライ》！」

あなたのお越しを心から歓迎します、というわけさ。

祖父が上手な中国語を使ったのは意外だったが、考えてみれば帝大出の満鉄理事だったんだから、きっとぺらぺらだったはずだ。

「僕は戦場から逃げてきたんじゃないよ」

「そうかね。しかし、いくら何でもその格好では、誰も信じてくれんだろう。よし、私がどうにかしてやろう」

祖父がステッキを振った。すると魔法のように、僕はクラシックな商社マンの身なりに変わった。ツイードの三ツ揃いを着て、ボウ・タイを締めて、チョッキのポケットからは懐中時計の金鎖が垂れていた。

「今どきの連中はみてくれが悪すぎる。そんな心掛けだから、満足な商売もできんのだ。さあ、食事にしよう」

太和殿の中を見渡すと、いつの間にかたくさんの円卓が据えられて、夥しい数の料理が並べられていた。

祖父が手を叩いた。

「さあ、みなさん。晩餐会《ばんさんかい》を始めましょう。どうぞお入り下さい。来啊《ライア》、開始吧《カイシーバ》！請多吃点《チンドゥオチーディアール》！」

すると、びっくりするじゃないか。扉のあちこちから、めかしこんだ世界各国のゲストがどやどやと入ってきた。

顔見知りも混じっていた。ところが僕が手を差し出すと、彼らはみんな無視するんだ。かつての取引先も、プライベートな友人も、どいつもこいつも。

ただひとりだけ僕の握手に応じてくれたのは、陳維だった。笑わせるじゃないか、あのでかい図体《ずうたい》にタキシードを着て、首から白い絹のマフラーを垂らしていた。

「さっきはありがとう。君のおかげで命拾いをしたよ」

「よろしくお願いしますよ、都築さん。請多関照《チンドゥオグアンヂャオ》」

僕と陳維は並んで席についた。じきに中国流の乾杯が始まった。

君は知っているか。中国の乾杯はきりがないんだ。まず、招待側の代表が音頭《おんど》を取って、咽《のど》の灼《や》けるような白酒や老酒《ラオチュウ》を一気に飲みほす。すると、たちまちグラスが満たされて、主賓の返杯となる。それからも音頭取りが次々に代わって、乾杯がくり返される。

べつに無理強いされるわけじゃないが、商売がからめばギブ・アップはできない。

発声者は必ず能書きを垂れる。

「都築先生の健康を祝して、乾杯！」

あわててグラスを掲げ、一息に飲んだ。何てまずい酒だ。僕は顔をしかめた。

「陳維総経理のご活躍を祈って、乾杯！」

僕はぎょっとして陳維を見上げた。

「何だよ、社長になったのか」

「はい。都築さんのおかげです。いい評価を与えて下さって、ありがとう」

「おいおい、僕は何もしていないよ。そういう立場じゃないって言っただろう」

これは正夢かもしれないと思った。タキシードの胸を張った陳維はたいそうな貫禄《かんろく》で、うちの会社の現地法人の社長だと言われれば、たしかにそうも見えたんだ。

中国語と日本語と英語をごちゃまぜにして、陳維はなかなか堂に入ったお礼を言い、杯を上げた。万雷の拍手が湧《わ》いた。

「都築さん、あなたの番ですよ」

陳維は僕のグラスに、まずい白酒をなみなみと注いだ。満場の人々は僕に注目していた。

「いったい誰を祝福すればいいんだ」

「誰だっていいんですよ。乾杯はセレモニーじゃない。イベントなんですから」

しかし、適当な名前が思いうかばない。御殿の中は僕をめぐって、静まり返ってしまった。

ふと思いついたのは、改革開放政策の象徴だった。

「胡耀邦総書記に乾杯！」

これだけの外国人が集まっているんだから、この祝福は名案だと思ったんだ。ところが、誰ひとりとしてグラスを上げようとはしないじゃないか。それどころか、みんなが訝《いぶか》しげに眉《まゆ》をひそめて、僕を睨《にら》みつけていた。

政治情勢の把握は商社マンの必須《ひっす》事項だが、僕はそもそも政治が好きじゃないんだ。むしろ興味がないと言ってもいい。自分の意見を述べるにしたって、たいていは新聞の社説やニュース解説の受け売りだった。

「都築さん、その名前はまずいですよ」

陳維が耳元で囁いた。

あの時代の中国は、共産党指導者を神のように崇《あが》めていたな。しかし改革開放政策をめぐって、政局は動揺していた。そうだ、ちょうど胡耀邦が失脚したころだった。

僕は言い直した。

「趙紫陽《ちょうしよう》総書記に乾杯！」

これも唱和する声がなかった。人々はいっそう僕に疑わしげな目を向け、こそこそと噂《うわさ》をし合った。あちこちから溜息《ためいき》も聞こえた。僕はグラスを握ったまま立ちすくんでしまった。

「ここは私に任せて」

懐《なつ》かしい声に振り返ると、青いチャイナ・ドレスを着た梅梅《メイメイ》がほほえんでいた。あちこちから彼女の美貌《びぼう》をたたえる声が上がった。

梅梅は肩から掛けた羽毛のストールを翻《ひるがえ》して、玉座を据えた壇上に立った。まるで女帝のように四方を睥睨《へいげい》すると、御殿のざわめきは水を打ったように静まった。

「さあ、みなさん。わたくしの愛する都築栄一郎先生に、もういちど心からの祝福を。乾杯！」

僕は梅梅に救われた。乾杯もようやく終わって、人々は円卓につき、一斉に食事が始まった。

中国の宴会というのは、ともかく華やかで騒々しい。酒と料理と、音楽とおしゃべりの応酬で、かたときもじっとしてはいられないんだ。

次々と注がれる酒は、やっぱり一息で飲みほすのが礼儀なんだが、その味はどうにも我慢がならなかった。いや、あれは酒じゃなかった。苦い煎《せん》じ薬や、塩素の臭《にお》いのする濁った水や、子供のころに飲まされた咳止《せきど》めのシロップや、そうだ、小学校の給食で出された脱脂粉乳もあった。どろどろのバリウムまで。

口直しに目の前の料理を食おうとして、床に吐き出した。なんだ、蠟《ろう》細工じゃないか。

あの精巧な模型は、日本固有のものだね。外国人はみんな大喜びする。空港の売店にはミニチュアもあるから、僕はよく取引先や現地採用者たちのおみやげに買って行ったものさ。

だが、ジョークで齧《か》じるやつはいても、まさか食えるはずはない。

ゲストたちは蠟細工のサンプルを器用に取り分けて、どうぞどうぞと僕に勧めた。

ためらっていると、口にむりやり押しこまれた。

想像してくれ。蠟細工を詰めこまれて、バリウムを飲まされるんだ。まるで拷問《ごうもん》じゃないか。

とうとう僕は、寄ってたかって悪ふざけをする連中を追っ払って逃げ出した。いくら吐き出しても、不快な塊は口の中にこびりついていた。

太和殿から転がり出て、やみくもに走った。公安のパトカーがサイレンを鳴らして追いかけてきた。

「こっちよ」

梅梅が手を引いてくれた。

「捕まったら、軽くても死刑よ」

僕は悲鳴を上げて走りに走った。

何だよそれ。君は知っているか。あのころの中国人がよく口にしたギャグなんだがね、昔は本当にそういう言い方があったんだそうだ。

死刑より重い罰なんてあるのか。体を少しずつ切り刻む。手足を縄で縛り、馬に曳かせて八ツ裂きにする。一族をみなごろしにする。

刑罰が罪の報いというより、社会に対するみせしめであった時代には、首を切るだけの死刑より重い罰が必要だったのだろう。だから、「軽くても死刑」なんだ。

走りながら考えた。枕は替わっていないはずなのに、どうして悪夢になるんだ、と。

そういえば、白い枕がいくらか灰色にくすんで見えた。あれは照明のせいじゃなかったのか。夜店で売っているような枕は、きっと材質が悪くて、一晩きりの使い捨てなんじゃないのか。枕が腐れば、中味の夢までがこんなふうに変わってしまうんだ。

僕たちは天安門広場に立っていた。どうやらパトカーは振り切ったらしい。

「欺《だま》したな」

僕は恋人をつき放して言った。

「あんな枕を売りつけやがって」

梅梅は赤い唇をひしゃげて、悪辣《あくらつ》な笑い方をした。

「欺されるほうが悪いわ。あなたは世間の悪意を信じないおめでたい人よ。誰だって自分が生きることで精いっぱい。この世は欺すか欺されるか、食うか食われるか、ほかには何もないわ」

　悲しい気分になった。

「愛し合っていたじゃないか」

「たしかに。でも、だからどうだっていうの。まさかあなた、愛は全能だなんて思ってやしないでしょうね。もしそうだとしたら、世の中に恋人なんて一組もいるはずはないわ。恋に落ちたとたん、心中しなければならないから」

「それは詭弁《きべん》だよ。悪魔の論理だ」

「だったら、神様の論理とやらを聞かせてちょうだいな。何の義務も義理もない他人同士が、愛の保証によって無条件に利益を共有しようなんて、ばっかばかしいわ」

「じゃあ、どうして君は僕を愛したんだ」

「恋愛は麻薬よ。手っとり早く苦悩から解放してくれるし、心が浮き立つわ。でも、何が変わるわけじゃない。恋愛も麻薬も、幻想にすぎないから」

　足元の敷石が、ぴしりぴしりと音立てて四方に罅割《ひびわ》れた。

　広場に人影はなく、虚《うつ》ろなたそがれが迫っていた。人民大会堂も天安門も、博物館も毛主席紀念堂もすぐそこに見えるのだが、それらはひとつひとつが巨大な建造物だから、容易にたどりつけない距離だった。

見知らぬ国の途方もない広場に、僕は立ちつくした。

もう許してほしい。夢が覚めてほしいと、僕は切実に希《ねが》った。

しかし、もし昔の哲人が言ったように、この夢が現実で、現実と信じている世界が夢であったとしたら――。


ホテルのベッドで目覚めたとき、僕は心から感謝をしたよ。

そして、これが夢ではないと確認するために、カーテンを開けて長安街を往来する自転車の群れを眺め、壁に額を打ちつけ、パスポートと社員証を検《あらた》めた。

枕は何ごともなく、ベッドに置かれていた。だが、もし僕の錯覚でないとするならば、それは一夜ののちにいっそう黒ずんでいたんだ。

お世辞にも白いとは言えぬ、褐色に変わっていた。

褐色の「褐」の字の意味を知っているか。それはけっして、小麦色に灼けた肌のことじゃない。

ぼろぼろの布を身にまとった、どうしようもない人間のことさ。

親子三代の番頭というのは、今日ではありえない。父親が現役で働いている間は、子供を採用しないという内規があるからさ。

僕の父の場合は、上司だった祖父に見込まれて婿養子《むこ》になった。部下が子供になったんだから、このケースは例外だ。むろん父は異動になって、祖父との上下関係はなくなったがね。

そしてほどなく、祖父は現役のまま亡《な》くなった。

父は有能な人物だったと思う。現職役員のお眼鏡にかなって婿になるなんて、めったにある話じゃないだろう。

ところが、父に対する僕の印象はまったくちがうんだ。家では仕事の話を一切しない。毎日飲んだくれて帰宅し、週末はきまってゴルフに出かけた。

のちになって考えたんだが、サラリーマンとして玉の輿《こし》に乗った父は、相当に周囲の嫉妬《しっと》を買っていたんだろう。なにしろ祖父という人は、公職追放が解除されたあと、鳴物入りで迎えられた元満鉄理事だ。

戦後すぐに、財閥は経済的戦犯として解体されたが、講和条約が発効するとまた元通りに結集した。かつてほどの一枚岩ではないにしろ、空文化した法律によって、同じ看板を掲げた。そのタイミングに、追放を解除された祖父がいわば天下ってきたわけだ。

国策会社であった満鉄が、戦前戦中にうちの会社にもたらした利益は計り知れない。信じられるか。従業員総数四十万人の大コングロマリットだぞ。その南満洲鉄道の経営委員といったら、復活した商社からすれば全能の神様みたいなものだったんだろう。

祖父は父を見込んで婿養子とし、頓死《とんし》してしまった。あとには嫉妬だけが残って、父の未来は鎖された。実にわかりやすいストーリーだな。

人事の公正を期するために、縁故採用の制限が明文化されたのは、僕らの世代からだろう。うちの会社の場合は、「管理職の三親等以内は不可」という規約ができた。子供はもちろん、甥《おい》や姪《めい》までが入社資格を失ったわけだ。

しかし一方では、株主や取引先のバカ息子が堂々と入社する、あるいは人事に掛け合って赤の他人を押しこむ、なんて例はいくらもあったんだから、いいかげんなものさ。

それでも父は、「親子三代の番頭」にこだわった。まさか祖父の威光が孫にまで及ぶはずはなし、自分自身の経験を踏まえれば、むしろリスキーだということぐらいはわかっていたはずなのに、何とか僕をうちの会社に入れようとした。

たしかに給料はいいさ。だが、それだけの理由なら、同じレベルの会社は他にいくらでもあるし、親を煩《わずら》わせなくても採用される自信はあった。愛着、か。いや、そんな情緒的な理由じゃないと思う。きっと僕たち日本人の精神の中には、世襲信仰があるんだ。

クラスメイトの人生を考えてみろよ。親と同じ仕事をしているのは、自営業者ばかりじゃないぞ。医者の子供は医者に、教員の子供は教員に、銀行員の子供は銀行員に、たとえそうはならなくても、少しずれている程度で、人生はあらまし世襲されているとと思わないか。

僕らが生涯の職業を選択した時代は、明治維新からまだ百年とちょっとしか経《た》っていなかった。それ以前は、ヒエラルキーによって規定された世襲の時代だったんだ。だから祖父は、商社マンの父を婿に迎え、父は僕を自分の会社に入れようとした。「かくあるべし」という思いこみのほかには、さしたる理由もない世襲にこだわった。

ところで、採用規定に世襲を阻《はば》まれた父が、どうしたと思う。

会社を辞めたんだよ。まだ五十二か三の働きざかりだというのに、さっさと辞表を出して、海の物とも山の物ともつかぬベンチャー・ビジネスの非常勤役員に納まった。何年後かにその会社が倒産したときは、責任を問われるでもなく、それからは悠々自適の楽隠居だ。

おかげで僕は、めでたく三代目を継承したというわけさ。

話を四半世紀前の北京に戻そう。

悪い夢の詰まった枕は捨てた。ごていねいに古新聞で包んで、出社がてら東安市場のゴミ箱に放りこんだんだ。へたに後始末を頼んだら、悪夢の被害者が出るかもしれないと思ってね。

事務所で陳維と顔を合わせたときは、ぞっとしたよ。彼に何の罪があるわけじゃないが、夢の印象を拭《ぬぐ》い切れなかった。

デスクは隣り合わせだから、そう知らん顔もできない。

「都築さん、きょうは私におごらせて下さい」

中国人との付き合い方は難しい。表面的にはフレンドリーでも、なかなか打ち解けられない。ところがいったん心を許すと、こっちが面倒くさくなるくらい付きまとってくる。

だが僕は、これはいいチャンスだと思った。日本人社員と現地採用の中国人スタッフとの間には、仕事の支障になるくらいの懸隔があったからね。

僕らは中国人を、アルバイトだと思っていた。また彼らは、給料とキャリアのためにしか働こうとしない。そんな具合じゃ商売なんて覚束《おぼつか》ないだろう。陳維は中国人スタッフの中では年長だし、ムードメーカーでもあったから、彼を手の内に入れれば事務所の空気は変わると思った。

もうひとつ、正直なところを言えば、夢の中の陳維がどうにも忘れられなかった。タキシードに白い絹のマフラーを垂らして、堂々と盃《さかずき》を掲げる彼の姿さ。もし将来、彼が現地法人の総経理に抜擢《ばってき》されるとしたら、ここで恩を売っておいても損はないだろう。

それからは昼食を共にすることが僕と陳維の日課になった。帰りがけにもしばしば酒を飲んだ。

彼から得たものは多かった。僕の知らない中国人の習慣や禁忌。中国語のちょっとした言い回しや、気の利《き》いたジョーク。そのほかオフィシャルには学べないさまざまのことを、彼は教えてくれた。

仕事の相棒《バディ》にも必ず彼を選んだ。図体が大きくて押し出しが利く。英語がしゃべれるから、取引先の目の前で二人にしかわからない会話ができた。当時の中国には、日本語やロシア語を解する人はいても、英語はまず通じなかったからな。

彼と一緒にいれば、タクシーに乗っても法外な運賃を請求されることはなかったし、しつこい物売りも撃退してくれた。

そうだ。こんなことがあった。

港湾設備のプラント輸出という大仕事で、大連に出張した。遼寧省の大連。広大な旧満洲の玄関だね。かつては日本が大陸に進出するための橋頭堡《きょうとうほ》だったし、そのころも東北の重工業地帯の入口として、各国のメーカーや商社が鎬《しのぎ》を削っていた。

仕事の合間に陳維と街をぶらぶら歩いていたら、旧南満洲鉄道の本社だったという立派な建物に出くわしたんだ。まったくの偶然だったから、祖父の魂に引き寄せられたような気がした。

僕はすっかり興奮して、建物を写真に収めた。ちょうどアカシアの並木が、白い花をいっぱいに咲かせていた。

そのとき、ホイッスルを吹き鳴らしながら警察官が駆け寄ってきた。

ここは撮影禁止だ、カメラを没収する、というわけさ。

とんだ言いがかりだと思ったよ。人民解放軍の施設を、勝手に撮影してはならないことぐらいは知っている。だからそのときも、大連鉄道の社屋だと確かめてから写真を撮ったんだ。むろん、通りに面した玄関に、警備員も立ってはいなかった。

当時の中国にはたちの悪い警官がいて、外国人の観光客にそんな言いがかりをつけては賄賂《わいろ》を要求した。

ひどい話だが、相手が悪いね。変にごたごたするより、百元も渡して黙らせようと財布を出しかけたら、陳維が笑いながら「リーブ・イット・トゥ・ミー」と言うんだ。俺に任せろ、かよ。おいおい、大丈夫か。おとなしく金を払ったほうが利口じゃないのか。

陳維は警官の背中を押して、並木道の先まで歩いて行った。そしてしばらく立ち話をしてから、何ごともなく戻ってきた。警官はどこかに行ってしまった。

「金を払ったのか」

「ああいうことはよくないですよ」

「いえ。本人も悪いことだと知っているんですから、話せばわかります」

豪胆なやつだと思ったな。あのころの中国で警察官の権力といったら、どんな言いがかりをつけられようと一般市民が反論などできなかったからね。

そんな陳維は、僕にとってかけがえのないパートナーになった。着任早々からいい仕事ができたのも、彼のおかげだったと言っていい。

夢？——ああ、あれっきりさ。東華門大街の胡同《フートン》の角に、枕売りの少女はいなかったし、日本語の達者な老人とも、二度と会うことはなかった。

耐え難い北京の夏がようやく過ぎて、さわやかな秋が訪れたころのことだ。

本社から吉報がもたらされた。事務所が正式に「北京支店」に昇格し、駐在員も大幅に増員されることが決まった。既存のスタッフは当分の間、引き続き勤務する。

つまり、僕らの功績が認められ、会社が中国北部の市場に本腰を入れる、という意味だ。そうとなれば当然、指導的な立場にある既存のスタッフは昇進する。ロートルの所長は晴れて支店長となって花道を飾る。係長職の僕は、課長代理だ。

現地採用の中国人たちも、たぶんそっくり正社員になるだろうということで、色めき立っていたよ。なにしろ新入社員の初任給は、現地採用者の五倍か六倍に相当するんだ。まったく現金なことには、そうと聞いたとたん彼らは、別人に生まれ変わったみたいに働き始めた。

ところが、そんな大騒ぎの真最中に、陳維が忽然《こつぜん》と姿を消した。

朝陽門のアパートももぬけのから。身元保証人とも連絡が取れない。デスクやロッカーからは私物が消えていた。中国人の同僚たちも、彼のプライバシーはよく知らないと言う。

もしや何か事件にでも巻きこまれたんじゃないかと思ったよ。だって、無断欠勤をする前日にも、僕と彼は昼飯を一緒に食って、夜は出世の前祝いの乾杯をしたんだ。酔っ払った僕を北京飯店の玄関まで送ってくれたきり、陳維は行方知れずになったんだからな。

所長にあれこれ訊《き》かれても、答えようがないさ。それに、実は僕自身も彼の私生活はほとんど知らなかった。

今は独身だが、何年か前に離婚をして一人息子の親権も手放したと聞いていたから、深い事情を訊くのはやめた。

ぽつりとその告白をした陳維は、気の毒になるくらい淋《さび》しげだった。

いわゆる一人ッ子政策の中国で、子供の親権を手放して離婚するというのは、かなり深刻な話だ。

私物がなくなっていたことからすると、事件に巻きこまれたのではなく、確信的に職場放棄をしたと考えるべきだろう。つまり、陳維の深刻なプライバシーに何かしら突然の変化があって、あとさきかまわずに職場を離れた、と僕は推理した。

所長にはその通りに伝えたよ。もっとも、陳維の詳しい事情は何も知らなかったんだがね。

事務所が保管している履歴書には、むろん離婚歴など書かれてはいない。所長は首をかしげながら言った。

「しかし、正社員に採用されることが内定しているこのタイミングで、一言の相談もなく辞めるかね。それも、突然の失踪《しっそう》だぞ」

他社からの引き抜きなんじゃないかと、所長は疑っていたんだ。たしかに陳維ほどのキャリアと語学力があれば、香港やアメリカ資本の会社から破格の待遇を提示されてもふしぎではない。

「ありえないですよ」

僕は断言した。それくらい陳維とは親密だったからさ。もしそんな話があるとしたら、前日まで噯《おくび》にも出さずに、飯を食ったり酒を飲んだりできるものか。

当時は第二次天安門事件の直前で、政局は不安定だった。改革開放政策の未来は不透明だったから、中国に進出している企業はみんな様子見さ。そうしたさなかに、うちの会社は支店を開設して勝負に出ようとしていた。他社からの引き抜きなんて、いよいよありえない。

「彼はいろいろと知っているだろうなあ」

所長は少し不安を洩らした。定年まではあとわずかで、初代支店長の内示も出ている。何だって悪いふうには考えたくないさ。

僕のパートナーだった陳維は、たしかに社外秘のあれこれを知っていた。業務用のパソコンだって各自に行き渡っていない時代だから、僕と彼は一台を共用していた。いろいろ知っているどころか、秘密は何もなかったんだ。

ましてや陳維は勤勉で、さまざまの質問をしてきた。僕は何でも話したよ。たぶん、訊かれていないことまで。会社の実情、幹部のスキャンダル、個人的な不満や愚痴。そうして僕自身が、鬱憤《うっぷん》を晴らしていた。

つまり、こういうことだ。

僕と陳維のコンビは八面六臂《はちめんろっぴ》の大活躍で、北京事務所の飛躍的な売上げを叩《たた》き出した。大連の港湾プラント。瀋陽での飼料買付け。ハルビンへの繊維工場誘致。支店への昇格は僕らの功績だと言ってもいい。そんな僕らが、肝胆相照らす仲であるのは当然だろう。

「まあ、君の言う通り、別れたご家族との間に、何かさし迫った問題が起こったとしか思えんね。落ち着いたら連絡ぐらいはあるだろうから、しばらくの間は休暇扱いにしておこう」

のちのち考えてみれば、ずいぶん呑気《のんき》な人物だったたな。むろん、僕も似た者だがね。

それから何日もかけて、陳維の行きつけの食堂や酒場を尋ね回ったんだが、行方は杳《よう》として知れなかった。

あとかたもなく消えてしまったんだ。


夢——。

僕にはあの北京での日々が、すべて夢だったような気がしてならない。

いや、すべてではないにしろ、どこまでが現実でどこからが夢なのか、今となってはよくわからないんだ。このごろの北京はすっかり様変わりしてしまって、訪れるたびに記憶が曖昧《あいまい》になる。

胡同はほとんど消えてなくなり、かわりに高層ビルが建ち並んだ。自転車の洪水もなくなって、道路はどこも車でいっぱいさ。人民服も、綿入れの袍《パオ》も見かけない。

そんな具合だから、記憶を確かめるどころか、すべてが夢だったような気分になってしまう。

だからこのさきの話も、はたして夢だったのか現実だったのか、あまり自信はない。

陳維が失踪してから、一月ほど経ったころだったと思う。金曜日の終業直後に、日本大使館の事務官が二人、何の事前連絡もなくひょっこり現れたんだ。

そのころの北京事務所は、朝九時の朝礼と夕方五時の終礼を欠かさなかった。中国人のスタッフをきちんと管理しなければならないからだ。終礼がすむと、中国人たちはたちまち帰宅してしまう。大使館員はそのころあいを見計らって、日本人しか残っていないオフィスにやってきた。

二人の事務官は顔見知りなのだが、どうも様子がおかしい。しかも、来意をはっきりと口にしない。「緊急の案件があるので、大使館まで同行してほしい」と言うだけだ。

指名されたのは所長と僕だった。幸い二人とも夜の予定はなかった。

大使館に呼び出されて、あれこれ事情説明をする、というのはべつだん珍しい話ではない。あのころの中国では、外務省と民間企業の現場が、なるべく情報を共有していなければならなかったからね。

だが、これはそんな話じゃない。所長は青ざめていた。たぶん僕も。

なぜかわかるか。大使館からの呼び出しなら、電話一本ですむはずだろう。つまり、盗聴を惧《おそ》れて事務官が迎えにきたんだ。

長安街でタクシーを止め、所長と事務官が乗った。続けてべつのタクシーに、僕ともうひとりの大使館員が乗った。

いよいよ血の気が引いたよ。僕と所長が言葉をかわさないようにした、と思ったんだ。それに、ふつうなら公用車を使うはずだろう。

僕と同乗した大使館員は、しきりに後方を振り返った。尾行を気にしているらしかった。

何だかわからないけれど、僕と所長がのっぴきならぬ政治的な問題にかかわってしまったのはたしかだった。

日壇路《リータンルー》の日本大使館までは近く、当時は道路も今のように混雑していなかった。自転車の波と一緒に走るタクシーの中で、政治的なトラブルに発展しそうなあれこれを考えた。

接待と贈賄の線引きは難しい。それは饗応《きょうおう》の程度や金額の多寡《たか》ではなく、先方の政治上の立場によって、犯罪になりかねないからだ。思い当たるケースはいくつもあった。

それにしても、本社からは何の連絡もないのだから、この手順はおかしい。もしや僕と所長に逮捕状でも出ていて、大使館が緊急に避難させたんじゃないか、とさえ思った。だからタクシーが日本大使館の門をくぐったときには、何だかほっとした。

玄関には、先に到着した所長と、日ごろから僕らとは親しくしている気さくな参事官が待っていた。だが、彼の表情もやはり硬かった。

大使は別件で外出している、というようなことを参事官は言った。つまり、大使はこの案件にかかわるべきではない、という意味さ。背筋が凍ったね。国家間の外交問題に発展しかねない大問題だ、と言っているようなものだ。

国家を代表する特命全権大使は、慎重でなければならない。だから事案が重大で、なおかつ不可測であるときは、「別件で外出」する。

所長はわずかの間に、十歳も老《ふ》けこんでしまったように見えた。思い当たるふしがないといえばない、あるといえばいくらでもある。気分は僕とそっくり同じだったと思う。

僕らは豪華な応接室に通された。とたんにギョッと立ちすくんだよ。

大使の姿はなかったが、公使と一等書記官が僕らを睨みつけていた。その対《むか》い側に座っているのは、中国総支配人の常務と何人もの役員だった。北京事務所を管掌する事業開発部準備室の矢口室長は、壁際《かべぎわ》の椅子《いす》に腰を下ろしていた。

いったいどうしたことだ。何が起こったんだ。本社の上司が、僕らの頭ごしに呼ばれて北京に入っているなんて。

どの顔も険しかった。よほどやりこめられたのだろうか、矢口さんだけが僕らを見ずにじっと俯《うつむ》いていた。

「まあ、掛けたまえ」

常務が冷ややかに言った。大使館にしか存在しない白い服のボーイが、緑茶を運んできて退室するまで、誰も口を利かなかった。

僕は目も上げられずに、湯呑茶碗《ゆのみぢゃわん》に金箔《きんぱく》で刻された菊の御紋章を見つめていたよ。大使館のシンボル・マークは日の丸じゃないんだ。門にも玄関にも、調度類にも食器にも、必ず天皇家の紋章が徽《しる》されている。ほら、パスポートの表紙も同じじゃないか。

理由や来歴はよくわからないけれど、これはいいもんだな、と僕は思った。たぶん、わけのわからぬ現実から目をそむけて、ほかのことを考えたかったんだろう。

長い沈黙のあとで、おもむろに切り出したのは公使だった。彼とは少なからず面識があった。僕が事業開発部準備室の研修で上海に通っていたころの総領事だったからだ。彼が北京大使館付きの公使に栄転したころ、僕も北京に赴任したんだ。

「都築さん。どうやら、事情が呑みこめんようだね」

はい、と僕は答えた。ほかに返答のしようもないさ。

公使はしばらく僕の顔色を窺《うかが》っていた。所長に対しては何も言わないところからすると、問題の張本人は僕で、所長は上司としての立場から呼び出された、ということらしい。

「そうですか。わかっていたならまだしも、ことここに至ってもさっぱりわからないというのは、かえってたちが悪いな。じゃあ、こちらから説明しましょう」

公使がそう言うと、一等書記官が手元の封筒を開けて、書類の束をテーブルに置いた。

僕と所長は、思わずアッと声を上げたよ。まるで指名手配の容疑者みたいな、陳維の顔写真が、分厚い書類の上に載っていた。

一瞬、陳維が人殺しでもしでかしたんじゃないかと思った。たとえば、親権をめぐって揉《も》めた末に、別れた女房を刺し殺したとかね。

だが、じきにそうじゃないとわかった。もっとまずい話さ。写真の陳維にはちがう名前が記されていて、人民解放軍の軍服を着ているじゃないか。

「本名は楊一傑《ヤンイージェ》。現役の陸軍大尉《たいい》です。何が起こったのか、これでわかりますね」

そこで公使は、背筋を伸ばしてかしこまるわが社の役員たちを見渡した。

「くどいようですが、外交官の越権行為だなどとは思わないで下さい。いったい御社は、現地社員の採用にあたり、どの程度の身元調査をしてらっしゃるのですか。学歴も職歴も自己申告、保証人は架空の人物、そんな正体不明の人間に、会社の内情から取引きの方法まで、商社のノウハウをごっそり持って行かれました。私どもが関知したのは、ごく一部の情報にすぎません。いったい何を盗まれ、どこまでそうとは知らずに教えてしまったのか、すべてを把握しているのは、都築さん、あなただけですよ」

めまいがしたよ。夢なら覚めてほしいと思った。黒い枕の中の、どうしようもない夢のほうがまだしもましじゃないか。改革開放政策を受けて、まっさきに乗りこんだ日本の商社のノウハウを奪われた。それを提供したのは僕だ。

パソコンに詰まっていた情報。社外秘の書類のコピー。勤勉さを装《よそお》って手帳に書きこまれたメモ。そのほか、僕が酔っ払って垂れ流した話なんて、いちいち覚えちゃいない。

頭を抱えたよ。いったい日本の経済に、何百億ドルの損失を与えるのだろう、とね。

話を置いてソファに沈みこみ、都築君は真白な雲に被《おお》われた窓に目を向けた。

「あのころは、誰がどこで何をしていたのか、同級生の消息はまったく知れなかったな。空白の二十年だ」

言い得て妙である。親しかったクラスメイトとしばしば会ったのは二十代までで、それぞれが所帯を持ち、仕事も忙しくなると自然に交流はなくなった。三十代と四十代のおよそ二十年間は、たしかに誰がどこで何をしていたかわからなかった。

久しぶりにクラス会が開かれたのは、五十になった年だった。幹事が柏井重人だったことを私は思い出した。

「僕は行かなかったよ。出世頭の柏井が音頭を取ったんじゃ、はいそうですかと出て行くやつは数が知れてるさ」

そんなものかね、と私は訊《たず》ねた。一流企業に就職したエリートたちの、大人げない嫉妬心が思いがけなかった。

「そりゃそうさ。五十歳という年齢は、まだ勝負がついてないんだ。一足先に役員になったお披露目か、と思ったよ」

まさか、と私は言い返した。柏井重人がそんな心の狭い人物であるはずはなかった。

「わかってるよ。柏井は自分の出世を誇るようなやつじゃない。誰かがやらなければならないが誰もやりたがらないことをやらされるのが、いつだってあいつの役回りだったじゃないか。だがね、五十歳の会社員というのは、あんがい子供なんだ。終身雇用の原則とピラミッド型のヒエラルキーが、人間的な成長をさまたげるんだろう。そんなことは百も承知の上で、あえて幹事役を買って出た柏井は、立派だったと思うがね」

その年のクラス会は参加者が少なかった。しかし年末の恒例行事として五年たち十年たつうちに、次第に盛況となっていった。

都築君の理屈からすると、終身雇用の原則を離脱したか、ピラミッド型のヒエラルキーの限界を悟った者が、年を追うごとに加わり始めた、ということになるのだろう。

「柏井はいいやつだったな」

いったい何を考えていたやら、しばらく色も形もない窓辺の風景を見つめたあとで、都築君はしみじみとそう言った。

——それからどうなったかって？

まあ、思い出したくもないが聞いてもらおうか。

常務から口達で帰国を命じられた。辞令も何もあったもんじゃない。なにしろ僕は、中国のスパイに情報を盗み取られたのではなく、共犯者だと思われていたんだ。

大使館員たちの前で、常務は声を震わせながら言った。

「おまえ、確信犯じゃなかろうな」

つまり、陳維の正体を知ったうえで、故意に情報を流していたと疑われたんだ。

むろん懸命に否定したよ。へたをしたら警察沙汰《ざた》になると思ったからな。間抜けのほうがまだしもましだろう。

とるものもとりあえず、数日後の便で帰国した。残務もほっぽらかしで、私物だってあとから誰かが送ってくれたぐらい、あわただしい帰国だった。

その間もずっと犯人扱いだ。矢口室長と法務部の若い社員が、まるで私服刑事みたいに付きっきりだった。

そうだ。矢口さんといえば、北京での最後の晩にこんなことがあった。

ホテルの部屋で荷物の整理をしていると、ひどく酔っ払った矢口さんが訪ねてきた。チャイムが鳴ったときは、心臓が止まりそうになったよ。時間も時間だったから、刺客でも現われたんじゃないかと思った。それくらい僕は動顚《どうてん》していたんだ。

「ちょっと話がある。君と二人きりになるのはうまくないんだが、どうしても言っておかなければならない」

千鳥足でベッドにへたりこむと、矢口さんは脂《あぶら》じみた眼鏡の奥の目で、じっと僕を見つめた。日ごろから飄々《ひょうひょう》としていて、改って物を言うことなどない人だ。よほど腹に据えかねたんだろうと思ったよ。

「まあ座れよ。長話はできない」

隣に腰を下ろして、「ご迷惑をおかけしました」と言うと、矢口さんは聞こえぬふうにしゃべり始めた。

「痛恨の極みだよ、都築君。いくらかでも君の役に立とうと思っていたんだが、すべて裏目に出てしまった。まさかこんなことになろうとは——」

意味がわからなかった。矢口さんはカーテンの隙間《すきま》から差し入るオレンジ色の街灯の光から目をかばうように、顔を被ってしまったんだ。

たちの悪い泣き酒か、と思った。だが、そうじゃなかった。

「恩の売り買いはごめんだから、このことは腹に蔵《しま》ったまま会社を去るつもりだったんだが、こんな事態になったからにはどうにも辛抱たまらなくなった。私は君に、ご恩返しをしたつもりだったんだよ」

何だよ、それ。まるで話が見えないじゃないか。僕は詫《わ》びの言葉をくり返しながら、矢口さんの気が済むまで話を聞くしかなかった。

「都築さんは私の大恩人だ」

酔っ払って嫌味を言いにきたのかと思った。まったく悪い酒だ、とね。

「話は明日にしましょう。ずいぶん酔ってらっしゃる」

「いや。酒の勢いでも借りなけりゃ言えん話だから、聞いてくれ。都築さんに初めてお会いしたときのことは、まるできのうのようにはっきりと覚えているよ」

ひやりとした。彼の言っている「都築さん」が、僕のことではないとわかったからさ。

「都築さんが何かのご用向きで奉天の支店《みせ》にお越しになったとき、たまたま給仕の私がお茶を出したんだ。都築さんは私の学生服をしげしげと見て、苦学生かね、と訊ねた。満鉄理事に親しく声をかけられるなんて思ってもいなかったから、泡を食ってお茶をこぼしてしまった。支店長は私を怒鳴りつけたが、都築さんは笑いながらハンカチでズボンを拭った。そして、こう言ってくれた——僕も苦学して帝大を出たんだよ、とね。その一言が、どれほど励みになったかわからない」

矢口さんは多くを語らなかった。僕もあえて訊ねようとはしなかった。だから、そののち祖父と彼の間にどういう交誼《こうぎ》があったのかは、とうとう知らずじまいだった。奇縁というだけだが、それだけならばべつだん恩に着るほどの話じゃないだろう。祖父と矢口さんの間にはあったんだと思う。

ほどなくソ連の参戦によって満洲国は消えてなくなり、大都市に設置されていた支店も撤収された。その際にはさまざまの悲劇があったらしいが、僕が入社したころには語り継ぐ人もいない伝説になっていた。

矢口さんのほかには、後にも先にも夜間大学を出た社員は知らない。だから、もしかしたら祖父の口添えでもあったんじゃないかと思う。だとすると、困難な時代を商社マンとして生きることのできた矢口さんにしてみれば、祖父は大恩人ということになる。

父については触れなかったな。同世代ではあるんだが、矢口さんは国内の支店を転々としていたし、父は本店採用のエリートだったから接点がなかったんだろう。

矢口さんは僕のことを、ずっと気にかけてくれていたんだ。たぶん、ロンドンでの不始末も、インドで手柄を横取りされたことも。そして、定年を前にして中国市場の開拓を命じられたとき、祖父に恩返しをする最後のチャンスだと信じて、僕をスタッフに指名した。

とんだ浪花節《なにわぶし》だと思うか。たしかにはたから見れば、何ら生産性がなく、よその産業の上前をはねて食っている商社には、ふさわしからぬ話だろうな。だが、日本の近代史とともに生きてきた会社は、やはり本質がコンサヴァティヴなんだ。ほら、社員どうしの恩の売り買いなんていう習慣も、コンサヴァティズムそのものじゃないか。

恩の売り買いなんてごめんだ、と口にしながら、矢口さんは祖父に恩返しをしようとした。つまり、自分自身が古くさいコンサヴァティズムの体現者であることに、彼は気付いていなかったんだと思う。まさしく、商社マンの権化《ごんげ》だな。

しかし僕にはいまだに、矢口さんの好意が理解できない。正しくは、僕らの世代では理解できない、というべきだろう。

他人の好意は危険だよ。器から溢《あふ》れてしまえば、破滅につながりかねないから。そしてその結果は、悪意のもたらしたものとどこも変わらない。つまり、僕の手柄を横取りした山田も、僕に狙《ねら》いを定めた陳維も、僕に過分の好意を寄せてくれた矢口さんも、僕にとって悪魔だったことにちがいはなかった。

本社に戻った僕は、針の筵《むしろ》に座らされた。

居場所は法務部だ。毎朝出社すると、法務部の接見室に入って壁に向き合ったデスクにつき、北京での半年間の詳細なレポートを作成した。

経営会議や取締役会にはしょっちゅう呼び出された。相談役の長老からヒラの役員まで、かわるがわる僕を叱責《しっせき》し、ときには口汚なく罵《ののし》った。

いくら責められたって、答えがいくつもあるわけじゃないさ。しまいには頭を下げることにも飽きて、「忘れました」「気付きませんでした」「失念しました」と、くり返すしかなくなった。

あちこちの役所からも呼び出されて、事情聴取された。外務省、通産省、防衛庁、警察庁。幸い刑事訴追だけは免れたがね。

今ふうに言うなら、最悪の企業コンプライアンス違反だ。当時はそんなしゃれた言葉はなかったから、ひたすらスパイ扱いだったよ。

コンプライアンス。「法令遵守《じゅんしゅ》」と訳されるが、英語は日本語よりも概念的で抽象的だから便利だな。

ビジネス・コンプライアンスにかかわる事案なんて、商社は今も昔も山のように抱えている。それも商売のうちさ。だが、便利な言葉のなかった時代の僕は、中国に会社を売ったスパイとして扱われた。

辞表は書いたが、受理されなかった。辞めてすむ話か、というわけだ。要するに誰もが、僕を「間抜け」とは思わず、「確信犯」だと疑っていた。そんな社員を、辞表一枚で野に放つわけにはいかなかったんだろう。

ましてや僕は、親子三代にわたる番頭さ。祖父や父から、さまざまの機密事項を聞かされているかもしれないと、危惧《きぐ》している連中もいたと思う。

そんなはずはない。祖父は早くに死んだし、父は仕事の話を一切しなかった。それでも僕は、「親子三代にわたる番頭」という稀有《けう》な履歴を怖《おそ》れられていたんだ。

非情なことに、矢口室長と北京事務所の所長は、定年を待たずに会社を辞めた。依願退職の体裁をとっていたが、事実上の懲戒解雇だよ。早期退職制度なんて存在しない好景気で手不足の時代に、定年を目前にして自ら辞めるはずはない。

それからしばらくの間、僕は飼い殺しにされた。ピラミッド型のヒエラルキーからは置き去りにされ、「カウンセラー」だの「アドバイザー」だのというあやふやな肩書きのまま。

第八夜　京都で見た白い夢

「時間はかまわないか」

話が一段落したころ、高層階の窓を被《おお》う雲が見る間に黝《くろず》んだ。

都築君は腕時計を見た。

「少し早いが、飯でも食おう。近くに気の利《き》いた店があるんだ」

断わる理由はなかった。夢に祟《たた》られた人生などはこれくらいにして、うまいものでも食いながら学生時代の思い出話をするべきだろう。

都築君は予約の電話を入れた。手短かな話しぶりからすると、なじみの店であるらしかった。

二人きりでいいのか、と私は気を回して訊《たず》ねた。相変わらず顔は見えないが、人の気配はあった。

「さっきも言ったじゃないか。こういう家風なんだ」

都築君は立ち上がった。着替える様子もないから、店は近所なのだろう。

家風、と言われればそれまでだが、家族が来客に一切かかわらない、というならわしは理解を超えていた。

かつてこの場所にあった彼の家は、まったく物語の中にしかありえぬくらい宏壮《こうそう》な屋敷だった。家族などはどこにいるのかもわからないから、姿が見えなくてもさほど不自然さは感じなかった。住居がマンションの最上階に替わっても、客に対するそうしたあしらいは従前のまま、ということなのだろうか。

外は糠雨《ぬかあめ》の降る宵だった。エントランスを出ると、都築君は女持ちの傘を開いた。蛍光色のように鮮かな、青いペイズリー柄の雨傘だった。

昔は屋敷の石塀がずっと続いていた並木道を少し歩くと、鬱蒼《うっそう》とした楠《くすのき》の森と竹藪《たけやぶ》に囲まれた、いかにも敷居の高そうな料亭があった。

「古めかしく見えるが、べつに老舗《しにせ》というわけでもない。うちのお隣りだったんだが、旧華族を鼻にかけた因業《いんごう》なじいさんとばあさんが住んでいてね。詳しい事情は知らないが、結局家は絶えて、料理屋になった。浮世ばなれした感じがなかなかだろう」

いつのころからか都内には、古い屋敷を改装した料亭やレストランが増えた。流行というには大がかりすぎるから、あんがい経営母体が同じなのか、プロデュースをする企業があるのかもしれない。個性はまちまちでも、造り物めいた雰囲気は共通している。

竹垣を組んだ路地の先に、元の屋敷そのままと思える破風《はふ》の上がった玄関があった。黒光りのする式台で客を迎えたのは、病み上がりのように顔色の悪い女将《おかみ》だった。

廊下からは石組の池泉が望まれた。かつて大名屋敷であったものが、周辺の土地を少しずつ切り売りして、最後に館《やかた》と庭が残った、というところだろうか。

通された部屋は座敷ではなく、山家《やまが》ふうの囲炉裏を切った板敷だった。いくら何でも造りすぎだろうとは思ったが、柱や梁《はり》は古材で、土壁に藁《わら》を練りこんであるという凝りようである。

炉端に座りこむと心が落ちついた。おそらく日本人が最も長く過ごした空間が、これだからなのだろう。床の硬さといい、目の高さといい、肉体がなじんでいる場所に思えた。

「フロイトは夢の正体を、抑圧されたエモーションだと考えたらしい」

料理を注文したあと、都築君は唐突に言った。

図書館で借り出した書物にも、たしかそんなことが書いてあった。夢に関する書物は思いのほか少なかったから、たぶん知識は共有しているはずだった。

私が相槌《あいづち》を打つと、都築君は苦笑して、「暇だね、君も」と言った。

フロイト心理学のキーワードである「エモーション」は、「情動」もしくは「情緒性」などと直訳されるが、いっそ「喜怒哀楽」とでも言ったほうがわかりやすい。理性的な判断とは関係なく出現し、やがて消え去る感情のことである。

一時的な情熱ではない深い愛情や、自己の本質にかかわる自尊心を守ろうとするとき、エモーショナルな感情が起こる。いわば喜怒哀楽の兵士たちが出動して、自我を守るのである。

理性的であろうとする人間にとってエモーションを露《あら》わにすることは、礼儀を欠く、下品な、はしたない行為として忌避されがちだが、もし現代人がこの感情をまったく表さなかったら、たちまち社会からつまはじきにされてしまうだろう。

「その通りだね。しかし、フロイトの活躍した十九世紀の末から二十世紀の初めにかけては、まだ古い道徳が支配的で、エモーションを抑制することが知性であり正しい社会性だと、信じられていたんじゃないかな」

なるほど。とりわけフロイト自身が属していた知識階級においては、当然そう考えられていたはずである。だとすると、その時代よりも遥《はる》かに知的平均化がなされた今日では、エモーションをキーワードとしたフロイトの理論は、すべて時代遅れの遺物ということになる。

都築君は同じ言葉をもういちどくり返した。

「フロイトは夢の正体を、抑圧されたエモーションだと考えたんだ。当時の知識階級の人々は、嬉《うれ》しくても大声で笑ってはならず、腹が立っても怒りは見せず、悲しくても涙は流さず、ジョークも言わなかったんだろう。そうして抑圧された感情の蓄積が、夢の正体だとフロイトは言うんだ」

あらゆるエモーションのうち、社会道徳の上から最も禁忌とされたのは、性欲だった。だから夢の中には、性欲が最も多くたくみに擬装され、象徴化されて潜んでいると、フロイトは考えた。夢の中の出来事を、過剰なほど性欲と結びつける「夢判断」の理論はこれである。

さらには、エモーショナルに表現してはならない闘争心や権勢欲や物欲や、そのほか個人的な未解決の問題が、無意識下のストーリーに構築される。それがフロイトの考えた「夢」だった。

だが、やはりどう考えても、性道徳が破壊されたうえ、こうも平和で公平な世の中になったのでは、フロイトの理論は通用するまい。

「しかしそうは言っても、僕の家はジークムント・フロイトの時代で時を止めていた。そういう家風が完成していたんだ。おまけに、会社までが似たものだった」

だから夢に祟られたのか、と私は驚いて訊ねた。

「たぶんそうだよ。だからフロイトの理論は、ほかの人はともかく、僕には適用されるんだ。抑圧されたエモーションが、あんな夢を作った。しかし、古くさい道徳だけが僕のすべてじゃない。肉体は君たちと同じ現代社会を生きている。だから夢は二つに分かたれた。夢の中でも僕は、二通りの自己表現をしなければならなかった。白い夢と、黒い夢さ」

都築君は燗酒《かんざけ》を手酌しながら、話の先を繋《つな》ぎ始めた。

僕が最後に見た、白い夢と黒い夢の話を聞いてくれるか。

あの事件のあと、僕は仕事を奪われた。それは未来を鎖《とざ》されたという意味でもあった。

転職を考えなかったわけじゃない。だが、すっかり自信をなくし、打ちのめされていた僕には、その勇気さえなかった。

いや、最大の理由は、自分自身が怖かったんだ。

あるとき、通勤途中の地下鉄のホームから飛びこみそうになった。思いつめたあげく、というわけじゃない。ふと気が付いたら、靴の先がホームの縁から出ていた。すんでのところで踏みとどまり、尻餅《しりもち》をついて、そのまま壁際《かべぎわ》まで後ずさった。

そんなことが何度かあったんだ。自殺の多くは衝動的なものだと思う。あれこれ理詰めに考えて、立派な遺書まで書くケースは、むしろ稀《まれ》なんじゃないかな。

だからこそ怖《おそろ》しい。自分は死にたくもないのに、悪魔が取り憑《つ》いているようなものだった。

ふつうは会社を休んで療養するだろうな。だが、それは知れ切った往生を遂げるようなものだった。これといった趣味もなく、親友もいない僕のアイデンティティーは、会社にしかなかった。親子三代が勤務した、日本有数の商社が僕のいるべき唯一《ゆいいつ》の場所だった。

名刺を捨ててバッジをはずせば、僕はたちまち存在価値を失ってひとたまりもなく死ぬ。自宅療養なんて三日と保《も》たずに、家の梁から吊《つ》り下がる。

家族か。

まだ結婚はしていなかった。母はオーストラリアのゴールドコーストにコンドミニアムを買って、優雅に暮らし始めていた。まるで都築の家は、伜《せがれ》の代で終わると決めつけているみたいだった。

使用人は身寄りのない老女中がひとり、あとは一日おきに、ハウスキーパーが来るだけだった。

兄弟も、親しい縁者もいない。女はいつも不特定で、恋人と呼べるほどの関係ではなかった。

どうだい。自殺しそうな人間には、こんな贅沢《ぜいたく》な追いつめられ方もあるんだ。

病院ね。

死にたくないから行ったよ。だが、精神科の若い女医に、事情をいちいち説明できると思うか。

「ちょっと職場のストレスがあって、よく眠れないんですが」

せいぜいそんなところさ。それ以上は言っても無駄だろうし、第一、僕のプライドが許さない。精神安定剤と睡眠薬を処方されただけだった。

たぶん、病気というほどの症状はなかったんだと思う。僕と同じ環境に立たされたら、誰だろうと眠れなくなるし、死にたくもなるよ。

睡眠の不安定は、あらゆる精神障害に共通するらしい。たしかに睡眠薬を使い始めると、死の衝動は遠のいたんだ。

地下鉄のホームでは、必ずベンチに座って待つか、壁に背中を張り付けて待った。そのくらいの理性が働くようになったんだ。

フロイト的に言うならば、エモーションを警戒し制圧するだけの理性を、恢復《かいふく》したことになる。そしてその一方では、当然の対価として、無口で無感情な人間に変わっていった。それはたぶん、十九世紀のヨーロッパでは理想の人格だったのだろうがね。

そのかわり、夜ごとの夢はいよいよ豊かになった。フロイトの学説は正しいんだ。抑圧されたエモーションの蓄積が、夢の正体であり、夢のエネルギーだった。

どうにか法務部の個室から釈放されたあと、僕は人事部の言語統轄《とうかつ》室というセクションに配属された。

全社員の言語能力を把握して、適材適所に配置する仕事さ。だが、危険人物と見なされていた僕は、社員の個人データに触れられない。もっぱら僕自身が、英語と中国語通訳のピンチヒッターだった。

それだって、めったに仕事があるわけじゃない。英語は商社員の必須《ひっす》条件だから、ピンチヒッターはほとんど必要ないし、中国語の通訳は不足していたけれど、僕には前科があるから、中国本土に関する案件からは除外された。

ほかの仕事といえば、書類や関連書籍の翻訳だ。つまり、本を読んでいればいい。考えようによっては、極楽みたいな職場だった。

僕にとっての読書は、趣味というよりも習慣だな。ことさら書物から何かを学ぼうと思ったためしはないが、いつも一冊か二冊は持ち歩いている。子供のころからそうだった。家族はたがいに会話をかわすよりも、それぞれが勝手に本を読んでいることのほうが多かった。

言語統轄室は何か問題を起こした社員の吹き溜《だま》りだった。以前に左遷《させん》された事業開発部準備室と空気は似ていたが、業務目的がはっきりしている分だけ、そっちのほうがましだったな。

事業開発部準備室は正規の部局からはじき出された連中が、語学や専門知識を再学習して、いわば敗者復活戦に挑む場所だった。しかし、言語統轄室は監獄だ。実務は何人かのプロパー室員で十分だから、残りのメンバーはひたすら読書をしながら沙汰《さた》を待っている。あるいは裁判の結審や、ほとぼりがさめるのをそうして待っているんだ。

だが、物は考えようさ。たしかにここまで落ちたら昇進は望めないが、職級は年功序列で上がるんだ。タダ飯を食っていると思えば極楽だろう。

景気のいい時代だったな。新入社員の採用枠だって、毎年拡大される一方だったから、タダ飯食いを飼っておく余裕もあった。手不足のときの戦力にはちがいないんだ。だから、ほかの室員たちは通訳要員だろうが接待要員だろうが、チャンスを捉《つか》まえて脱出しようとしていた。僕はごめんさ。何度も失敗を重ねて、死ぬ思いまでしたんだ。できることならこのまま、人事部の隅の窓もないオフィスに、亀《かめ》のように蹲《うずくま》っていたいと思った。

そのうち母親が死ぬか、体が弱くなって日本に帰ってきたなら、家屋敷を売り払って会社を辞めて、悠々自適に暮らせばいいさ。嫁を貰《もら》うのも悪くはないが、子供は要らない。

それがあのころの、僕のビジョンだった。ほかには何もなくなっていたと言っていい。古池のほとりの石の上に、生きているか死んでいるかもわからないくらいじっとして、それでも餌《えさ》と陽光には不自由がない、実に亀のようなものだった。はたがどう考えるかは知らないが、亀は幸不幸とは無縁さ。

そうして無為徒食の何年かが経《た》ったころ、ようやく仕事らしい仕事の打診があった。

「君は歴史や文化に詳しいらしいね」

室長は水を向けた。閑職のマネージャーには好人物が多い。つまり、事業開発部準備室の矢口さんや、北京事務所の所長と同じ手合いで、商社マンとしての余生が確定しているんだ。

とりわけ歴史や文化に詳しいわけじゃないさ。数年間の読書傾向がその分野に偏《かたよ》っていただけだ。一種の現実逃避だったんだろうか。

その少し前に、アメリカの農業団体を日本に招いたことがあった。大方は南部の農場主で、ショート・パンツに革ジャンパーを着ているような連中だった。

彼らの通訳要員に駆り出されたんだ。東京で形ばかりのシンポジウムを開催したあとは、この種の接待にはお定まりの京都旅行。ところが、イベント会社の派遣したガイドがまるで要領を得ない。そこで見るに見かねた僕が、ワイヤレス・マイクを取り上げてあれこれ解説をした。

もちろん、いいかげんなものさ。神社仏閣のパンフレットに多少の知識を加えて、カウボーイでもわかる程度の説明をした。どうやらそれが好評だったらしい。

そこで、言語統轄室としては、僕を名所旧跡のガイド要員に起用しよう、ということになった。

お笑いだろう。天下の総合商社に、そんなポジションがあるとは考えてもいなかった。だが、イベント会社に発注するよりは、自前のほうがいいに決まっている。金もかからないし、クライアントの印象もよかろうし、他社に情報が漏れるリスクも少ない。

生きているか死んでいるかもわからない亀だって、たまには歩いたり泳いだりしてみたい。これはいい仕事だと思ったよ。

僕は二つ返事で承諾した。しかし、いざこの妙な専門職についてみると、あんがいのことに忙しかった。あちこちの部局が、大小とりまぜて同じような接待をしていて、オファーが殺到したんだ。話のきっかけになったカウボーイたちの団体みたいなものもあれば、VIPのプライベートな旅行をアテンドすることもあった。

スケジュールが立てこんでいるときは、京都のホテルに常駐していたくらいさ。だが、ストレスは感じなかった。接待そのものは部局担当者の責任だし、商売の話はまったくからまない。そのくせ業務の重要な一部分であることはたしかだった。つまり、「会社の印象」を担《にな》っているんだ。

「本社人事部チーフアドバイザー」という、けっこうな肩書きも付いた。わけのわからん役職だが、部局の担当者たちは僕を持ち上げてくれた。偉そうなやつがガイドをしたほうが印象はいいからさ。だからそのうち、彼らは必ず僕をこんなふうに紹介するようになった。

「都築チーフは、祖父も父もわが社の社員でした」

そうと聞いて驚かぬ外国人はいない。そこで僕は、日本の終身雇用制と、その起源が伝統的なサムライの社会にあることを説明する。

彼らはみな、僕の案内を興味深く聞いてくれた。たぶん僕の中に、創業者の一族かそれに準ずるような、貴族的ビヘービアを感じていたんだろう。むろん、錯覚にはちがいないんだがね。

そんなある日のことだったよ。あの、とんでもない夢を見たのは。


「うっとこのお蒲団《ふとん》は真綿《まわた》ですさかい、ぐっすりお休みになれますえ」

濡羽色《ぬればいろ》の髪の豊かな、年齢のまるでわからぬ仲居は言った。

外国人の賓客には慣れているのだろう、僕に向かってこう付け足した。

「真綿ゆうのんは綿やおへんのどす。お蚕《かいこ》さんの繭綿《まゆわた》ですねん」

それは知らなかった。真綿というからには「ピュア・コットン」だと思っていたが、正しくは「シルク・フロス」だそうだ。

僕がその通りに伝えると、ダーニング夫妻は顔を見合わせ、何もそこまでというくらい大仰に驚いた。彼らにとっての絹は、日本人が考えるよりもずっと稀少《きしょう》で高貴なイメージがあるんだろう。僕だって真綿の正しい意味を知らなかったくらいだから、びっくりして当然だな。

そこは京都の町なかの、なかなか予約が取りづらい宿だった。極め付きの名旅館だ。幸いダーニング夫妻の訪日予定は何ヵ月も前から決まっていたから、うまく旅程の一日に嵌《は》めこむことができた。

ドクター・ダーニングは、これまた極め付きのVIPだった。放射線療法の世界的権威で、例年のようにノーベル医学賞の候補に名前が挙がっていた。受賞できないのは、彼の権威に阿《おもね》る医療機器メーカーとの関係が、好もしく思われていないからという噂《うわさ》だった。

しかし、僕が感じた限りでは、すこぶる公正な人格者だ。たぶんおのずと彼に備わった権威と実力が、世間の嫉妬《しっと》を買っていたのだと思う。

当時はテキサス州ヒューストンのメディカルセンターに在籍していた。そこは一万人もの研究者が集まる、医学の聖地であるらしい。

年齢は五十代のなかばだったろうか、いかにも科学者然とした知的な禿頭《はげあたま》で、口のまわりに端整な髭《ひげ》を蓄えていた。その風貌《ふうぼう》ひとつから見ても、企業との金銭的癒着などあるはずもない、清廉《せいれん》な人柄がしのばれた。

夫人はドイツ系と思えるみごとなブロンドの、美しく慎《つつ》ましい人だった。

一泊二日の京都滞在におけるアテンドは、僕ひとりに任されていた。あくまでプライベートな旅行だったから、部局の担当者も遠慮したんだ。懐石料理の付く旅館に宿泊すれば、接待はガイド兼通訳の僕ひとりで足りる。

ただし、部局は神経を尖《とが》らせていた。担当役員や本部長にしばしば呼び出されて、ドクター・ダーニングに関する詳細な情報を提示された。経歴、性格、家族、趣味、食べ物の好き嫌いまで。

そして――日本製の最新型医療機器が、ドイツのメーカーと競合しており、導入の決定権はドクター・ダーニングが握っていること。ヒューストンのメディカルセンターへの売り込みが成功すれば、全米各地の病院への波及力は計り知れない。

具体的な数字は部外秘だが、ビッグ・ビジネスだということはわかった。放射線療法の医療機器ならば、一台が数百万ドル、波及力というのはつまり、その掛け算を意味する。

もちろん、そうした会社の思惑は僕の領分じゃないさ。観光ガイドに徹すればいいんだ。

到着の何日か前に京都に入って、あちこちをロケハンした。ダーニング夫妻の「処方箋《せん》」を精読した限り、カウボーイたちが喜ぶような観光ポイントはお気に召すまい。せいぜい清水の舞台と三十三間堂、最も好もしいのは、格式高い門跡寺院だろうと思った。

そして、京都駅のプラットホームで出迎え、その通りのアテンドをした。夫妻の顔色を窺《うかが》いながら、うるさくない程度の適切な説明を加えて。

難しい質問にも的確に答えた。夫妻は感心し、感動し、僕に好意を寄せてくれた。それは僕が、頭の中から商売を拭《ぬぐ》い去っていたからだと思う。尊敬するドクター・ダーニングとミセス・ダーニングに、日本の文化を紹介しようと、僕は心から思っていたんだ。

夫妻の感動は宿において極まった。千年の古都の中の、五百年の老舗旅館だ。打ち水をした路地。清らかな玄関。狭い空間に働く人々の、黒衣《くろご》のような立ち居ふるまい。夫妻は見るもの触れるもののいちいちに溜息《ためいき》をついていた。

食事も同席した。夫妻がぜひにと誘ってくれたんだ。ヘルシーな日本食は好きらしいが、むろんヒューストンのスシやテンプラとはわけがちがう。僕の最小限の解説を聞きながら、夫妻は一品一品の器と盛り付けに感心して、なかなか箸《はし》を付けようとはしなかった。そしてようやく口に入れると、また深い溜息をついた。

理解してくれたと思うと、嬉しかったな。あのときの僕は正真正銘の観光ガイドだった。

食事をおえたころ、次の間の襖《ふすま》が開いた。まったく気付かぬうちに夫妻の寝床が設《しつら》えてあったんだ。ミセス・ダーニングは、「ファンタスティック！」と小さな叫び声を上げた。

外国人が日本旅館に泊まると、寝室はどこかほかの場所にあると思うらしい。「蒲団を敷く」という生活様式が想像できないんだ。だから彼女は、魔法のように寝室が現われたと感じたんだろう。

いくらか厚いマットの上に、外国人向けなのだろうか、大ぶりの夜具が並べられていた。その掛蒲団が羽毛でも綿でもなく、シルク・フロスだと聞けば二度驚くはずさ。

濡羽色の豊かな髪を結った仲居は、座敷を去りぎわに寝間を振り返って言った。

「白い枕《まくら》は柔《やら》こうて、黒いのんは蕎麦《そば》殻《がら》どす。ほな、お休みやす」

世の中に「偶然」で証明できぬものはないさ。

どれほどの必然であろうと、累積《るいせき》した偶然の一局面にしかすぎない。「必然的」という言い方はあっても、「必然」はないんだ。

たとえば、僕と君がここにこうしている理由を考えてみるがいい。

三十代四十代の間は、ただの一度も会ってはいない。その後もせいぜい何年かにいっぺん、クラス会で顔を合わせたくらいのものだろう。そんな二人が、どうして都会のまんまん中の囲炉裏端で、一緒に飯なんか食っているんだ。

友人の通夜《つや》で出会ったのは必然か。いや、そうじゃない。君はたまたま、新聞で柏井重人の訃報《ふほう》を見て、弔いに行く気になった。もし新聞を読まなかったら、あるいは読んでも記事を見落としていたら、ここにはいない。

僕は僕で、はなっから通夜に行くつもりはなかったんだ。柏井は他人の家に上がりこんでさんざ酔っ払ったあげく、勝手にくたばったんだぞ。線香を立てるどころか、腹が立って仕方なかった。しかし、葬儀場が目と鼻の先ならそれも大人げないと思って、しぶしぶ出かけたんだ。

そして、たまたま君を見かけた。あのときだって、声をかけようかどうか迷った。そこまでだって、よほど偶然が積み重なっている。しかも、その偶然のひとつひとつが、無数の偶然の結果だ。偶然はさらに累積して、僕と君は今、ここにこうしているというわけさ。

だから僕は、あの白い夢と黒い夢の連鎖が、何者かによって仕組まれた必然だなどとは思わない。

京都の古い宿で、白い枕と黒い枕が真綿の蒲団の上に並んでいるのを見ても、べつだん驚きはしなかった。少しばかり嫌な気がした、という程度さ。

ドクター・ダーニングとミセス・ダーニングは、子供みたいにはしゃいでいた。浴衣《ゆかた》姿で蒲団に寝転び、「ファンタスティック！」を連発しながら。

枕元の小灯《こあか》りをつけたり消したり、蒲団の波の上で抜き手を切って泳ぐまねをしたり。実に愛すべきアメリカンだったよ。

一騒ぎしたあとで、どっちの枕がいいか、という話になった。

「黒い枕は硬いでしょう」と、僕は何ら他意のないレクチャーをした。「日本は湿度が高いので、頭が沈んでしまう柔かい枕は好まれなかったんです。蕎麦殻の枕はたしかに涼しく感じますよ」

ドクター・ダーニングは、枕の中味があの「ソバ」の殻だと知って、いたく感心した様子だった。「ジャパニーズ・エコロジー」だというわけさ。

夫人はやはり、柔らかい枕のほうがいいと言った。

そして、ドクター・ダーニングは黒い枕を、ミセス・ダーニングは白い枕を抱いて蒲団の上にちょこんと座り、「オヤスミナサイ」とお道化《どけ》て頭を下げた。


五百年間そのままだという廊下をたどって、自分の部屋に引き揚げた。

神社仏閣の中にも、あれだけの時代を経た建物は珍しいだろうな。応仁の乱の後の、焼け野原に建てられたのだろうか、などと考えた。少くとも、戦国時代の騒乱をかいくぐり、京の大半が焼失したといわれる蛤御門《はまぐりごもん》の変にも、焼け残ったことになる。

歴史の重みというのは理屈じゃないんだ。その建物にかかわりあったすべての人間の営みが、重さのない重みになってのしかかってくるような気がした。

夫妻の部屋よりいくらか狭い座敷に、真綿の蒲団が敷かれていた。そして、枕が二つ。

さすがに考えたよ。もうその手には乗らない、とね。

黒い枕を部屋の隅に放り投げ、白い枕で寝た。敷蒲団は硬すぎず柔らかすぎず、真綿の掛蒲団は羽衣をまとったように快かった。後にも先にも、あれほどここちよい夜はなかった。酔いはほどよく回って、睡眠薬を嚥《の》む必要もなかった。

眠りに落ちる前に、ミセス・ダーニングのおもかげが瞼《まぶた》にうかんだ。

彼女は僕の理想だったんだ。いくつも齢《とし》は上だが、理想の女性であることにちがいはなかった。ソーシャライツの気品に満ちていて、笑顔は少女のように愛らしかった。

そして肉体は少年のように引き締まっていた。

憧憬《どうけい》は罪か。そんなことはあるまい――。


三条通を東に向かって歩いていた。

茹《う》だるような油照りの午下《ひるさが》りだった。打ち水から陽炎《かげろう》が立ち昇って、東山の姿が揺らいでいた。

行き交う人々の着物も、路上に張り出した日除《ひよ》けも、暖簾《のれん》も、商人《あきんど》や女中の前掛けも、みな藍色《あいいろ》だ。

その潔《いさぎよ》いひといろのせいで、夏空の青や花売りの花や、わずかな紅殻《べんがら》の装飾や銅葺《どうぶ》きの緑青《ろくしょう》やらが、きっぱりと際立っていた。

僕はしばらく辻《つじ》に佇《たたず》んで、いつの時代かもわからぬ美しい風景に見惚《みと》れた。

たぶん、遠い昔。祖父の生まれるよりもずっと昔の、見知らぬ曾祖父《そうそふ》かその父の生きた時代だと思った。その証拠に、僕は手甲《てっこう》を嵌めた手で菅笠《すげがさ》の庇《ひさし》をつまみ上げており、くたびれた袴《はかま》を付け、脚半《きゃはん》を巻いた足には草鞋《わらじ》を履いていた。二本差しの刀は重く、振り分けの荷を肩に担《かつ》いでいた。

これは夢なのだから、あわてってはならないと思った。べつにタイム・スリップしたわけでもなく、異界に迷いこんだわけでもない。僕自身が京都の宿で見ている夢なのだ。

足に冷たい水がかかって飛びのいた。

「無礼者！」

思わず大声で叱《しか》りつけた。七つ八つの小僧が、手桶《ておけ》も柄杓《ひしゃく》も放り捨てて土下座をしていた。

「かんにんえ、かんにんえ」

小僧はほかの言葉が続かず、そればかりをくり返した。

じきに藍暖簾を分けて、お店《たな》の主《あるじ》らしき男が駆け出てきた。

「こら、何《なん》さらしてんねん！ えらいすんまへん、お侍様。年端《としは》もいかん小僧どすさかい、どうぞ堪忍《かんにん》しておくりゃす」

まさか斬《き》り捨て御免でもあるまい。僕はいかにも武士らしく鷹揚《おうよう》に、「かまわん、かまわん」と言った。

便利なものさ。映画やテレビの時代劇を見て育ち、チャンバラごっこをさんざやった僕らの世代は、あんがい自然にそれらしい言葉が使えるんだ。

「ほしたらお詫《わ》びのしるしに、せめてお茶なりふるまわせていただきます。ささ、どうぞどうぞ」

そう言って頭を上げた主人は、髷《まげ》を結った矢口さんだった。なるほど、如才ない小《こ》商人《あきんど》は嵌まり役だ。迷惑をかけてしまったお詫びを言いたいのは僕のほうさ。だが、これは夢だと思い直した。

僕は言われるまま、店の中に入った。そのとき気付いたんだが、日除けや暖簾の藍地に白く染め抜かれているのは、うちの会社のロゴマークじゃないか。

おかしなことに僕は、矢口さんが出世したのだと思った。何て楽しい夢だろう。彼は僕のせいで辞表を書かされたのではなく、時代を飛び越えて京都店の店長に抜擢《ばってき》されていたんだ。

いや、夢だよ、夢。そうとはわかっていても、何だかほっとした。会社もなかなか粋《いき》なはからいをするじゃないか。

店の中では、大勢の人々がせわしく働いていた。どいつもこいつも見知った顔だ。だが、序列がちがう。独楽鼠《こまねずみ》のようにこき使われている丁稚《でっち》小僧は、意地の悪い役員や上司で、仲の良かった同僚たちは番頭や手代だ。なにしろ矢口さんが店の主人なんだから、そうした順序になる。

神棚の並びに、世界主要都市の現地時間を示す時計と、為替相場の値動きが表示されているのは夢のご愛嬌《あいきょう》だった。

新入社員の研修のとき、まっさきに教えられたのは会社の歴史だった。昔は江戸と上方では流通する貨幣が異なっていた。江戸の金と京大坂の銀だ。つまり東西の商取引には通貨の両替が必要だったから、うちの会社の大先輩たちは変動する為替相場を読みながら、巨利を得ていたんだ。その両替商を基幹として、やがてさまざまの分野に進出していった。

僕は夢の中に佇んで、その有様を飽かず眺めた。東海道の起点である京三条の店は、きっとこんなふうに大忙しだったんだろう。

社内には世界中の支店や現地法人のことを、「みせ」と呼ぶ習慣がある。たとえば、シンガポール支店は「シンガポールの店」、アメリカの現地法人は「ニューヨークの店」、「ロスの店」というふうに。

そうは言っても、まさか店先に商品を並べて売っているわけじゃない。歴史の浅い商社も、そんな呼称は使わない。つまり、江戸時代に両替商だったころのならわしが、そんなちょっとした符牒《ふちょう》に残っているんだ。

何だか胸がいっぱいになったよ。藍の着物に藍の前掛けをした先輩たちは、こんなふうにして働いていたんだ。

徳川将軍家の血筋が絶えたとき、二度にわたって御三家の紀州家から世継ぎが送りこまれたことは知っているだろう。中興の祖とされる吉宗《よしむね》と、幕末の家茂《いえもち》だ。それは僕らの先輩たちの政治力の結果だった。江戸の店は幕府の御用金を用立てており、京大坂の店は財政難に苦しむ紀州藩の債権者だったんだ。

そして明治維新に際しては、いち早く新政府に鞍替《くらが》えをした。文明開化の波に乗って財閥を形成し、第二次大戦後には解体されても、ふたたび結集して甦《よみがえ》った。僕らは常に国家の礎《いしずえ》であり、日本経済の先兵であり続けた。

「えらい粗忽《そこつ》をいたしました。お侍様は、江戸からお上りでっしゃろか」

勧められるまま小上がりに腰をおろすと、片襷《かただすき》を掛けた女中が茶を運んできた。

江戸から、と言われればたしかにそうだ。言葉遣いにぼろの出ぬよう、「いかにも」とだけ答えた。店主の矢口さんは、僕のかたわらにちんまりと膝《ひざ》を揃《そろ》えて座った。

「それはそれは遠路はるばる、はばかりさんどす。このたびは公方《くぼう》様もとんだご災難で、お役人様もさぞかし難儀でっしゃろなあ」

将軍家の災難、というからには、きっと幕末なのだろう。

「さよう。難儀な世の中じゃ」

しみじみと答えて熱い茶を啜《すす》ると、溜息が洩《も》れた。それは僕の本音だ。

武士の時代の、最後の夏なのだろうと思った。たぶん、大政奉還をおえ、鳥羽伏見の戦もすんだ、慶応《けいおう》が明治に変わる年の夏。あえなく「倒産」した幕府の役人である僕は、何かの用事で京に上った。

「拙者を雇うてはもらえまいか。何でもいたすゆえ」

僕は俯《うつむ》いてそう言った。忙しく立ち働く同僚たちが、うらやましくてならなかった。観光ガイドも悪くはないが、やっぱり華やかな商社マンの人生を取り戻したかったんだ。

矢口さんは気の毒そうに僕を見つめた。

「しょうもない冗談を言わはってはあきまへんえ」

「いや、冗談ではない」

そのとき、三条通にどよめきが上がった。いったい何事だろう。僕は押っ取り刀で店から駆け出た。

東山を背にした三条大橋を、悲鳴を上げながらこちらに向かって渡ってくる女の姿が見えた。

僕は夏空に手庇をかざして遠目を凝らした。女は紺絣《こんがすり》の裾《すそ》をからげて紅《もみ》をこぼした、大原女《おはらめ》のなりをしていた。品物は投げ捨ててしまったらしく、懸命に救いを求めながら逃げる姿が哀れだった。

「お侍様、かまわんときやす。こないなご時世やさけ、かかわり合うたらあきまへんえ」

矢口さんが忠告した。義俠心《ぎきょうしん》などは持ち合わせていない。だが、僕は二本差しの侍で、夢物語の主人公なんだ。ここでかかわり合いにならなければ、時代劇のストーリーが成立しないじゃないか。

追手が迫ってきた。馬に乗っている侍は獅子頭《ししがしら》の冠《かぶ》りものに陣羽織の姿で、とんがり帽子の兵卒がぞろぞろとつき従っていた。つまり、官軍だ。

夢の筋書きによると、僕は何かの用事で京に上ってきた幕臣なのだから、いよいよ看過することはできない。

僕は羽織を脱ぎ捨てた。

「あかん、あかん。今さら御旗本が薩長《さっちょう》に楯《たて》ついて、何の得もあらしまへんやんか。命を棒に振るよなもんや。やめときなはれ」

「いや。放っておくわけには参らぬ」

「益体《やくたい》なお人や。どないになろうと知りまへんで」

「おぬしに迷惑はかけぬ」

引き退《さ》がるわけにはいかないさ。こちらに向かって逃げてくる大原女は、夢の中でしか会えぬ、あの恋人だったんだ。

「ああ、都築様」

と、女は地獄で仏に会ったように僕の名を呼んだ。

「何や、お知り合いですかいな。ほたら、いよいよ益体な話や。つるかめ、つるかめ」

矢口さんはそう言うと、店に逃げこんでしまった。野次馬たちは息を詰めて僕を遠巻きにしていた。

「いったい、どうしたわけだ」

路上に倒れこんだ女を助け起こして訊ねた。

「どないもこないも、わけがわかりまへん。いきなり刀を抜かれて、追いかけられましてん」

「何とも乱暴な」

官兵たちがいそいそとやってきた。馬上の侍は刀を抜いており、兵卒は腰だめに銃を構えていた。

獅子頭の冠りものを威嚇《いかく》するように振って、侍は僕を馬上から見くだした。

「何だ、都築ではないか」

ぎょっとしたよ。インドでの大手柄を横取りした、山田だったんだ。それればかりじゃない。銃を構える兵卒たちを見渡せば、どいつもこいつも恨み重なる連中だった。ロンドンのセールス・マネージャー。山田とつるんで僕を追いやった飼料部長。中国総支配人の常務。けっして僕を許さなかった役員たち。牢屋番《ろうやばん》みたいな人事部のやつら。そうだ、あの陳維《チェンウェイ》の顔もあった。

いよいよ引き退がるわけにはいかない。いや、ここで会ったが百年目、というところさ。

「のう、都築。君をどうこうしようとは思わぬ。その娘を引き渡せ」

何という言いぐさだろう。僕をどうこうしたのはどこのどいつだ。怒りで拳《こぶし》が震えたよ。

陳維が言った。

「都築さん、悪いことは言いませんから、神妙になさい」

常務も言った。

「どうにか首がつながっているんだ。おとなしくしろ」

ひとりが物を言うたびに、全員が「そうだ！」と声を揃えた。野次馬たちはしんと静まって、気の毒そうになりゆきを見守っていた。僕と目が合うと、誰もが知らん顔をした。

こうした空気の中で、僕は自殺まで図ろうとしたんだ。ライバルは引きずり下ろす。いったん落ちた人間はとことん踏みつけられる。同情はしても、けっして力は貸さない。

「この娘が何をしたのだ」

僕は馬上の山田を睨《にら》み上げて訊《き》いた。すると、思いもよらぬ返事があった。

「ドクトル・ダーニング殿に無礼を働いた。身分をわきまえず、花を売りつけようとした。もはや攘夷《じょうい》の時代ではない。西洋の賓客に親しく物申すなど、万死に値する罪だ」

おいおい、話はどう転がっていくんだ。ドクター・ダーニングはたしかにわが社のVIPで、僕は万全のアテンドをしていた。だからと言って、夢にまでご登場かよ。

女は僕の腰にすがりついた。

「花売りが花を売ってお手打ちやなんぞ、後生が悪すぎますえ。死んでも死にきれまへん」

「安心せい。手出しはさせぬ」

そう励まして恋人を抱き起こし、背うしろに隠した。

「おのれ、賊の分際で手向かうか」

山田が声をあらげ、兵卒たちがぐいと押し出してきた。僕は双手《もろて》を拡《ひろ》げて立ち塞《ふさ》がった。

賊の分際、かよ。何だか懐《なつか》しい言葉だ。言い方はちがっても、僕はずっとそんなふうに罵《ののし》られてきた。会社に不利益をもたらした社員。企業イメージを損なったやつ。すなわち、「賊」だ。

僕は刀を抜いた。野次馬たちは蜘蛛《くも》の子を散らすように逃げ去った。

剣道の心得などないさ。時代小説のヒーローみたいに、チャンバラ映画の剣豪みたいに、僕は襲いかかる刃《やいば》をはじき返して、常務も、部長も、片ッ端から撫《な》で斬りにした。

「都築さん、私が悪かった。命ばかりは助けて下さい」

陳維は刀を投げ捨てて手を合わせたよ。こいつばかりは勘弁できるものか。僕は大上段に振りかぶって、拝み打ちに斬り捨てた。

「やあ、都築。さすがだな」

いかにも山田の言いそうな台詞《せりふ》だ。そんなお愛想を言いながら、心を許せば背中からバッサリか。僕は耳も貸さずに、山田を馬から引きずり下ろし、ズタズタにした。三条通は血の海になった。藍色の暖簾も日除けも、真黒に変わっていた。青い夏空までもが。

「サンキュー、サンキュー・ソウ・マッチ」

ふと振り返ると、大原女の顔が金髪のミセス・ダーニングに変わっていた。

僕は彼女を抱きしめ、耳元で訊《たず》ねた。

「もしや、ご主人とうまくいっていないのでは」

ミセス・ダーニングは答えずに、ただ僕の肩に小さな顎《あご》を載せて、黒い夏の空を見上げていた。

「ごめんやしておくれやす。まだ起きてはりますか」

襖ごしの声に夢を破られた。寝床からはね起きて、「はい」と答えた。ドクター・ダーニングが何か不具合でも感じたのだろうか。

小灯りの向こうで細く襖が開いた。濡羽色の髪の仲居が、申しわけなさげな顔でかしこまっていた。

「どうかしましたか」

訊ねるそばから胸が轟《とどろ》いたよ。なにしろけっして不愉快な思いをさせてはならないVIPだ。

「いえ、どうということでもおへんのどすけど——」

ほっとして枕元の時計を見ると、牀《とこ》についてからまだ三十分も経ってはいなかった。

「お連れさんのお隣が、じゃかましゅうてかなわん、言わはりましてな。こないに古いお宿やさかい、お声もよう通りますし、ましてお隣のお客さんは夜なべで物を書いてはりますのんや。せやかて、うっとこからとやかくは申し上げられまへんし、こちらはんから、あんばよう言うてくれはらしまへんやろか。よろしゅうおたの申します」

言うだけのことを言って、仲居はさっさと下がってしまった。その様子からすると、ままある話なのだろう。宿の造作がどうのではなく、声の大きい外国人と夜なべ仕事をする物書きでは相性が悪い。予約するときは会社の名前を出しているから、ダーニング夫妻と僕の関係もわかる。そこで、接待役の僕から忠告してもらうのは、いわばマニュアル通りの手順だ。

むしろ、さすがは名旅館だと思ったよ。ダーニング夫妻は商社という客のそのまた客なのだから、僕の頭越しに宿が物を言ってはならない、という見識さ。気の利《き》いたジョークを考えねばならなかった。夫妻は大はしゃぎなんだ。アメリカ人はただでさえ声が大きいし、木と紙で造られた日本家屋の脆《もろ》さは知らない。へたなジョークをかますより、ありのままを伝えればいいと思った。

実は隣の部屋で、小説家が頭を抱えて原稿を書いてます。プリーズ・ビー・クワイエット。なかなかのジョークじゃないか。

しかし、五百年の廊下をたどっているうちに、ふと思い直した。夫妻ははしゃいでいるのではなく——まあ、要するに、愛し合っているんじゃないか、とね。だとすると、プリーズ・ビー・クワイエットも野暮というものだ。ジョークも通じないし、夫妻は機嫌を損ねるに決まっている。さて、どうする。

宿の構造は複雑だった。たぶん改築を重ねて、貴賓たちがなるべく顔を合わさぬよう工夫を凝らしたのだろう。細い廊下のつき当たりに鍵《かぎ》のかかる引戸があり、那智黒《なちぐろ》の石を塡《う》めた三和土《たたき》の先に、襖が閉《た》ててあった。引戸は桟《さん》だから、襖ごしの声や物音は廊下にまで洩れていた。

やはり思った通りだ。笑い声も話し声もなくて、ただ、ドタンバタン。そして、あたりを憚《はばか》らぬ歓喜の大声。

アメリカ人の愛情表現はダイナミックだ。声も体も大きいから、日本人の感覚からすると、セックスというよりスポーツだな。ここはアメリカの安ホテルでもモーテルでもない。隣室の小説家は災難だと思った。

しかし、どんなスポーツだって決着はつくさ。ありがたいことに騒ぎはほどなく静まった。

足音を忍ばせて廊下を戻りかけると、背中から低い声で呼びかけられた。

「ミスター・ツヅキ。アー・ユー・ア・ピーピング・トム？」

とんでもない。覗《のぞ》きの趣味なんてないよ。振り返ると、ドクター・ダーニングが乱れた浴衣姿で戸口に立っていた。

「いえ、何かご不満があるかと思っておじゃましただけです。もうお休みだったようなので」

ドクターのまなざしは疑わしげだった。まずいことになったものだが、ここで誤解を解こうとしても始まらない。あした折を見て、うまく説明しようと思った。

するとドクター・ダーニングは、とってつけたようにこんなことを言ったんだ。

「ミスター・ツヅキ。君のもてなしには妻も私も心から感謝しているよ。あれこれ迷ってはいたんだが、帰国次第よろこばしい報告ができると思う。明日もよろしく。グッドナイト」

ガッツ・ポーズさ。僕がビッグ・ビジネスをまとめたようなものだ。これまでのエラーをすべて帳消しにしても、まだお釣りのくるような大殊勲じゃないか。

部屋に戻ると、寝乱れた蒲団はきちんと整えられていた。興奮のさめやらぬまま、睡眠薬を飲んだ。

さあ、夢の続きを見るとしよう。


「わわっ、えらいこっちゃ。お侍様、わてら町衆は知らんぷりをきめますさかい、早よお逃げなはれ」

店先の藍暖簾から顔だけをつき出して、矢口さんが言った。

「かたじけない。おぬしには何から何まで世話になる」

僕は恋人の手を取って駆け出した。走りながら振り返ると、町衆は大わらわで死体を片付け、水を撒《ま》き、惨劇の後始末をしていた。

現実ならばこれでけりがつくはずはないが、要は京に進駐してきた薩長が不人気で、町衆は僕の味方をしてくれている、という筋書なのだろう。

河原町通を曲がると、町は急激にたそがれた。夜気はじっとりと湿めって、ひどく蒸し暑かった。僕らは夕涼みの人々に紛れて歩き出した。

祭が近いのだろうか、道の両側には提灯《ちょうちん》が懸けつらなり、こんちきちん、こんちきちん、とお囃子《はやし》が流れていた。南に向かって河原町通を下るほどに、人ごみは増していった。

「おとろしゅうて、かなんわ」

提灯の明かりに照らし出された大原女の顔は、ぼんやりとしていた。あの夢の女と、ミセス・ダーニングのおもざしが重なっているのだが、僕が恋いこがれているのはたしかだった。

恋人とは、そういうものだね。恋に陥《お》ちたとたん、実体がなくなってしまう。溢《あふ》れる感情が理性を奪い去って、ほかの誰ともちがう「恋人」という異邦人に変容するんだ。

肉体も精神も、声も匂《にお》いも思想も、すべては薄絹の紗《しゃ》にくるまれて神に近い存在となる。

この夢は覚めずにいてほしいと思った。僕らはいまわしい現実の塵《ちり》を、一粒すらまとってはいなかった。そのうえ、いつ滅びてもふしぎのない恐怖を共有していた。こんなにすばらしい恋愛が、ほかにあるか。

しばらく行くと、饅頭笠《まんじゅうがさ》を冠った雲水が辻に佇んでいた。

左手に金剛杖《こんごうづえ》をつき、右手で胸前《むなさき》に鉢を抱いて、経文を唱えていた。

そこは赤い提灯と灯明とに照らされた、街なかの小さな神社だか寺だかの前だった。

通りすぎようとする僕らを、雲水が呼び止めた。

「この先に行ってはならぬ。行けばおそろしいことになる」

そうやって通行人に声をかけ、いかさまのお祓《はら》いなどして金をせしめる手合いだろうと思った。

「どうせ夢だ。かまうな」

僕は雲水を嘲《あざけ》った。

「ほう。どうせ夢、と申されるか。しからばお訊ねいたそう。そこもとは、夢から覚めた現《うつつ》をも、どうせ現だと思うておられるのではあるまいかな」

禅問答かよ。だが僕はそのとき、何だか図星を指されたような気がしたんだ。

笑い飛ばそうとして青ざめた。僕は現実の身の上に降りかかった災厄に対して、抗《あらが》おうとしただろうか。どれほどの理不尽であっても、これは会社員の宿命だと許容していたのではないのか。だとすると、僕は目覚めようもない現実を、あたかも夢であるかのように軽侮していたことになる。

「おわかりかな。夢ならばいつかは覚むるであろうが、現にはそれがない。すなわち現の災いは、どれほどの悪夢にもましておそろしいのだ。だのにそこもとは、たかが夢じゃと言い、たかが現じゃと言う。来世を恃《たの》む信仰心も持ち合わせぬくせに」

雲水は饅頭笠の庇をつまみ上げた。提灯の光が祖父の顔を露《あら》わにした。

「栄ちゃん、私の言う通りになさい。この先に行けばおそろしいことになる。現実をおそれなければいけない」

僕は行く手に立ち塞がる祖父を押しのけ、悲鳴を上げて逃げ出した。

走るほどに祭提灯が裏返り、色とりどりのネオンサインに形を変えていった。古都の湿った闇《やみ》が冷えびえと乾き、ふと気付けば僕は恋人を抱きかかえて、真冬のマンハッタンの地下鉄のプラットホームに立っていた。

夜更《よふ》けのオフアワーなのだろうか。あたりに人影はなく、階段の上から酔っ払いの歌声が聞こえた。

僕らは靴音を谺《こだま》させて、ウェイティング・エリアの枠の中に入った。食事の帰りらしい老夫婦が、ベンチに腰をおろしていた。

四角い線で囲っただけのウェイティング・エリアは、ひとりきりならば何の効果もないのだろうが、四人ともなれば安心だった。つまり、ギャング以外の善良な乗客が身を寄せ合う場所だ。

老夫婦はほっとしたように笑みをうかべた。夫はステッキに両手を添えており、妻はコートの膝にリボンをかけたプレゼントの箱を抱いていた。

「五十回目のクリスマス・イブなの」

そう言って老夫人は、少女のようにはにかんだ。

「私たちは救われたが、あちらのジェントルマンは危いねえ。どうしてタクシーを使わんのだろう」

老人は向かい側のプラットホームに目を向けた。

「酔ってらっしゃるみたい。睡《ね》むたそうだわ」

「クリスマス・イブにタクシーを待つくらいなら、サブウェイのほうが早いがね。おまけに外は雪だ」

僕は老夫婦の視線をたどった。静まり返ったプラットホームの、ウェイティング・エリアのベンチに、コートの襟に顔を埋《うず》めるようにして祖父が座っていた。

長い脚を組んだ姿は日本人に見えなかった。ボウ・タイを結んだ服装は端正で、俯きかげんの帽子の庇には、うっすらと雪が積もっていた。

まるでモノクロームの写真を見るようだった。光と影。そして、生と死。

僕は懸命に祖父を呼ぼうとしたが、声は出なかった。

プラットホームの端から、靴音が近付いてきた。鋼鉄の支柱の間に、トレンチ・コートの襟を立てた男の姿が見え隠れした。

「よかった。これで安心ね」

「ギャングかもしれんよ」

老夫婦のジョークは笑えなかった。僕はもう声を出すことはあきらめて、恋人を抱きすくめた。

これは夢なのだろうか。それとも、謎《なぞ》に包まれた祖父の死の真相なのだろうか。

いずれにせよ、僕にはその場面を見届ける勇気がなかった。恋人を抱きしめて目をきつくとざすと、不吉に響く声が耳に迫った。

「ミスター・ツヅキ。プレゼントをお届けに上がりました」

「おや。サンタクロースには見えないが、いったいどなたからのプレゼントかね」

祖父は折目正しい、堂々たるキングス・イングリッシュでそう応じた。

「総意《イッツ・コンセンサス》ですよ」

「なるほど。総意ならば拒むわけにはいかんね。では、ちょうだいしておくとしよう」

「メリー・クリスマス。ミスター・ツヅキ」

銃声が轟いた。

僕は耳を塞いだ。コンセンサスって、何だよ。役員会の総意か。それとも、祖父の権力に対抗するやつらの総意なのか。

胸のつかえを吐き出すように、僕はようやく声を上げた。何ひとつ言葉にはならない、獣の咆哮《ほうこう》だったが。


叫び声を上げてはね起きた。

障子がわずかに白むほどの夜明け前だった。顔を被《おお》って息を整え、すべてが夢だったことを確かめた。

しかし、どうしてそんな夢を見たのかがわからなかった。たしかに祖父の死は謎に包まれている。だからと言って、フロイトの説く「抑圧されたエモーション」に相当するほど、僕にとって大問題ではないはずだ。

だったらなぜ今さら、そんなリアルな夢を見たんだろう。

答えはただひとつ。それは僕のエモーションが作り出した夢ではない。祖父の魂か、神仏かは知らないが、超科学的な何ものかが僕に真相を伝えた。僕は夢の中で、祖父の死の場面を目撃してしまったんだ。

祖父は出張先のニューヨークで客死した。それはたしかな事実なのだが、顛末《てんまつ》について何ひとつ知らなかった。おかしいとは思わないか。父母に訊ねても、答えを聞いた記憶はない。もっとも、僕が物心つく前に亡《な》くなったんだから、疑問を感じるほどの興味もなかった。

もし夢に見た通りだったとするなら、すべてが腑《ふ》に落ちる。ことの顛末が封禁された理由も、祖父が入婿《いりむこ》と定めたほど有能な人材であった父が、ずっと日蔭者《ひかげもの》に甘んじて生きたわけも。

そうだ。僕は「親子三代にわたる番頭」とされて珍しがられたのに、祖父の話を耳にしたためしがなかった。北京での最後の夜に、泥酔《でいすい》した矢口さんから聞いた一度きりだと言っていい。

しかも、矢口さんはあの晩、何もそこまでと思うほど感情的な告白をし、それきり僕の目の前から消えてしまった。

よく考えてみれば、あれもおかしな出来事じゃないか。祖父に恩義を感じているのなら、それまで一言も口に出さなかったのはなぜなんだ。しかも、「どうしても言っておかなければならない」と前置きをしておきながら、祖父とのかかわり合いを告白したただけだった。それが「どうしても」だったとは思えない。彼は言いそびれたんだ。

矢口さんは真実を知っていたのだろう。むろんオフィシャルに知り得る立場ではなかったろうが、重大な機密ほど噂《うわさ》となって流布《るふ》されるものさ。会社は軍隊じゃないからな。僕だって、とうてい口にはできぬスキャンダルを、山ほど知っている。

あのころは、祖父が死んでから四十年近くも経《た》っていた。給仕から叩《たた》き上げた矢口さんのほかに、悪い噂を知っている人がいるとしたら、長老の相談役か会長ぐらいのものだったろう。むろん彼らだって、いまわしいコンセンサスとは無縁の世代さ。

だが、一万人の社員を率いる取締役会の中に、ひとつのトランスファーが生きていたとしてもふしぎではない。

「都築の孫をこの席に座らせるな」

なぜかは誰も知らなくていいんだ。古い会社ほど、わけのわからぬ申し送り事項がたくさんあるんだから。

祖父は殺された。一九五三年のクリスマス・イブに、ニューヨークの地下鉄の駅で。理由はわからない。嫉妬《しっと》か、内紛か、それとも命を狙《ねら》われるくらい重大な案件を抱えていたのか。あるいは時期からすると、GHQの指令で解体された旧財閥の、再結集の動きと関係があるのかもしれない。

僕は目覚めたあと、しばらくそんなことを考えていたんだ。そして、震えながら気を取り直した。

ドクター・ダーニングは、僕のアテンドがお気に召して、「帰国次第よろこばしい報告ができる」と言ってくれた。きょうも一日、万全のもてなしをしなければならない。すべては夢だ。この現実を僕の殊勲にしなければ。

気付けの水を飲もうとして、枕元《まくらもと》を探った。そのとき、信じがたいものが手に触れたんだ。とたんに僕は、悲鳴を上げて壁際《かべぎわ》まで遁《のが》れた。

いつの間にか黒い枕で眠っていたんだよ。始末のいい仲居は、僕がドクター・ダーニングの部屋を訪ねたすきに、寝乱れた蒲団《ふとん》を整え、ついでに枕まで替えていったんだ。

「柏井はいいやつだったが――」

都築君は話の中途で、雨に撓《たわ》む竹林を見やった。

「僕の夢には興味がなさそうだった。もっとも、他人の夢に興味を持つ人間など、そうはいないだろうがね」

いや、なかなか面白いよ、と私は答えた。けっしてお追従《ついしょう》ではなかった。話に聞き入っているうちに、夢物語が彼の人生のたしかな一部のように思えてきたのだった。

六十を過ぎて現役を退いた友人たちの話は、悔悟や未練に満ちていて、あまり気分のいいものではない。そうした体《てい》の良い愚痴などは聞きたくもなく、また話し手も饒舌《じょうぜつ》に気付くから、やがて話題は自然に昨今の社会問題か病気自慢か、食い物や共通の道楽に落ち着く。それらも親しい仲では、老いの繰り言となる。

だからむしろ、都築君の夢物語は新鮮だった。そもそも夢には個人の負うべき責任などないはずだが、潜在意識の表現なのだから、迂闊《うかつ》に語ることはできない。つまり現役を退いて、社会的に隠遁《いんとん》して初めて解禁される話であるとも言える。

実現できなかった人生の一部分、と考えれば、他人の夢は面白い。

「なるほどね。だから現役を続行中の柏井にとっては、面白くもおかしくもなかった、というわけか」

それればかりか、たぶん不愉快だったはずだ。柏井重人の現実は、死ぬほど苛酷《かこく》だったのだから。

「それは承知の上さ。あいつの愚痴を聞いてやったところで始まらんし、とうの昔にリタイアした僕には、気の利いた助言をする資格もない。夢の話は適切だと思ったんだが、柏井はまともに聞いてくれなかった」

いかにも痛恨事であるかのように、都築君は盃《さかずき》を手にしたまま溜息《ためいき》を洩らした。料亭にはほかの客の気配がなく、街の喧噪《けんそう》も届かなかった。私たちはしばらくの間、黙りこくって雨の竹林を眺めた。

「ディベロッパーは僕の家と一緒に、ここの敷地も開発しようとしていたんだがね。さっさと売ればいいものを、御大名家の権高《けんだか》が災いして、地価が底をついてから切り売りするはめになった。しかも、どういういきさつかは知らないが、残ったこの屋敷もしまいには競売にかけられたらしい。悪夢だよな、それこそ」

柏井もここに来たのだろうか。

「いや。誘うには誘ったが、接待で使ったことのある店には行く気にもなれないそうだ。わかるよ、それは。酔ってはならない酒席は苦痛だからな」

それから都築君は、大儀そうに体を脇息《きょうそく》にもたせかけ、片膝を立てて、いくらか懇願するような口調で言った。

「もう少しだけ、聞いてくれよ」

囲炉裏の熾《おき》を見つめながら、都築君は静かに語り始めた。

人生の諸相は無限だ。

幸福な人生は画一的に見えるが、けっしてそんなことはない。経済力や体力や、多少の能力が苦悩を糊塗《こと》するから、客観的には画一的な幸福に見えるだけさ。

人生は十人十色、七十億の人間には七十億の人生がある。

君も友人たちも、僕の人生を羨《うらや》んでいると思う。このうえ望むべくもない環境で育ち、父親の肝煎《きもい》りで総合商社に就職し、景気の絶頂で家屋敷を売り、会社も辞めて悠々自適の生活を送るなんて、およそ考えつく限り最高の人生じゃないか、と。

たしかに、そうした稀有《けう》な幸福は、僕の人生を糊塗するに十分だった。だからみんなが僕を羨んだ。

柏井も同じさ。たぶんあいつは、僕の人生を誰にも増して羨んでいたと思う。だからまるで、渇《かつ》えた旅人がオアシスで憩《いこ》うように、あるいは教会で懺悔《ざんげ》の告白でもするみたいに、僕の家で勝手にしゃべり続けた。

どうして夢の話を聞いてくれなかったんだろう。僕にとっての夢は、現実と同じくらい重要な体験だったのに。

誰にとっても一日は等しく二十四時間だね。その規定された一日のうち、八時間を働き、八時間を眠り、八時間をそのほかのことに使っている。つまり、人生の三分の一は眠っているんだ。

その眠りのもたらす夢の世界を、なぜ夢物語だとして軽んじるのかが、僕には理解できない。

フロイトもユングもそくらえさ。人生の三分の一の部分が、まったくべつの三分の一の人生に不当な干渉をしているだけじゃないか。

古代の人々は、夢をもうひとつの現実と考えていた。今日でもオーストラリアのアボリジニのように、そうした認識を持つ民族は存在する。彼らのほうが、フロイトやユングよりよほど聡明《そうめい》だ。

僕はあの日、現実というものの脆さ殆《あやう》さを知った。それは夢よりもずっといいかげんで、なおタチの悪いことには、どうあがこうが目覚められない。事実と時制のたゆみない進行に、身を委《ゆだ》ねるほかはないんだ。

そんな現実の世界を、僕はどうしてあの日まで信用しきっていたのだろう。まるで戦場に立った兵士みたいに、なぜあれほど現実に対して、寛容で忠実だったのだろう。

「えらいこっちゃ」

仲居が大声を上げながら座敷に駆けこんできた。僕は悪い夢を洗い流すために熱いシャワーを浴び、着替えをすませたところだった。

苔庭《こけにわ》は翳《かげ》っていて、遠い雷鳴が聞こえた。通り雨なら待てばいいが、もし上がりそこねるようなら、一日の観光予定を考え直さねばならなかった。

君も知っての通り、あんがい呑気者《のんきもの》なんだ。だから仲居の「えらいこっちゃ」も、空模様のことを言っているのかと思った。

だが、仲居は襖《ふすま》を開けたなり立ちすくんでいる。年齢のわからぬ顔が引き攣《つ》っていた。

「お連れさんが、えらいこっちゃ」

仲居は声を裏返して、ようやく二の句を継いだ。

ダーニング夫妻の身に、何か変事が起こった。何であろうと気の遠くなるような話だ。だからこそ、落ち着かなければならなかった。

「とても大切な客ですから、騒ぎ立てないで下さい」

そう言う僕の声も裏返っていたと思う。仲居は眶《まぶち》に涙をためて肯《うなず》いた。

廊下に出ると、さほど広くはない宿の右左がわからなくなった。頭の中が真ッ白になるというのは、ああいうことなのだろう。ただひたすら、「たいしたことじゃない」と自分に言い聞かせていたような気がする。

ちょうど朝食の時刻で、宿の中は慌《あわただ》しかった。その様子からすると、変事を知った仲居は真先に僕の部屋に駆けこんだらしかった。

ドクター・ダーニングは寝間着のまま、座敷に佇《たたず》んでいた。ほっとして腰が抜けそうになったよ。

寝室の襖が半間だけ開いていた。掛蒲団の上に、ミセス・ダーニングが仰向《あおむ》いていた。裸体に浴衣《ゆかた》を被《かぶ》せられ、両掌《りょうて》を胸に組み合わせて。

「マイオカーディアル――」

ぼんやりと独りごつようにドクターは言った。僕はその単語を知らなかった。いや、知っていたのだろうが、頭が働かなかった。

心筋梗塞《こうそく》だよ。

「救急車《アンビュランス》!」と、僕は叫んだ。だが、ドクター・ダーニングは力なく顎を振った。もう死んでいる、とね。

医者がそう言うんだから、まちがいはないさ。しかし、手順というものがあるだろう。こうした場合には、やはり救急車を呼んで、状況を確認させなければならないはずだ。

ドクター・ダーニングは承諾し、僕は仲居にその旨《むね》を告げた。呆《ほう》けてしまって使い物にならない仲居は、廊下に這《は》い出るなり「えらいこっちゃ」と人を呼んだ。

庭先に閃光《せんこう》が走ったと見る間に雷鳴が轟き、苔庭を叩いて大粒の雨が降り始めた。軒《のき》を叩く音の激しさからすると、雹《ひょう》だったのかもしれない。

とりあえずはこの不測の事態を、会社に報告しなければならなかった。京都支店、本社人事部、そして部局担当者。だとしても時間が早すぎる。携帯電話機もまだ普及していない時代だった。

それでも床の間の受話器を手に取った。世界各地と取引きのある本社の部局には、何時だろうが誰かしらが仕事をしている。

「ノー。プリーズ・カーム・ダウン」

ドクター・ダーニングの指先が、電話を切った。

落ち着け、だって？

女房に死なれた男の声とは思えなかった。そのときまた庭先に稲妻が走って、僕は目をかばいながら畳に俯《うつぶ》した。

ドクター・ダーニングは何も言わなかった。ただ思わせぶりに、僕の背中に手を置いただけだった。

きのうの夜更けに、廊下で僕を呼び止めた彼の声が耳に甦《よみがえ》った。

（ミスター・ツヅキ。君のもてなしには妻も私も心から感謝しているよ。あれこれ迷

ってはいたんだが、帰国次第よろこばしい報告ができると思う。明日もよろしく。グッドナイト）

そうさ。「明日もよろしく」と彼は言ったんだ。けっして夢じゃない。

もしかしたら僕は、ミセス・ダーニングの断末魔を、歓喜の声に聞きたがえたのではないのか。

僕は目をきつくつむり、耳を両手で塞いで蹲《うずくま》った。雷に怯《おび》えたわけじゃない。想像は怖《おそ》ろしすぎた。

ドクター・ダーニングは医者だよ。心筋梗塞と判定されるだけの、殺人の準備はできるはずだ。

あるいはそこまでの悪意はないにしろ、発作を起こした妻を見殺しにしたのかもしれない。

いずれにせよ、僕が夜更けの騒ぎを愛の交歓だと信じて立ち去りかけたとき、ミセス・ダーニングは息を引き取っていたんだ。

あのとき、ドクターは僕を呼び止めて言った。

（ミスター・ツヅキ。アー・ユー・ア・ピーピング・トム？）

つまり、「見たか」と訊ねたんだ。そして僕が否定すると、「明日もよろしく」と念を押した。

夫婦の間に、いったいどんなごたごたがあったのかは知らない。だが、何があろうとけっして他人に悟らせないのは、ソーシャライツの面目さ。

ただし、前日のミセス・ダーニングが、あれほど魅力的だったのは、ほどなく死んでしまう人の、命の輝きだったのかもしれない。なぜならば彼女の死顔は、目を疑うほどの老婆《ろうば》だったんだ。

ドクター・ダーニングは何も言わなかった。世界的権威と呼ばれる人物は、やはり頭がいい。そうした究極の場面では、言葉が魔物だということを知っていた。

救急車のサイレンが聴こえてくるまで、僕とドクターは黙りこくっていた。僕らだけを降りしきる雨の中に残して、人類が滅んでしまったような気分だったよ。

僕は沈黙の重みに耐えかねて言った。

「オール・ライト。リーブ・エブリシング・トゥ・ミー」

わかったよ、ドクター。すべて僕に任せてくれ、とね。

僕は悪魔に魂を売った。

ドクター・ダーニングが積極的な殺人者であったのか、消極的な傍観者であったのか、あるいはその両方を巧みに複合させた、極めて周到な計画を持っていたのかは、いまだにわからない。

キーパーソンは僕だった。ドクター・ダーニングを悪魔だと確信していた僕が、疑惑を口に出さなければ、彼は異国で妻を失った不幸な旅人になるんだ。

嘘《うそ》はつかなかったよ。僕らの間には何ひとつ申し合わせはなかったんだから、嘘もありえない。余分な主観を語らず、客観的な事実を述べただけさ。証言に嘘がない限り、僕が罪に問われないこともわかっていた。

迷いはなかったな。悪魔に魂を売るときなんて、誰にも迷いはないだろう。たかだかの損得勘定なら良心に問うのだろうけれど、悪魔の誘惑にはそんな甘い条件はない。オール・オア・ナッシングさ。

もし僕が、ドクターの挙動に不審があると述べて、真相が暴露されたとしよう。利益を得るのは、ミセス・ダーニングの霊魂と正義《ジャスティス》だけじゃないか。実体のない精神に対する利益、すなわちナッシングだ。

一方、この完全犯罪が成立すれば、利益を得るのはドクター・ダーニングひとりじゃない。むろん、会社や僕の人生に利益をもたらすのは当然だが、日本製のすぐれた医療機器の供給は、社会の利益だろう。

オール・オア・ナッシング。何を迷うことがある。

雷鳴が通り過ぎても、雨は激しく降り続いていた。

あちこちで川の水位が上がり、警報が発令されたことも、僕らには幸いしたと思う。警察署は慌しかった。

ドクター・ダーニングの演技は大したものだったよ。初めは呆然《ぼうぜん》として声を失い、そのうち洪水みたいに嘆き出した。いくらか言葉が過剰に思えたときは、僕が適当に通訳した。

京都は外国人観光客が多いから、警察官もかなり英語を理解する。ドクター・ダーニングが僕ですら持て余すほどの難解な言い回しをしたのは、そのことを察知したからだろう。

やがて警察署に、京都支店長と何人かのスタッフが駆けつけた。大阪から関西支社長もやってきた。

何だって疑ってかかるのが警察の仕事なんだろうが、そんな具合では疑念の抱きようもない。通りいっぺんの事情聴取を受けたあとは、懐疑的な質問もなかった。

それでも、解剖の話が出たときは、さすがにひやりとした。しかし、ドクター・ダーニングは落ち着いていた。

「法律には順《したが》います。事前に監察医と面談するのは法的に可能でしょうか。妻の病状や治療の経緯について、医師である私から説明させていただきたいのです」

大学病院と何度か電話のやりとりがあり、ドクター・ダーニングの申し出は許可された。ただし解剖そのものに立ち会ってはならず、通訳はアメリカに留学経験のある日本人医師が務めるという条件がついた。べつに疑惑があったわけじゃない。当然の手順だ。

長い一日だったよ。豪雨が降り続いていて、僕はまったく生きた心地がしなかった。

解剖の順序は最優先されたらしく、監察医と通訳の医師はすぐに到着した。

都合のいいことに、二人はドクター・ダーニングがどれほどの人物であるかを知っていた。とりわけ、アメリカに留学していた通訳要員の医師は、自己紹介をしたときからひどく興奮していて、「アイ・フィール・オナード」を連発していたよ。齢《とし》を食った監察医は英語がからきしだったが、やっぱりいくらか緊張気味に、「光栄です」というようなことを言っていた。

これで大丈夫だと思った。ドクター・ダーニングの犯行によほどのミステイクがない限り、バレるはずはない。つまり、初めに結論ありき、さ。

考えてもみろよ。旅行先でとんでもない不幸に見舞われた人に対して、「光栄です」はないだろう。それくらい彼らは、世界的権威を崇拝していた。

たぶん、監察医がみずから遺体をお迎えにくるというケースも、例外だったんじゃないかな。やりとりを聞いているうちに、警察官たちの態度も変わった。

狭苦しい取調室の中で、ドクター・ダーニングは妻の健康状態をこと細かに説明し、遺品のポシェットの中からピル・ケースを出して、服用薬を並べた。三人の医師のほかには、誰にもわからない会話さ。

監察医からの質問はなかった。そのかわり彼は、「法の定めですからご理解下さい」と何度も言った。

通訳の医師は英語がうまかったな。たぶん留学が長かったんだろう。そうした医者は大学病院でもエリートなのだろうから、監察医も一目置くにちがいない。

僕は完全犯罪の成立を確信した。むしろ疑わしかったのは、この異常事態が現実なのか夢なのかということだ。ほら、夢から覚めたと思ったらそれも夢、なんていう入《い》れ籠《こ》みたいな夢があるだろう。

だとするとこれは、白い夢なのか、それとも黒い夢なのかと思った。その判定は難しいね。怖ろしい出来事にはちがいないが、もしかしたら僕の人生を逆転させるかもしれないじゃないか。

わかるか。僕は悪魔に魂を売ったんだよ。夢か現実かはわからなかったけれど、僕はあのとき、恐怖と同量の希望を抱いていたんだ。

かわいそうなミセス・ダーニングの遺体が病院に搬送されたあと、僕らは京都支店が手配したホテルに入った。

最上階のプレジデンシャル・スイートに、両脇《りょうわき》のスイートルームまでコネクトして、ほとんどワンフロアを占有したようなものだった。

商社のやることにはそつがないね。そんな悲劇のさなかにさえ、ドクター・ダーニングの背後にある巨大市場を見失わない。

ひとりひとりが、新入社員のときから叩きこまれている。常に挑戦、常に創造。現状維持は破滅、けっして停滞してはならない、とね。僕らは資本主義の権化《ごんげ》であり、国家経済の先兵だった。

あのころ世界中の医療機器メーカーは、世代交替する放射線機器の売りこみに鎬《しのぎ》を削っていた。アメリカのJ&J、GE、メドトロニック。ドイツのシーメンス、フレゼニウス。オランダのフィリップス。日本の最先端技術も大いに注目を集めていた。

そして、最高権威とみなされているドクター・ダーニングには、事実上の選択権があった。

やがて続々と本社のお偉方が到着した。北米担当の副社長を筆頭に、何人もの役員や関係部局のトップたちの揃《そろ》い踏みだ。

中国での一件では、僕をさんざ吊《つ》るし上げた連中だよ。みんなが、(またおまえか)とでも言いたげな目を向けた。

副社長ははっきりと言ったよ。「君はトラブルメーカーだな」と。

たしかにそう思えるだろう。だが、中国のときとはわけがちがう。正しくは「チャンスメーカー」じゃないか。あの時点でトラブルをチャンスに変える自信を持っていたのは、僕だけだったと思うがね。

副社長は米国現地法人の社長を長く務めていて、ドクター・ダーニングとは旧知の仲だった。彼を始めとする役員たちが、悲劇の主人公の周囲を固めてしまえば、僕などはもう出る幕がない。そこで隣室に下がろうとすると、ドクターに呼び止められたんだ。

「ミスター・ツヅキ。どうか私のそばを離れないで下さい」

僕とドクターは、一瞬目を見かわした。打ち合わせたことなどひとつもなかったが、その瞬間に意思が通じた。そうさ。ドクター・ダーニングは、僕の協力に対する代価を支払うんだ。

ドクターはソファに浅く腰を下ろしたまま両手で顔を被って嘆き、ようやく泣き濡《ぬ》れた顔をもたげて、居並ぶ役員たちを見渡した。

「今の私にとって、ミスター・ツヅキは心の支えです。彼が適切な対応をしてくれていなければ、私はどうなってしまうかわからない。まだしばらくの間は、彼に頼らなければなりません」

そうだよ、ドクター。うまく言うじゃないか。まったくその通りさ。

「彼のようなすばらしい人材を、私の友人にして下さった御社には、心より感謝します」

そのくらいでいいよ、ドクター。あなたはときどき言葉が過ぎる。

しかし、ドクター・ダーニングは多くを語らず、まるでポイと投げ出すように、重大な発言をした。

「ヒューストンにオフィスを開設して下さい。ロスもニューヨークも、テキサスからは遠すぎますから」

プレジデンシャル・スイートが、しんと静まり返ったよ。横殴りの雨が窓を叩いていて、まるで僕たちは潜水艦の中で息を殺す水兵みたいだった。

長い沈黙の後で、役員たちの視線が僕に集まり始めた。

商社マンの勲章が、どこでどんなふうに降り落ちてくるかはわからない。そんなことは、それこそ生き馬の目を抜くような商売の現場を歩み続けてきた彼らは、みんなが知っていた。

大殊勲さ。ＧＥもシーメンスも蹴落《けお》として、全米の主要な医療機関に、メイド・イン・ジャパンの最新鋭機器が納入されるんだ。いったい何十億ドルの売上になるか見当もつかないが、ともかく軍艦や戦闘機や、さもなくばエネルギー関連の事業でなければありえない単位だろうと思った。

おそらく役員たちは、躍り上がってバンザイを叫びたかったろうね。だが、誰ひとりとして顔色には表わさなかった。なにしろ、場合が場合なんだ。

「都築君。引き続きドクターのお世話をしてくれたまえ」

副社長がそう言って席を立った。役員たちも後に続いて、隣室に消えた。たぶん声を殺して握手を交わしているのかと思うと、おかしくてならなかったよ。

僕とドクター・ダーニングは、やっと二人きりになった。

「サンキュー・ソウ・マッチ」

たったひとこと、彼は言った。もし僕の見まちがいでなければ、口髭《くちひげ》を歪《ゆが》めてほほえんだような気がする。

「こんなときに、ビジネスの話などなさらないで下さい」

僕は思わせぶりに言った。

「いや、あなたの誠意に報いただけですよ。ミスター・ツヅキ」

会話はそれだけだった。間が持たずにテレビをつけ、どうでもいいCNNのニュースを見た。

ダーニング夫妻の間に、どんな揉《も》めごとがあったのかは知らない。だがたぶん、アメリカ国内では疑惑を抱かれそうな、スキャンダルがあったのだろう。かわいそうなミセス・ダーニングは、異国におびき出されて殺されたんだ。

夜が更けて雨も上がったころ、僕たちの完全犯罪は成立した。

すべては夢じゃなかった。

その一件の後、社内における僕の立場は変わった。

当たり前さ。巨額取引のキーパーソンを、観光ガイドにしておくものか。

不定期異動で、「社長室付参事」に昇進した。いや、正しくは昇進とは言えない。

それは正規の職級ではないんだ。役員待遇の参事もいれば、僕みたいに係長のまま同じ肩書を持つ場合もある。

つまり、会社にとって最重要の案件を抱えている社員を、ほかの仕事に一切かかわらせず、いつ声がかかっても登板できるようにスタンバイさせておく。「社長室付」といっても、べつに社長の指揮を直接受けるわけではないが、雲の上の役員フロアに個室を与えられる特権階級だった。

商社は人、という言葉があるね。たしかに僕らの仕事は、ヒューマン・リレーションが物を言う。いざというときの切り札を、そんなふうにして蓄えておくなんて、ほかの業種では考えられんだろう。

たとえば、僕の隣室にいたのは、商社では花形のエネルギー事業本部の課長職だったんだが、産油国が内戦状態になったので、急遽《きゅうきょ》参事室入りした。彼だけが反政府勢力にコネクションを持っていたんだ。

世界中の情報を睨《にら》みながら、一喜一憂していたよ。クーデターが成功すれば出番が回ってくるが、鎮圧されればチャンスが消えるんだ。ブルペンのモニターで試合のなりゆきを見ながら肩を作っている、抑えのピッチャーみたいだったな。

そんなわけだから、十何人もの参事はたがいに付き合いもない。むろん参事会議もない。たまに関連部局の会議に呼ばれるくらいのものだった。

第一、全員が時差出勤なんだ。僕の場合はアメリカ中部時間、つまりテキサス州ヒューストンの時間割で出勤していた。昼夜逆転さ。

これまでの経緯でもわかる通り、僕は何度も仕事を干されていたから、ヒマには慣れっこだった。だが、昼夜逆転のヒマは質がちがった。今みたいにインターネットが充実していれば、有効なヒマ潰《つぶ》しもできるんだがね。

アメリカの現地法人が仕込みをしているはずなんだが、とんと連絡がない。ドクター・ダーニングとはときどき電話で話したが、結論はいつも「リーブ・イット・トゥ・ミー」さ。信じて待つよりほかはなかった。なにしろ彼は、愛する妻に急死された傷心の科学者なんだから。

ヒマな夜は十月の末まで続いた。アメリカのサマー・タイムが終わるまでだ。

読書にも飽き、話し相手もなく、離席することもできない。まるで監獄みたいなものだから、そのうち考えが妙に哲学的になった。

人生とは何か、死とは何か、なんて上等なことは考えない。たぶん囚人はみな同じだろうけれど、自分自身の存在に対する懐疑が湧《わ》いてきた。今ここにこうしているのは、どうしてなのだろう、という素朴な哲学さ。

生まれ育ちについては、運命という既定事実だから考えても仕方がない。さしあたっての問題は、僕のアイデンティティーのすべてと言える、商社マンという立場だった。

それはけっして運命ではない。祖父と父がレールを敷いてはくれたが、選んだのは僕の意思だった。いろいろなことがあって、死ぬ思いまでしたけれど、商社マンである自分を懐疑したのはそのときが初めてだった。

総合商社というものが、日本固有の企業形態だということを知っているか。「ア・ジェネラル・トレーディング・カンパニー」と英訳されるが、それは「総合商社」の直訳だね。つまり、外国にはそもそも存在しない。

巨額の取扱高を誇る商社はどこにでもあるが、品目は限られている。アメリカならば穀物商社だろう。ところが日本の総合商社には、品目の得手不得手はあっても限定はない。多様な商品の売買をし、ひとつの国家みたいに広範な機能を持っている。国内取引も輸出入もやる。そればかりか、日本とは無関係の国家間貿易も仲介する。つまり自由自在に商売を創出するんだ。

あの時代には、うちの会社を含めて六大商社とか九大商社とかいう言い方があった。それぞれが世界各国に現地法人を設立していたから、すでに日本の企業とは言いがたかった。だが、看板は同じだ。

いつかの夢に見た、京三条の店の藍暖簾《あいのれん》に染められていたロゴマークが、世界中に張りめぐらされて資本主義経済を牛耳っていた。

資本金三千五百億円。連結従業員数五万人。株主数二十三万人。連結売上高十七兆円。どの数字だって実感を伴わない、企業の化物さ。

総合商社はおそらく、明治の富国強兵策の申し子だったんだろう。個別の貿易商では欧米の企業に太刀打ちできないから、国策によって力を取りまとめ、その原型を作ったのだと思う。だから欧米から見れば、産業革命以来の伝統とは無縁の新参者だった。そうして資本主義の常識にはかからない、日本固有の企業形態ができ上がった。

「ア・ジェネラル・トレーディング・カンパニー」という直訳英語には、生態系の埒《らち》外《がい》から突然出現した怪物に対する、畏怖《いふ》と侮蔑《ぶべつ》の意味が含まれているんだ。

富国強兵策のもうひとりの申し子である軍隊は、とうとう世界を敵に回して戦争をし、壊滅して消えた。ところが、その戦争の元凶とみなされて解体された財閥は、死なずに再生した。

そこまで考えたとき、夢に見た祖父の最期《さいご》が、歴史と重なったんだ。夢も現実も一緒くたになった僕の心の中が、まるで手際のいいハウスキーパーが一瞬のうちに片付けたゲストルームみたいに、整頓《せいとん》されてしまった。

参事室の窓から東京の夜景を見おろしながら、自分がとんでもない仕事をしていることに気付いた。

大陸への進出は軍部の独走ではなく、財閥の利権を護《まも》るためだったと聞いたことがある。噂ではない。入社して間もないころ、酔っ払った担当役員の口から、まことしやかに聞かされた。世代からするとその役員は、当事者のひとりだったはずだ。

僕らの歴史認識では、戦前と戦後の日本に連続性がない。だがそれは、戦後教育を受けた僕らの錯覚で、べつに日本人がそっくり入れ替わったわけじゃないんだ。

だからその役員の話も、都市伝説のように聞き流してしまった。

それが歴史の真相だとすると、辻褄《つじつま》が合うじゃないか。元大本営参謀がのちに総合商社を率いて活躍したことも、元満鉄理事がうちの会社の役員に迎えられたことも。

本質は何ひとつ変わっていない。そう考えたとたん、背筋が凍りついたよ。商社マンとしての僕の不幸は、ミステイクでも不運でもなくて、総合商社という怪物の生理によって必然的にもたらされたのではないか、と思ったんだ。

その仮定が正しいとしよう。

世界大戦まで惹《ひ》き起こした怪物にとって、人殺しなど朝飯前さ。

いや、祖父のことを言っているわけじゃない。ドクター・ダーニングの話だ。うちの会社は、彼を十全にもてなしたんだ。あの豪雨の日に、ホテルのプレジデンシャル・スイートに集まった連中は、みんな真相を知っていた。いや、もしかしたら殺人のお膳立《ぜんだ》てをした共犯者たちだったかもしれない。

僕は何も知らされずに使い走りをする丁稚《でっち》小僧。もしくは、犯罪が露見したときのスケープゴート。ただし、事が順調に進展すれば、羊は血祭りに上げられず、丁稚は番頭に出世する。

知っているか。商社マンは早死になんだ。若いうちからやたら突然死するし、定年退職したとたんに死んでしまうやつも多い。ところが、役員までたどりつけば長生きができる。

おかげでピラミッド型のヒエラルキーは、いつの時代でもきちんと維持されているんだがね。

アメリカのサマー・タイムが終わろうとする十月の末に、副社長から打診された。

年明け早々、ヒューストンにオフィスを開設する。ついてはエグゼクティブ・マネージャーとして赴任してもらいたい。アメリカ現地法人の傘下《さんか》ではなく、本社事業本部の直轄《ちょっかつ》だ。ドクター・ダーニングからのたってのご指名だよ。光栄に思いたまえ——。

たぶんそういう結果になると思っていた。だが、希《のぞ》んではいなかったんだ。とことんついていないと思った。もう少し早く同じ結論が出ていたなら、僕は意気揚々とテキサスに向かっただろう。あるいは、ドクター・ダーニングが僕を裏切るか、会社が僕を信頼しなかったならば、それはそれでけっこうな話だった。海外だろうが国内だろうが、どこかの支店《みせ》の窓際のデスクで、死にもせず殺されもせずに、商社マンとしての人生を全うできたはずだった。

僕の回答に迷いはなかった。

「私には荷が重すぎます。適任者を選んで下さい」

はたから見れば大抜擢《だいばってき》だよ。だから副社長は、僕が謙遜《けんそん》しているのだと思ったらしい。

「そうは言っても君、クライアントの要望なんだよ」

副社長は笑いながら宥《なだ》めた。こうしたやりとりは儀式のようなものさ。代表権を持つ副社長と係長職の懸隔を考えれば、それくらいの謙遜と説得がなければ格好がつくまい。

「大プロジェクトだから、君にも不安はあるだろうが、優秀なスタッフを付ける。チャレンジしてみたまえ」

大プロジェクト。優秀なスタッフ。チャレンジ。そうした言葉のひとつひとつが、悪魔の囁《ささや》きに思えた。

もう回りくどい言い方はよそう。僕はきっぱりと言った。

「辞退させていただきます」

副社長の顔色が変わった。

「それですむと思うのか」

すむはずはないさ。本物の商社マンにしてやろうという話を、僕は断わったんだ。しかし僕は僕の良心に誓って、怪物の肉体の一部分になりたくはなかった。

ふと、父の人生にもこれとそっくり同じ局面があったんじゃないかと思った。それが祖父の死にまつわることだったのか、まったくべつの案件だったのかは知らないが。

「辞表を書かせていただきます」

副社長はデスクの上に両掌を組んで、しばらく考えるふうをした。その立場上、僕の決心をいったん引き取るわけにはいかなかったんだろう。彼には即断して事案を進める義務があった。

「よし。君の申し出は受理しよう。ところで、後任に何か引き継ぎ事項はあるかね」

これは罠《わな》だと思った。僕は無所属の参事なのだから、前任も後任もいるはずはないじゃないか。僕に代わってテキサスに向かう誰かに引き継ぎ事項があるとすれば、「ドクター・ダーニングが夫人を殺した」という秘密だけだろう。

「ありません」

「本当に、何もないかね」

「ありません」

余分なことは何ひとつ加えなかった。一言が命にかかわると思ったからだった。

「個人的な事情で退職したのなら、ドクター・ダーニングも納得するだろう。業務の遂行に支障はない」

やっぱりこいつは共犯だと確信したよ。決定的な弱味を握っているから、業務に支障はないんだ。

個人的な事情。一身上の都合。実に便利な文言だね。都心の地価が急騰《きゅうとう》していたあのころ、僕の個人的な事情や一身上の都合は、誰だって想像がつくし、納得もするさ。

その日のうちに僕は、たった一行の辞表を書いた。

――おまえ、柏井を殺したな。

囲炉裏ごしに都築君を見据えて言った。彼は笑いもせず怒りもせず、背にした土壁と同じくらい煤《くす》んだ顔を、私に向け続けるだけだった。

柏井重人の人生が悪いものだったとは思わない。しかし末期《まつご》の眼に映った今際《いまわ》の風景が、この無表情な男の顔だったのは、どれほどの栄光とも釣り合わぬ、ささやかな納得すらできぬ不幸にちがいなかった。

「人聞きの悪い言い方はやめてくれないか。柏井は夜ごと僕の家にやってきて、勝手に酒をくらい、勝手にくたばった。警察で事情聴取もされたし、遺体は解剖されたんだ。警察は、ご災難でしたねと言った。柏井の家族は、ご迷惑をおかけしましたと詫《わ》びた。だのにどうして君だけが、そんなひどいことを言うんだ」

冷静な口調で都築君は私を責めた。こうも感情を表わさないのでは、言い争いにもならない。私は言葉が過ぎたことを詫びるほかはなかった。

フロイトの提唱した理論を思い起こした。その伝で言うなら、抑圧されたエモーションが、都築君に多彩な夢を見させたことになる。並はずれて自尊心が強く、感情を露《あら》わにしない彼は、フロイト理論の得がたい標本にちがいない。

しかし仮に、フロイト自身が彼の精神分析に携ったとしたら、いくつかの夢を興味深く採取したあと、突然出現する思いがけぬ事件に、ペンを投げ出したはずである。

いや、そうする前に謹厳な顔をしかめて、こう訊《たず》ねるだろう。

(それは夢かね。それとも現実かね)と。

都築君は「現実です」と答え、とたんに精神分析は終了する。

それまでの夢は、彼の現実と深いかかわりを持つ、抑圧されたエモーションの擬態にちがいないのだが、京都の宿で見た夢と現実に起こった事件との間には、心理的な関連性がないからである。

そして、もしそこにフロイトの理論をあてはめるとしたら、解答はひとつしかない。都築君の語った事件の顚末《てんまつ》そのものが、虚偽なのである。すなわち、彼はドクター・ダーニングの犯罪を見逃したのではなく、殺人に加担した。悪魔と密約をかわし、ミセス・ダーニングを殺した。

ジークムント・フロイトは医学者であって宗教家ではないから、精神分析が懺悔《ざんげ》に変わったと知れば、ペンを投げ出すほかはない。

「柏井は夢の話を聞いてくれなかったんだよ」

都築君は雨にしおたれる竹藪《たけやぶ》を見つめながら言った。

彼が語り続けた数々の夢と現実の出来事は、懺悔に至るまでの長いプロローグだったのだと思った。

「どの話が気に入ったかな」

私の目を見ずに都築君は訊ねた。いくらか羞《はじら》っているようだった。それは若いころから、彼がときおり見せる唯一《ゆいいつ》の感情だった。

スイスの湖畔。パラオ。ジャイプール。北京。そして京都。胸に鏤《ちりば》められた夢のかけらは、彼の背負う現実に較《くら》べれば、黒も白もないように思えた。

そう。私たちは目に見えるものと心に映るものが不可分であった古代の人々とはちがって、夢に責任を持つ必要がない。それが果たして幸いなことかどうかはわからないけれど。

私は言葉を選んで答えた。

――京都の夢は傑作だね。

彼がどう受け取ったかはわからない。しばらく囲炉裏の熾《おき》を見つめてから、ぽつりと一言だけ、「そうか、傑作か」と呟《つぶや》いた。

夜が更《ふ》けても、料亭に客の気配はなかった。

糠雨《ぬかあめ》は霧に変わっていた。

玄関の破風《はふ》屋根は雨漏りがしていて、女将が式台を拭《ふ》いていた。都築君は如才ない挨拶《あいさつ》をしてから、女持ちの青い傘を開いた。

何だか私たちが去ったとたんに、古い大名屋敷が書割のように畳まれてしまうような気がして、楠《くすのき》の森の中でうしろを振り返った。

都築君は鬱蒼《うっそう》と茂る木立ちを見上げた。

「これはよくないね。楠は葉が厚すぎて、陽も遮るし風も通さない。もともとは防火のために、屋敷の塀に沿って植えたらしいが、際限なく大きくなる木だからな」

東京に楠の大樹が多いのは、大名屋敷のなごりだと聞いたことがあった。火の移りにくい楠をまず外側に並べ、美しいかわりに燃えやすい松や桜で庭を造成するのである。

「もっとも、ほかの説もあるんだがね。樟脳《しょうのう》の原料になるくらいだから、防虫や防臭の効果があるらしい。要するに、聖域と浮世を隔てる結界だ。お殿様が死ぬと、屋敷の楠で棺桶《かんおけ》をこしらえたともいわれているが、さて、それはどうだか」

都築君が先ほどまでの話題を、遠ざけているような気がした。酔いが回ったのだろうか、それとも懺悔をして胸のつかえが下りたのだろうか、歩みは遅くて殆《あやう》かった。しっかりしろ、と支えた腕の枯木のような細さに私は驚いた。

「ほら。僕の家の塀ぞいにも、まるで目隠しみたいに楠が植わっていたじゃないか」

そこまでは記憶にない。花や木の名前は、よほど齢が行ってから覚えた。

「マンションに建て替えるとき、残してほしいと言ったんだがね。二階まで陽が翳《かげ》るから、そうもいかなかった。棺桶のひとつ分ぐらい、板にしておけばよかったな」

つまらんことは言うなよ、と私はたしなめた。おたがい六十を過ぎれば、冗談とは思えない。

通りには霧が流れていた。

東京は緑が厚いせいか、霧が多い。しかしあんがいそうと気付かぬのは、起伏に富んだ地形なので、蟠《わだかま》らずに流れてしまうからである。そんなことも、このごろになって知った。

「ところで、君は夢を見るかね」

たまには見るが、たわいもない夢だ。他人に話して聞かせるほど、筋道立ってもいない。

「そうか。それは気の毒だな。人生の三分の一が空白かよ」

しみじみとした口調で都築君は言った。もしや彼は、現実を憎んでいるのではないかと思った。

彼の恵まれた人生は、もとより憎むべきものではない。そんなことは他ならぬ彼自身が、承知しているはずである。そうではなくて、何が起ころうがどんな過《あやま》ちを犯そうが、一切の責任を負う必要のない夢を愛し、その対極にある不自由な現実を、うとましく思っているのではなかろうか。

夢も現《うつつ》も、人生の等しい一部分であると思い定めれば、それはあんがい我慢のならぬことかもしれない。

彼は「夢という現実」をこよなく愛している。睡眠薬を常用しているのは、眠れないからではなく、少しでも長く夢の世界に身を置いていたいからなのだろう。

車のヘッドライトに眩惑《げんわく》されて、私は目を庇《かば》いながら立ち止まった。都築君は気付かずに、青い雨傘を阿弥陀《あみだ》に回しながら遠ざかっていた。

仮に彼が、直接手を下したか間接的に幇助《ほうじょ》したか看過《かんか》したかはともかく、二つの殺人にかかわっていたとする。

しかし、共通の動機がない。ひとつは商社員としての利益、もうひとつは暗い嫉妬《しっと》か、単純な悪感情である。

もし彼が、切実に夢を愛し、現実を憎んでいるとすれば、ひたすら現実を破壊するという共通の動機が成立する、と思った。

「おい、どうしたんだ」と、都築君は振り返って言った。「隣にいると思って、ずっとしゃべってたじゃないか」

何をしゃべっていたんだ、と私は訊《き》いた。

「肝心な話だよ」

だったら、もういっぺん言え。

「二度言えば口が腐る」

その独りごとがもし、真相の告白であったとしたら、私が霧の中から現れた光に眩惑されて立ちすくんだのは、目に見えぬ力の配慮であるような気がした。

人間は自分自身に対して隠しごとがあってはならないが、他者に対しては必ずしもそうあるべきではない。

かつて道路沿いに長く続いていた石塀は、躑躅《つつじ》の植栽に変わっている。花の咲く季節であろうに、枝を張った街路樹の日蔭《ひかげ》になるのだろうか、ほんのお愛想に色が付いているだけだった。

マンションの前まできて、都築君は「寄っていかないか」と言った。私は時計を見るしぐさをして、帰るよ、と答えた。

口の腐る話は聞きたくもなし、夢の続きももうたくさんだった。

しばらく歩いて振り返ると、私たちが別れた路上には、エントランスから滲《にじ》み出る光があるばかりだった。見上げれば都築君の住まう高楼の頂きは、厚い霧に被《おお》われていた。

街路樹の下枝《しずえ》に挟まれて、常夜灯のような電話ボックスがけなげに佇《たたず》んでいた。その灯りのほとりに立っていれば、タクシーが見つけてくれると思った。

じきに高級な車種の個人タクシーが停まった。郊外の自宅まで電車で帰る気力はなかったから、たまたま上等な車に出会ったのはありがたかった。

「インターを降りたら声をかけます」と、幸運を分かち合ったドライバーは言った。

車内は清潔だった。同じ料金で割に合うのかとも思うのだが、この手の個人タクシーには顧客がついているのだろう。

目ざわりな広告やアンケート用紙は見当たらなかった。

「よろしかったら、どうぞ」

ドライバーはテレビのリモコンを後ろ手に差し出した。しかし、さしあたってニュース番組より気がかりなのは、右側のリア・シートに行儀よく並べられた、二つのクッションだった。

ブラック・オア・ホワイト、と運転手が呟いたように思えた。

ごていねいに、黒と白だ。枕と呼ぶには小ぶりの真四角だが、体を沈めて肩に載せれば、ころあいの大きさだろう。

霧の街が過ぎてゆく。ネオンサインは白い枕を舐《な》め、黒い枕は革のシートに溶けこんでいた。

世の中に偶然で証明できないものはない、と都築君は言っていた。むろん、これも例外ではあるまい。

ブラック・オア・ホワイト。

しかしこんな偶然は、二度とめぐってこないような気がする。高速道路で一時間。夢の世界を訪ねるには、ちょうどいい。

エンジン音は静かで、運転はていねいだった。ためらう客の表情をルームミラーの中で窺《うかが》い、「どうぞお使い下さい」とドライバーは言った。

ブラック・オア・ホワイト。

昔の哲人が懐疑した夢と現の虚実などではなく、この世にふたつながら存在する明暗。文明が規定した影と光。人はその我慢ならぬ契約から解き放たれるために夢を見る。

心の中は恐怖と興味がないまぜになっていたが、子供のころならばきっとそうしたように、私は黒い枕を手に取ってうなじを預けた。

夜霧を払うワイパーの向こうに、外苑《がいえん》の木立ちが翻《ひるがえ》る。それらは矛を立て楯《たて》を携えた神代のつわものたちのように、猛々《たけだけ》しくも従順だった。

この森を抜ければ、何ごとにも制約されず、何ものにも干渉されぬ世界が待っている。

夢というもうひとつの現実に身をゆだね、心を響《とよ》もしながら、私は瞼《まぶた》をとじた。

解説

細谷正充

初めて読んだ浅田次郎作品は、『プリズンホテル』（現『プリズンホテル 1 夏』）だった。任俠《にんきょう》団体専門のホテルを舞台にした人間ドラマは、極上エンターテインメントであり、たちまち作者のファンになったものである。以後、浅田作品を読み続けているのだが、ひとつ困ったことがある。ほとんどの物語で、泣きそうになってしまうのだ。いや、幾つかの作品では、本当に涙がこぼれた。

よく本の惹句《じゃっく》や推薦文で〝感涙〟〝泣ける〟とあるが、それは売り文句であり、実際に泣いてしまうような小説は稀《まれ》である。感受性の強い少年の頃ならともかく、さんざん小説・映画・漫画と物語を喰い散らかしてきた、いい歳《とし》の大人ともなれば、ちょっとやそっとの内容で涙することなどない。にもかかわらず浅田作品は、泣けて泣けてしかたがないのだ。いったいなぜか。あくまでも個人的な意見だが、作者が感動を恐れないからである。

小説の歴史は古く、さらに長き歳月の渦中で進化してきた。人間の感情をベタに描いたのは過去のこと。高度に発達した小説は、ベタな部分を行間に押し込み、洗練された文章とストーリーを獲得していったのである。そのベタな部分を、洗練された文章とストーリーの中で、作者はあえて書く。生々しい喜怒哀楽を、ストレートに読者にぶつけ、人の持つ根源的な感動を呼び起こす。だからこちらの心も揺さぶられ、涙を流してしまうのだ。一歩間違えれば単なる浪花節《なにわぶし》になってしまうところを、作家の力と覚悟で、素晴らしい小説へと昇華している。とにかくとんでもない作家なのである。

そんな作者が〝夢〟を題材にした長篇が、本書『ブラック オア ホワイト』だ。「週刊新潮」二〇一三年十月三日号から翌一四年七月二十四日号にかけて連載。単行本は二〇一五年二月に、新潮社より刊行された。物語の内容に入る前に、まずは夢を扱った小説について触れておきたい。

新人賞の獲得の仕方のような本を読んだことがある人なら、夢オチが厳禁になっていることをご存じだろう。そもそも小説は自由なものであり、何を書いてもいい。それなのに夢オチが厳禁されるのには、きちんとした理由がある。よほど工夫を凝らさない限り、読者が夢オチに失望するからだ。当然である。それまで物語という名の、もうひとつの現実を楽しんでいたら、最後の最後で夢（＝嘘《うそ》）でしたといわれるのだ。これほど空《むな》しいことはない。物語に費やした感情と時間を返せと、叫びたくなるのである。それを覆《くつがえ》すほどの小説技巧を、まだプロになっていない新人賞応募者が使いこなせることは、まずありえない。だから新人賞は夢オチ厳禁なのである。

夢オチは極端な例だが、小説における夢の扱いが難しいことは分かってもらえるだろう。とはいえ難しいからこそ、チャレンジしたくなるのか、夢を題材にした作品は少なからずある。作家にとって、挑み甲斐《がい》のある題材といっていい。その中でも有名なのが、夏目漱石の『夢十夜』だ。いずれも「こんな夢を見た」という書き出しで始まる、十の不思議な夢を綴《つづ》った、幻想的な作品だ。本書は、その『夢十夜』の浅田次郎版である。ただ、夏目作品が、淡々と夢の内容を並べているだけなのに対して、こちらは夢と現実が微妙に絡《から》み合い、独自の世界を構築している。ここが注目ポイントになっているのだ。

急死した旧友のお通夜《つや》で、やはり旧友の都築栄一郎《つづきえいいちろう》と久しぶりに邂逅《かいこう》した〝私〟は、彼が暮らす高層マンションに招かれた。元南満洲《まんしゅう》鉄道の理事を祖父に持ち、六十を過ぎて悠々自適の生活をしている都築。その彼が語るのは、バブル時代に見た夢の話であった。白い枕《まくら》で見る夢は良い夢、黒い枕では悪い夢。エリート商社マンだった都築は、スイス・パラオ・インド・中国・日本で、不思議な夢を見る。そして夢に呼応するように、現実の彼の立場も変わっていくのだった。

スイスで見た夢が切っかけで、仕事をしくじった都築は、なんとか名誉挽回《ばんかい》しようとしながら、エリートの地位から転落していく。面白いのは、その過程における、夢と現実の絡ませ方だ。たしかに現実に影響を与えることがあっても、夢はあくまで夢である。だが、ストーリーが進むにつれて、夢と現実の境界線があやふやになっていく。それを象徴するのが、都築の祖父だ。

元南満洲鉄道の理事で、戦後は商社員に転身して、ニューヨークで客死した祖父。彼は、立場や役割を変えながら、多くの夢の中に現れる。また、誰というわけでもない恋人も登場する。この恋人の意味については、都築本人の口から、もっともらしい説明がなされている。一方、祖父については何の説明もない。だが、物語の後半に入ると、都築の商社マン生活に、祖父が大きな影を落としていることが明らかになるのだ。夢と現実が、徐々に互いを侵食していく様が、興味尽きない面白さに満ちているのである。

さらに終盤に至って、夢の話を聞き続けてきた〝私〟は、都築に対するある疑念を抱くことになる。その、あやふやな疑いが、現実そのものを、ひとつの大きな夢としていくのだ。なるほど、都築の夢の話を〝私〟が聞くというスタイルは、これを表現するためであったのか。バブル時代（この時代そのものが、すでに一個の夢である）のエリート商社マンの転落劇を良夢と悪夢を駆使して描いた作者は、ラストに至り、人生そのものが一炊の夢にすぎないのではないかと、読者に語りかけるのだ。

それとは別に本書は、都築の夢の部分で、さまざまな解釈ができるようになっている。読者の楽しみを奪ってはいけないので、さしさわりのないところを記しておこう。たとえば最初の夢だ。恋人と一緒に逃避行を続ける都築は、乗り込んだ路面電車の中で、祖父と出会うのである。元南満洲鉄道の理事だったという祖父の経歴を知っていたからこそ、夢の中で鉄道を連想し、路面電車で出会ったのであろうか。それこそ他人の夢の意味など、忖度《そんたく》するしかない。

しかしこれを作者自身にまで拡大したらどうか。地下鉄に乗って現在と過去を行き来する男を主人公にした『地下鉄《メトロ》に乗って』。列車ごと爆殺された張作霖《チャンツオリン》爆殺事件の真相に迫る『マンチュリアン・リポート』。廃止寸前のローカル線の駅長を描いた短篇「鉄道員《ぽっぽや》」といった、電車や列車の出てくる話が幾つかある。エッセイ集『ま、いっか。』収録の「夜汽車」で〝そもそも私は列車の旅が大好きなのである〟といっているので、自身の好みが表れているのかもしれない。とすれば路面電車も、趣味で出した可能性がある。……と、作者と作品に対する妄想を弄《もてあそ》んでしまう。どのようにも解釈できる〝夢〟が、それを加速させる。これもまた本書の楽しみ方なのだ。

また、豊かな体験と、鋭い人間観照に裏打ちされた、数々の箴言《しんげん》も見逃せない。周知の事実だが浅田作品には、読んでいてハッとさせられる文章が頻繁に出てくる。本書もそうだ。

「昭和という長い時代には、連続性がなかった。「戦前・戦後」という時代区分をしなければ、政治も経済も国民生活も説明できなかった。つまり、両者はちがう時代ではなく、ちがう国家さ。

僕らは明らかに、そうした教育を施されてきた。過去のすべてを悪と定義し、現在を善なる世の中と規定する教育さ」

「他人の好意は危険だよ。器から溢《あふ》れてしまえば、破滅につながりかねないから。そしてその結果は、悪意のもたらしたものとどこも変わらない」

他にもたくさんあるが、紙幅の都合で、ふたつだけ引用した。このような文章に遭遇したとき、人の世の真理の一端に触れたかのような、深い感銘を受ける。何かを学ぼうと思って浅田作品を読むわけではないが、いつも結果的に、さまざまなことを教わってしまうのだ。

作者はエッセイ集『勇気凜凜《りんりん》ルリの色　満天の星』に収録された「解放について」の中で〝そもそも小説とは、文章芸術である〟といい、

「われわれがいかなる修練を積み、いかなる表現上の手法を駆使しようとも、実は一片の花の形すら模倣しえず、一声の鳥の囀《さえず》りさえ再現はできず、全《まった》き人の心を言葉に書き表すことはできない。それでもわれわれはギリシャ神話のシシュフォスのごとく、人間の手による人間のための感動をめざして、美を希求し続けるのである」

という小説観を述べている。文章による表現には限界がある。だから無限に挑むことができる。そういう信念を抱いている作者だからこそ〝夢〟というあやふやなモノを題材にして、これほど素晴らしい物語が書けたのだろう。浅田次郎の創《つく》り上げた夢の世界を、どうか存分に堪能《たんのう》していただきたい。

（平成二十九年八月、文芸評論家）

この作品は平成二十七年二月新潮社より刊行された。

浅田次郎著
薔薇盗人
父子の絆は、庭の美しい薔薇。船長の父へ息子の手紙が伝えた不思議な出来事とは……。人間の哀歓を巧みに描く、愛と涙の6短編。

浅田次郎著
夕映え天使
ふいにあらわれそして姿を消した天使のような女、時効直前の殺人犯を旅先で発見した定年目前の警官、人生の哀歓を描いた六短篇。

浅田次郎著
憑(つきがみ)神
別所彦四郎は、文武に秀でながら、出世に縁のない貧乏侍。つい、神頼みをしてみたが、あらわれたのは、神は神でも貧乏神だった！

浅田次郎著
赤猫異聞
三人共に戻れば無罪、一人でも逃げれば全員死罪の条件で、火の手の迫る牢屋敷から解き放ちとなった訳ありの重罪人。傑作時代長編。

浅田次郎著
五郎治殿御始末
廃刀令、廃藩置県、仇討ち禁止――。江戸から明治へ、己の始末をつけ、時代の垣根を乗り越えて生きてゆく侍たち。感涙の全6編。

浅田次郎著
僕は人生についてこんなふうに考えている
「自分の人生」に誇りを持て！　人々の希望と幸福を描いてきた著者がつむぎ出した157の言葉。一冊に凝縮された浅田文学の精髄。

三島由紀夫著

仮面の告白

女を愛することのできない青年が、幼年時代からの自己の宿命を凝視しつつ述べる告白体小説。三島文学の出発点をなす代表的名作。

小池真理子著

無花果の森

芸術選奨文部科学大臣賞受賞

夫の暴力から逃れ、失踪した新谷泉。追いつめられ、過去を捨て、全てを失って絶望の中に生きる男と女の、愛と再生を描く傑作長編。

石田衣良著

眠れぬ真珠

島清恋愛文学賞受賞

人生の後半に訪れた恋が、孤高の魂を持つ咲世子を少女に変える。恋人は17歳年下。情熱と抒情に彩られた、著者最高の恋愛小説。

新潮社
ストーリーセラー編集部編

Story Seller

日本のエンターテインメント界を代表する7人が、中編小説で競演！　これぞ小説のドリームチーム。新規開拓の入門書としても最適。

阿川佐和子・角田光代
沢村凜・柴田よしき
谷村志穂・乃南アサ
松尾由美・三浦しをん著

最後の恋

―つまり、自分史上最高の恋。―

8人の女性作家が繰り広げる「最後の恋」をテーマにした競演。経験してきたすべての恋を肯定したくなるような珠玉のアンソロジー。

朝井リョウ・飛鳥井千砂
越谷オサム・坂木司
徳永圭・似鳥鶏
三上延・吉川トリコ著

この部屋で君と

腐れ縁の恋人同士、傷心の青年と幼い少女、妖怪と僕!?　さまざまなシチュエーションで何かが起きるひとつ屋根の下《ふたりぐらし》アンソロジー。

新潮文庫最新刊

花房観音著
くちびる遊び
唇から溢れる、悦びの吐息と本能の滴り。団鬼六賞作家が『舞姫』『人間椅子』など名作に感応し描く、文庫オリジナル官能短編集。

彩藤アザミ著
サナキの森
新潮ミステリー大賞受賞
小説家の祖父が書いた本に酷似した80年前の猟奇密室殺人事件。恋も仕事も挫折した引きこもりの孫娘にはその謎が解けるのか？

小野寺史宜著
リカバリー
不運な交通事故。加害者の息子はサッカー選手になると心に誓う。あの子の父親とピッチで対決したい！　立ち上がる力をくれる小説。

松尾佑一著
彼女を愛した遺伝子
遺伝子理論が導く僕と彼女が結ばれる確率は0％だけど僕は、あなたを愛しています。純真な恋心に涙する究極の理系ラブロマンス。

黒柳徹子著
トットひとり
森繁久彌、向田邦子、渥美清、沢村貞子……大好きな人たちとの交流と別れを綴った珠玉のメモワール！　永六輔への弔辞を全文収録。

「選択」編集部編
日本の聖域《サンクチュアリ》 クライシス
事実を歪曲し、権力に不都合な真実には沈黙する大メディアが報じない諸問題の実相を暴く人気シリーズ第四弾。文庫オリジナル。

ブラック オア ホワイト

新潮文庫 あ－47－7

平成二十九年十一月一日発行

著者 浅《あさ》田《だ》次《じ》郎《ろう》

発行者 佐藤隆信

発行所 株式会社 新潮社

郵便番号 一六二―八七一一
東京都新宿区矢来町七一
電話 編集部(〇三)三二六六―五四四〇
読者係(〇三)三二六六―五一一一
http://www.shinchosha.co.jp

価格はカバーに表示してあります。

乱丁・落丁本は、ご面倒ですが小社読者係宛ご送付ください。送料小社負担にてお取替えいたします。

印刷・大日本印刷株式会社　製本・憲専堂製本株式会社

ISBN978-4-10-101928-4 C0193